原創愛
YL246

醉玲瓏 叁

十四夜 著

希代多媒體 Sitak Multimedia

目錄

◆目錄◆

第八十四章 昨夜西風凋碧樹

七日之功定川蜀，以三萬輕騎破敵十二萬六千人許，降兩萬八千，損兵僅一百三十二人。

八百里戰報飛來，一時間天都上下震驚於凌王精兵奇謀，爭相傳說。

當初持議和之詞的朝臣盡皆汗顏，無怪天帝對蜀中軍情無動於衷，原來是早有安排，君心似海，深不可測。卻有更多人依稀覺得，凌王，似比眼前高高在上的天帝更為難測，看不透，摸不清。

夜天凌在奏章中詳述壅江水利大事，戰況卻寫得極為簡略，無非兩州詐降，引水破敵，乘勝追擊，蜀軍倒戈之語，明列眾將之功，並為東蜀降軍請赦旨。

朝中一片驚疑讚佩聲中，天帝降旨加凌王為三公昭武上將軍。

軍中將士論功行賞，為定蜀中人心，東蜀軍叛亂之事不予追究。江水郡督使岳青雲平叛有功，擢升麓州巡使，暫領東蜀軍。

與此同時，十一皇子夜天澈以奇兵誘虞呈叛軍入幽州城北峰指谷，大敗其軍，晉封澈王、加鎮軍大將軍。

湛王大軍不急不躁，表面穩紮穩打與虞夙叛軍主力步步交鋒，卻暗中兵分兩路偷襲臨安關。

虞夙匆忙回軍自守，被兩路騎兵乘虛猛攻破關而入，平叛大軍臨於燕州城下，深入北疆。

捷報頻傳，湛王由征北將軍銜加晉武衛上將軍，增賜一萬食邑戶。

連日頹廢之局幡然逆轉，乾坤朗朗，冬日陰霾的天色雲退霧散，透出許久未見的晴天。

輕煙，淡幔，蓮池宮依舊冷冷清清。

這裡似是寒冬最深最遠的地方，塵封的寂寞令歲月退避，光陰荏苒，亦不曾駐足。

斜陽已暮，穿透宮闈長窗散照在白玉地面上，清美的浮雕間，蓮花百態落上了層層淡金，呈現出莊嚴的華妙風姿。

如往昔每一個傍晚，蓮妃獨自在殿前靜堂誦念著《聖源經》，從來不曾間斷。

沉香安寂的氣息淡淡繚繞，伴著低淺的誦吟聲盤旋，飛升，消失在高深的大殿盡處，煙過無痕。

輕微的腳步聲自身後傳來，蓮妃身側出現了一雙金絲繡飛龍的皂靴。誦經聲平平淡淡沒有絲毫停滯，蓮妃也未曾側目半分。

那靴子的主人便站在那裡，不動，微微閉目，耳邊低緩的聲音傳入心間，一片寧靜祥和。

一人站著，一人跪著。

天際層雲凝紫，暮色漸濃，最後一絲暖色緩緩收攏，退出了雕梁畫棟，留下無邊無際的清寂。

光滑的黑玉石珠襯著蓮妃纖長淨白的手指，微微地落下一顆，誦經聲餘韻低低地收了。

蓮妃睜開眼睛，玉石如墨倒映著她絕色的容顏，也倒映出另一個人的身影：「臣妾參見陛下。」她靜靜起身，再靜靜對來人福下。

纖弱的身子因跪得久了而微微一晃，一隻穩定有力的手已扶上了她的胳膊。

「愛妃平身。」

「公主請起。」

那隻手的力度教她恍然錯覺，每一次時光都像重複了三十多年前的那一天，也是這隻手，在千軍萬馬前將白衣赤足出城獻降的她穩穩攙起，她抬起頭，看到了一雙明亮驚豔的眼睛。

那雙眼睛，撞入昆侖山的冰湖，融化了寒冰積雪。

那一望，望過了萬水千山，遙遙歲月。

她抬起頭，看到了那雙銳利深沉的眼睛。

眼角幾絲皺紋刻下歲月，唯有不變的目光仍舊透過眼底掠入心間。

相對一瞬，似穿過過往萬餘個日夜，將紅塵光陰定格在那風沙漫漫的大漠，定格在長雲蔽日的日郭城前，定格在鐵馬金戈的血淚中。眼底那抹白衣身影，從來沒有變過，極淡，卻又極深。

她在這個男人的身前拜服，舉起族人的降表。她隨他的大軍千山萬嶺離開故土，一去便是一生。

「這靜堂太清冷，妳身子剛好些，還是不要久待。」天帝的聲音將她從恍惚中驚回，本該是柔軟的體貼，卻仍帶著君王的威嚴，不覺早已入了骨髓。

她退身，垂眸：「謝陛下體恤。」

天帝眉心一擰，原本高昂的興致不知為何便淡了下來，看了看她，道：「凌兒此次帶兵出征又大獲全勝，朕很是高興。」

蓮妃心裡深深一震，墨玉串珠在指間收緊，帶兵出征，不是單單的督察水利。所幸是勝了，卻不知人怎樣，有沒有傷著，是不是疲累，什麼時候能回來。千頭萬緒不言不說不問，她仍舊垂眸：「恭喜陛下。」

天帝站在面前等了一會兒，見她只說了這四個字便恢復了沉默，問道：「妳就不問問兒子怎樣，毫不關心？」

蓮妃靜靜道：「陛下教導有方，不會有差錯。」

「從領兵打仗到大婚立妃，這麼多大事妳都置若罔聞，」天帝語氣微微沉了下來，「朕有時真懷疑，他究竟是不是妳的兒子！」

「他是陛下的兒子。」蓮妃的聲音低而淡，如同這竹節香鼎中透出的煙，不待停留便消逝在大殿深處。

天帝垂首俯視著她，面上難以掩飾地顯出一絲不豫：「抬起眼睛看著朕。」

隨著這不容抗拒的命令，蓮妃優美的脖頸緩緩揚起，睫毛下淡淡眸光對上了天帝的視線。

那雙眼睛，如同雪峰輕霧下千萬年深靜的冰湖，幾分清寒，幾分明澈，帶著幽冷遠隔著縹緲，分明看著你，卻遙遠得讓人迷失其中，以為一切只是入夢的錯覺。

天帝黑沉的目光將她深深看住，久久揣摩，終於開口道：「妳知道朕為何要將鳳家那個女兒指給凌兒？」

「陛下自有陛下的道理。」蓮妃道。

天帝伸手一抬，將她慢慢離開的目光帶回：「就因為她那雙眼睛，像極了妳的，所有的女人，只有她和妳一樣，敢這樣看著朕！」

蓮妃目中平靜：「陛下識人，斷不會錯。」

天帝手下微微一緊，隨即頹然鬆開，那絲不悅的神情慢慢地化作了哀傷，隱約而無力：「妳一定要用這種語氣與朕說話？」

蓮妃輕輕後退一步，俯身請罪：「陛下若不喜歡，臣妾可以改。」

「蓮兒。」天帝沉默了一會兒，突然喚了她的乳名。

灼灼之仙姿，皎皎於清波。

因為這個名字，冒天下之大不韙冊嫂為妃，興天下之精工修造寢殿，蓮池宮中美奐絕倫離滿清蓮，前庭後苑遍植芙蕖。

刻痕深寂，默然相伴流年，殘荷已蕭蕭。

這兩個字，在蓮妃心頭輕輕劃過，極隱約地帶出絲痛楚。

「妳恨了朕這麼多年，連凌兒也一併疏遠了這麼多年，還不夠嗎？這一生，有多少個三十年！」天帝長嘆一聲道。

「臣妾並不恨陛下。」蓮妃淡淡道。

「是嗎？」天帝語中頗帶了幾分自嘲的譏誚。

「是。」蓮妃安靜起身，「若恨過，也早已抵消了，臣妾只是不能忘。」

天帝眉目突然一冷，不悅道：「妳忘不了誰？」

她看著天帝，竟對他轉出一笑。

塵封多少年的笑，有著太多的複雜糾纏，也無笑聲，也無笑形，一徑地暗著：「我忘不了你。」

不是臣妾，是我；不是陛下，是你。

我忘不了你。

甲冑鮮明凌然於馬上的大將軍，抬手遮擋了跪伏的羞辱，帥旗翻飛，蔽去漫天飛沙。

雄姿英發的少年郎，抬手拭去肝腸寸斷離別的淚，俊然朗目，撫平愁緒萬千。

木樨樹下，多情人，抬手搭上溫暖的衣衫，神色輕柔，暖暖一笑。

就是這一笑，俘虜了誰，迷惑了誰，沉醉了誰，或許終生都不能相忘。

天帝渾身微震，伸手握住蓮妃：「妳都記得嗎？多少年了，我以為妳都忘了。」

不是朕，是我；不是愛妃，是妳。

蓮妃卻輕輕地抽回了手，凝視著天帝雙目道：「你教我怎麼忘？我的族人在你的鐵騎精兵下家破人亡，我的兄弟非死即傷，我的父親，在跪降後飲下你送來的毒藥。柔然族已是苟延殘喘，遭突厥大舉圍攻，你作壁上觀按兵不救。」

渺渺的柔情，鐵血的心。

何處的因由，此時的果。

天帝的神情在她一字一句中冰冷，漸生悲戚：「原來妳記得的是這些。」

「只有這些嗎？」蓮妃神色淒迷，眸中覆上了一層水霧深濃，「你給我希望，卻又親手將我送到別的男人懷中，我認了，可你連他也不放過……」

「住口！」天帝猛然怒喝，「妳可知道妳在說什麼！」

「我當然知道。」蓮妃面無表情道，「你以為可以瞞過所有人，卻瞞不過我，那些丹藥我都認得。」

天帝容顏寒冷，而後緩緩道：「妳怎會不認得，那本就是妳自柔然帶來中原，親手進獻給先帝的。」

一道清淚自蓮妃面頰潸然滑落，她淒涼仰面，望向已陷入深黑的殿堂，道：「我是個罪人，我從一開始便想要他的命。但他對我那樣好，我下不了手，可你卻令他沉迷於修仙之術，頻頻服用丹藥，他還能活嗎？」

「這不正是妳想要的結果？」天帝語氣越發冰寒。

蓮妃看著他，目光穿透了他，越到遙遠的地方：「所以我們都活該受到懲罰。」

長風微動，揚起宮帷淡影，穿過蓮妃的長髮，吹動白衣寂寥。香爐中點點明紅燃到了最後，掙扎幾下，灰飛煙滅。

天帝的臉色便如這漫長的冬日，極深，極寒，更透著沉積不化的悲涼。死一般的沉默，大殿中靜到了極致。

昏暗中兩人面對面站著，彷彿已經站了多少年，對視的雙目了無生機。無力的哀涼生自心底，久久存留。

很久以後，天帝終於開口道：「妳不是朕，永遠無法體會那種屈於人下的感覺，就連自己心愛的女人，也要拱手送至別人懷中。朕做了的事，從不後悔。」

「便是後悔，又有何用？」蓮妃淡淡道，「此生已往，我每日誦念經文，或者可以為你我贖罪。」

「妳何必要如此自苦，也更苦了凌兒。」天帝道。

蓮妃俯身下去：「臣妾恭送陛下。」

天帝看著身前這抹淡淡的身影，夜色灰暗漸漸失去了清晰，在殿前染上晦澀的濃重。他長嘆一聲，轉身而去。走了幾步，忽然又回頭道：「我今日是想來告訴妳，凌兒很好，讓朕極為放心。朕一直以來總覺得愧疚於他，不知現在是否彌補了一二，上一代的恩怨莫要再在他們身上重演了。」

蓮妃柔弱的身姿一動未動，淚卻早溼了衣襟。

殿前，天幕如墨，月如鉤。

天朝《禁中起居註》，卷八十，第二十三章，起自天都凡一百二十四日。

聖武二十六年十二月壬申，帝以凌王軍功顯赫政績卓然，母以子貴，晉蓮池宮蓮妃為貴妃，六宮僅次於皇后。

御旨出，中書、門下兩省散騎常侍、諫議大夫、左右拾遺、禮部及十三道言官奏表諫言，非議激烈，以為制所不合。

帝置諫不納，一意行之，貶斥眾臣，以儆效尤，舉朝禁言。

北疆軍營，大地冰封，飛雪處，萬里疆域蒼茫。

夜天凌將那八百里快馬送來的恩旨和杜君述等人的密函擲之於案，站在帳前放眼看向長風送雪的江山，脣角一抹薄笑，清冷如澌。

第八十五章　卻說心事平戎策

幽州位於天朝北疆邊緣，東繫澗水，西接猛山，南北兩面多是平原，中有低山起伏，闊野長空，連綿不絕。

北風過，蒼茫茫枯原無盡，遠帶天際。

萬餘人的玄甲精騎穿越猛山低嶺，出現在一處開闊的平川，馬不停蹄急速行軍，遙遙看去像是一刃長驅直入的劍鋒，在半黃的山野間破出一道玄色銳利，將大地長長劃開。

當先兩騎卻是白馬白袍，率先奔馳於眾騎之前。十數名近衛落在身後，分作兩隊如同鷹翼般展護左右，激起塵土飛揚。

奔上一道低丘，眾人勒住馬韁，停下稍事休息。雲騁在丘陵前兜了一圈，停在風馳之旁。卿塵因方便穿了男式騎裝，輕裘勝雪意氣從容，一雙秋水清瞳深若點漆，顧盼間竟別有一種風流俊俏瀟灑的美。她在馬上縱目四野，見前後盡是連綿不絕的平原，不禁道：「幽州這地勢無險可守，真難為十一竟能在此擋下虞呈叛軍。」

「所以要盡快收復合州，合州憑祁門關天險，乃是幽州以南各處的天然屏障。」夜天凌遙望平川，眼中隱有一絲深思的痕跡。

卿塵道：「只可惜守將投敵，合州輕易便落入叛軍手中，恐怕失之易，得之難。」

「無妨。」夜天凌神色沉定，「這世上沒有攻不下的城。」說話間目光自遠處收回。

卿塵帶馬笑道：「四哥，咱們比比看誰先到幽州城怎樣？」

夜天凌眼底劃過有趣的神色：「妳可知多少年來，天朝上下無人敢和我比試騎術，更別說是女人？」

卿塵鳳眸清揚：「所以她們都不是鳳卿塵，更不是凌王妃。」

夜天凌俊冷的眼中清光微閃：「說得好！」此時忽見前方輕塵飛揚，有先鋒兵飛騎來報：「殿下，前方探報，虞呈叛軍輕騎偷襲幽州被守軍阻截，現下雙方短兵相接，正在交戰！」

「所在何處？」

「城西二十里白馬河。」

「地圖。」

身後侍衛立刻將四境軍機圖就地展開，夜天凌翻身下馬略一察看，問道：「我方何人領兵？」

「澈王殿下親自帶兵阻擊。」

「兵力如何？」

「各在五到七千之間。」

「傳令。」夜天凌戰袍一揚，「全速行軍，抄白馬河西夾擊叛軍，若見虞呈生擒活捉！長征，率四營兵士護送王妃先入幽州城，不得有失。」

「得令！」在將士們的領命聲中，卿塵對他深深一望，「一切小心。」

夜天凌微微點頭：「先入城等我。」

「嗯。」卿塵脣角帶笑，目送他翻身上馬，率軍而去，回頭命衛長征整隊，微一帶馬，當先馳出，四千將士便隨她往幽州奔去。

澈王大軍駐紮於幽州城北，卿塵等人過幽州城不停，直奔軍營。

營中將士與凌王部將一向相熟，留守副將聞報出迎，卻見玄甲軍中多了個白衣輕裘、眉清目秀的人物。

凌王妃隨軍之事知道的人並不多，那領先的左副將柴項對衛長征打了個詢問的眼色。衛長征俯身說了句，柴項神情一震，看向卿塵，卿塵在馬上對他頷首微笑。柴項知曉分寸，亦不多禮，即刻安排駐軍紮營。方安置妥當，便有侍衛來報凌王、澈王已領兵回軍。

卿塵遠遠見夜天凌與十一並騎回來，身後將士井然有序，略帶著些氣血昂揚興致勃然，顯然是得勝而歸。

十一一身戎裝輕甲，外披絳紫戰袍，身形挺拔，英氣瀟灑，待到近前，打量著卿塵笑道：「哪裡來的俏公子，怎麼我都不認識？」

卿塵數月未見他，心中著實掛念，抬頭含笑相望，聞言瀟灑作揖：「見過澈王殿下。」

十一揚眉長笑：「大戰歸來有美相迎，人生快哉！」

卿塵剛要反駁，目光一轉落在他左臂上。長風翻飛帶起戰袍，下面的甲冑之上竟有血跡，她眉梢弧度尚未揚起便蹙攏：「受傷了嗎？」

「沒事。」十一輕描淡寫道，「不過一時疏忽，那虞呈倒聰明，竟讓他脫逃了。」

夜天凌對十一道：「去讓卿塵替你看看，這裡有我。」

十一點頭：「四哥來了我便輕鬆了。」笑著下馬入帳，將軍中事務盡數丟給夜天凌。

卿塵命人將帳中火盆添旺，小心地幫十一解了戰袍，一見之下便皺眉：「再深幾分便見骨了，流了這麼多血，你定是傷著以後還逞強。」

十一未受傷的手撐在軍案上，閉目養了養神，睜開眼睛依舊是明朗帶笑：「身為主帥，便是這條臂膀廢了也不能露怯。」

卿塵邊替他重新清理傷口，邊輕聲埋怨：「你是皇子之尊，何必這麼拚命？」

十一道：「軍中一視同仁，只有將士兄弟沒有什麼皇子王爺。」

「倒不愧自小便跟著四哥，說話口氣都一樣。」卿塵無奈。

淡淡清涼將傷口火辣辣的疼驅退幾分，藥汁的清香盈於身邊，十一笑說：「還是妳這傷藥靈。」

「走前不是給你帶了嗎？」

「賞給受傷的將士了。」十一隨意道。

卿塵知道他便是這般性子，也沒辦法，取來繃帶敷藥包紮，突然看到他肩頭一道淡淡的傷痕，隨口道：「這是以前的舊傷。」

十一側頭看去：「也是妳上的藥，不過那時候可沒現在這麼溫柔。」

卿塵不懷好意地將繃帶一緊，十一哎喲一聲，滿臉苦笑：「古人誠不欺我，得罪什麼人也不能得罪女人！」

卿塵挑著眉道：「不怕受傷就別喊疼，澈王殿下現在會生灶火了？」

十一撫著傷口，目光往她身上一帶，突然露出饒有興趣的神情，他抬起胳膊活動一下，尋個舒服的姿勢靠在案前：「我不會生灶火，卻總比有人不僅不會生火燒飯，還不知家裡有什麼沒什麼，進屋被自製的蛇酒嚇著，出門找不到回路，甚至家住什麼山，在哪一州、哪一郡也不清楚，要好得多。」

他長長說了一串，卿塵微怔，眸底輕波，淡淡半垂眼簾，薄露笑意。原來有這麼多破綻，看十一平日隨意率性，其實事事都逃不過他敏銳的眼睛。

十一眼光掃至她身前，黑亮而帶著一點笑謔：「我說四嫂，就憑妳這持家的本事，當初在那竹屋日子到底是怎麼過的？」

卿塵抬手便將藥瓶丟去，十一側身避開一手接住，放聲大笑。卿塵將睫毛一揚，迎著他的注視帶出流光微轉，眼眸彎彎含笑將藥瓶要回來：「要你多管閒事！」她將手邊的東西收好站起身來，卻突然間身形一頓，抬手按上胸口。

十一見她臉色瞬間蒼白，忙扶住她：「怎麼了？」

卿塵緩緩搖頭，心口突然襲來陣悶痛，一時間說不出話。她靠著十一的攙扶慢慢坐下，自懷中取出個白色玉瓶，將裡面的藥服下後好一會兒才緩過來。

十一劍眉緊鎖，滿是擔憂地看著她，問道：「還是那病症？」

卿塵淡然一笑：「已經習慣了。」

十一道：「定是這些日子隨軍奔波累著了。」

「沒有。」卿塵立刻否認。

「不必瞞我，」十一道，「四哥的玄甲軍我再清楚不過，沒有多少人吃得消，何況妳這身子。其實我早便想說，妳跟來軍中太辛苦了，何必呢？」

卿塵沉默一會兒：「別告訴四哥，一路上他已經很遷就我了，我不想拖累他，但我一定要來，這時候我要和他在一起，有一天便在他身邊一天。」

十一眉頭不由得一皺：「妳這話教人不愛聽，像是……」他頓住不言。

卿塵眉梢微微一帶似笑，蒼白裡透著明澈，將他未說完的話說出來：「有今日沒來日，所以有一日便珍惜一日。」

十一抬手止住她：「別再說這樣的話，天下名醫良藥總能找來，宮中還有御醫，待回天都好生調養，怎麼會治不好？」

卿塵揚脣笑了，抬頭看著帳頂半晌，清靜的眸光落在十一眼中：「你和四哥一樣，總不把我當成大夫，其實我不比這天下任何大夫差，這病在這裡治不好，此話我只告訴你，你該信我。」

十一只覺得面對她的平靜心中莫名地沉悶，許久才問道：「四哥不知道？」

「他只知道這病難醫，但這些我沒對他說過。」卿塵答道。

十一突然在她剛才的話中想起什麼：「妳說在這裡治不好，那就是有能治好的地方？」

卿塵眸色極深極遠，始終安然地笑著：「有，但我不會去。」

「為什麼？」

「如果要冒著再不能見的風險，那和不治並無區別。」卿塵淡淡道。

「卿塵。」十一十分不解地道，「妳在和我打什麼啞謎？」

「十一。」卿塵喊他，並沒有回答他的問題，「你答應過我三件事，你說過無論何事都可以。」

十一道：「我說過只要是妳託的事，我一定盡力做到。」

卿塵平靜地看定他的眼睛，說：「如果，我是說如果有那麼一天，我便把他託付給你了。不管他要做什麼，也不管是對是錯，請你在他艱難的時候幫著他，在他危險的時候護著他。」

十一深黑的眼中似有苦笑一掠而過：「倘若真有妳說的那個『如果』，他還能活嗎？」

卿塵壓著衣襟的手微微一緊：「能，他比任何人都堅強。」

十一嘆了口氣：「四哥於我既是兄長，亦同師友，這些妳不說我也會做，換成四哥對我，也會如此。」

「那我便放心了。」卿塵道，脣邊勾起笑容。

「但我擔心。」十一道。

「嗯？」

「妳最好是給我保證沒有那個如果，否則我也不知會發生什麼事情。」十一認真道，「四哥無情，是因他不輕易動情，妳比我更清楚。那種痛苦，妳教我怎麼幫他、替他？」

「我會的。」卿塵微微揚頭，眼中透出潛定的堅韌，「我也答應你。」

十一向她伸出一隻手，兩人在半空擊掌為誓。

過了一會兒，卿塵笑著道：「這病雖不能痊癒，但也不會輕易致命，調理得好一樣會長命百歲。你也放心，我畢竟是個不錯的大夫。」

十一靠在案上閉目，神情略有些疲累，再睜開眼睛，淡淡凝視她雙眸：「卿塵，妳心裡害怕。」

卿塵聞言笑容一滯，十一明亮的目光直看到她心底，將她看得透澈。她深吸一口氣，靜靜道：「知我者，十一。」

情到深處即生憂怖，她確實是怕，卻不是怕生命的消亡。從來到這裡的第一天，她便知道隱藏在自己身上的危險，但那時候孑然一身、生死由命，她並未放在心上，甚至想過如果那病症突然發作，是不是一切就能回到原來的世界。但是現在，她怕，這種怕，不知何時生出，一點一點不斷地沉澱，無法言說亦無處可說，就這麼悄無聲響地盤踞在一隅，似有似無。她往心底深埋著不去想，不去想便當沒有，卻被十一一眼看出。

「卿塵，妳心裡存了太多事情，妳可記得我和妳說過，莫為明日事愁。」十一道，

「妳只要相信妳看定的人，也相信妳自己，就足夠了。」

看著眼前和往日略有不同的十一，卿塵報以清澈的微笑。

可以在一個人面前不必顧慮和遮掩，包括一切情緒的起伏，是件令人愉悅的事情。

她希望能一直這樣下去，青山常在綠水長流，年年歲歲歲歲年年，每一個春夏秋冬日升月落都不會改變，有夜天凌，有十一，她知足。

「你們都好，我便無憂亦無怖。」她低聲道。

十一臉上浮起一如既往俊朗的笑容：「對了，有東西給妳。」

「什麼東西？」卿塵問道。

十一自案前取出個小錦袋，卿塵打開一看，驚訝地抬頭：「你從哪兒弄來的？」

托在她掌心的竟是一串小巧的幽靈石串珠，清透的水晶體中靜靜生長著神祕的暗綠色花紋，晶瑩雅致，相得益彰。第七串玲瓏水晶，卿塵白皙的手指輕輕握起，指尖觸到水晶冰涼的溫度，心中浮浮沉沉恍若突然溯回過往，一時不知在想些什麼。

「聽四哥說妳喜歡這些串珠，收集了不少，偶然得到便給妳留著了。」十一道。

卿塵月眉淡揚，低聲笑道：「若是讓四哥知道你給我這個，怕是要怪你。」

「嗯？」十一奇怪。

「什麼事背著我呢？」隨著清淡的聲音，營帳被挑開，夜天凌進來正聽到卿塵的話。

卿塵將那串珠一握，往身後一藏，巧笑嫣然：「保密！」

夜天凌眼光掠過她眸底輕輕一停，她不說他便不問，只自己抬手倒了杯茶，不慌不忙坐下來。

終於是卿塵忍不住：「你怎麼不問十一給了我什麼？」

夜天凌低頭喝茶，淡淡笑道：「過一會兒把你們兩個分開審，才知道說法是不是一致。」

卿塵撐不住笑了，十一亦笑道：「我看還是招了吧，倘被帶到神機營去審那可吃不消。」

卿塵便將那串珠拿出來，夜天凌深黑如墨的瞳孔微微一斂，薄唇輕抿，意味深長地瞥了卿塵一眼，道：「很漂亮。」

十一對夜天凌的心情神色再熟悉不過，立時知道這串珠關係著什麼，而且是夜天凌頗為在意的事情，一種隱而不發、故意淡去的在意，不提不說卻放在心底的在意。

卿塵不待他問，便道：「東西我笑納了，事情便等有時間讓四哥慢慢說給你聽，到時候方才你問我的也就明白了。」

夜天凌看看十一：「改日再說此事，只要屆時你不大驚小怪。虞呈今日雖僥倖逃脫，但損兵折將也夠他消受。」

十一聽到軍務，便收起了滿不在乎的神情：「仗雖是勝仗，但虞呈六千精銳騎兵險些全軍覆沒，以後要引他出戰便難了。我此次是費了不少功夫把他誘來，他們似是想用拖延的法子。何況虞呈此人原本便謹慎多疑，現在既知玄甲軍也到了幽州，怕是更不會輕易出戰。」

將西路大軍拖在此處，中軍過了臨安關便失了呼應。興兵之事拖得越久，天下人心便越亂，人心不定，必生新亂，如此下去步步將入艱難。但於叛軍，卻是恨不得四境皆兵、災禍迭起，就此動搖天朝皇族的統治。

夜天凌修長的手指在案上輕叩，陷入深思，稍後道：「虞夙生有兩子，長子虞呈率西路叛軍，次子虞項可是隨他在燕州？」

「對。」十一道，「聽聞二子素來不和，虞夙自不會將他們放在一處。」

「不和便好。」夜天凌神情肅淡，「不妨派人散發消息，便說虞呈率軍久無功績，虞夙欲以次子虞項取代西路指揮權。」

「逼迫虞呈急於建功，引他出兵。」十一接著道，「這消息最好是從燕州那邊過來。」

「便讓左先生設法成就此事。」夜天凌突然想起什麼事，「你這幾日將柴項悶得可以。」

平業將軍柴項乃是十一軍中一員驍將，近幾日總不能率兵出戰，著實鬱悶得無法可施，幾乎每日都來請戰，卻都被十一輕描淡寫地打發回去。

十一呵呵一笑：「他胸中那股氣憋到這分上，屆時定如猛虎下山、勢不可當，我自有重用他之處。」

卿塵這邊早已鋪紙研墨，片刻後將擬給左原孫的書信遞來，一邊調侃十一：「可憐柴項不知道有大功在前等著，還得再苦悶幾日。」

夜天凌一眼掃過，道：「便是這個意思。」

卿塵見無異議，再提筆寫了幾個字，取出一枚小印沾了朱紅印泥清晰地壓在下方。

十一看她纖細的手指收筆執印，覺得整個軍營裡肅殺的鐵血氣氛都在她舉手投足中慢慢收斂，穩而不戾，靜而不躁，本來因戰事而飛浮的心就這麼沉定下來，恢復了清寧。他靜了一會兒，不禁嘆說：「改日我也得娶個這樣的王妃，才不輸給四哥。」

卿塵微笑，白玉般的臉上若隱若現安靜的溫柔，夜天凌抬眼看十一：「急什麼，天都還有人等著你大婚呢。」

十一愕然失色，卿塵不禁莞爾，促狹地對他眨了眨眼，十一狠狠瞪她一眼，回頭想起那殷家大小姐，一聲長嘆，滿臉鬱悶。

出了十一的營帳，有軍將前來稟報事務，夜天凌便站在營前略作交代。卿塵靜靜立在他身旁，握著那幽靈石串珠舉目望向已然灰沉的天際。

落日低遠，在幽州軍營起伏的原野間暗入西山。傍晚長空下大地模糊了輪廓，一種昏黃的空曠彌漫其間，顯出遙遠的蒼涼。

北風蕭索，她的目光追隨著長野落日微微有些恍惚，收回來落在手中的串珠之上，她一顆顆拈著那冰涼的珠子，若有所思。突然手邊一緊，袖袍下夜天凌握著她的手不輕不重地加大了力道，教她覺得微微有些疼，卻拉回了游離的心神。

抬眼看去，夜天凌依然在和那副將說話，神情清淡、目不斜視，脣角微微抿成一道薄銳的線條，暮色下看起來卻異常鮮明。他似乎有意用這種方式打斷她獨自思想的空間，提醒她或者亦有些強迫的意味，要她將心思收攏至他身上。

一絲淺笑不期然覆過容顏，卿塵將目光流連在他的側臉。他似乎感覺到她的注視，眼底輕微一動，事情也差不多交代清楚，副將行禮退了下去。

夜天凌轉身，握著卿塵的手放開，卻攬上她的腰，目光審視她的眉眼慢慢落到了她手中的串珠上，停住。

營帳四周已燃起了篝火，通透的靈石在火光之下淡淡閃著幽美的色澤，一絲一絲映在夜天凌深寂的眼中。他似乎看了那串珠很久，才伸手從她指間挑起，淡淡道：「妳還是想要這些靈石串珠？」

冷風吹起髮絲，卿塵的笑在火光深處微微有些魅惑：「很漂亮，不是嗎？你剛剛也這樣說。」

夜天凌抬頭望向已經黑下來的夜幕，深眸入夜無垠，再沒有說話，只是挽著她往自己營帳走去。

進了營帳，夜天凌再也沒有提起這件事，直到卿塵忍不住問他：「四哥，你不喜歡？」

夜天凌靜靜地看著她一會兒：「妳想回去？」

卿塵眉梢往鬢角輕輕掠去，一雙鳳目便挑了起來：「如果……你欺負我，我便回去。」

夜天凌眉目間不動的清冷，卻望穿她的眼睛透入她心間，慢慢道：「那麼這些東西妳永遠也不會用到。」

「誰知道呢？」卿塵神情帶笑，「聽說男人都不可靠，誓言更不可靠。」

夜天凌終於緊起了劍眉，沉聲道：「我不會給妳機會。」

隱含著溫柔的話被他用如此霸道的語氣說出來，卿塵眉眼一帶，流出嫵媚的笑意，她閉上眼睛，輕輕靠上他的臂彎，嘴角弧度漸漸揚起，那是一種溫柔而滿足的微笑。

第八十六章　不意長風送雪飄

一夜北風輕，小雪點點飄了半宿，細鹽般灑落冬草荒原，不經意便給嚴寒下的蕭索添了幾分別樣的晶瑩。

翌日，天空仍舊陰沉著，冷風捲起夜間積下的薄雪，偶爾一緊，打在衣袍上似是能聽到細微的破碎聲。

十一立在右軍營帳不遠處，好整以暇地看著前方。因臂上有傷，他並未穿戰甲，只著了件玄色緊身窄袖武士服，腰間紫鞘長劍嵌了冰雪的寒涼安靜地置於一側，遠遠看去，他整個人亦像一把明銳的劍，英挺而犀利。

三軍左都運使許封押送的糧草輜重卯時便已抵達，正源源不絕地送入大營，車馬長行肅然有序。

行軍打仗糧草向來是重中之重，身為主帥自然不能忽視，必要親自到場加以巡查。然而如同既往，十一臉上很少見所謂主帥應有的凝重，調兵遣將、兵馬籌略都在那輕鬆的笑意間，漫不經心，卻無處不在。

此時他也只閒立近旁，目光穿過營中獵獵招展的軍旗落在極遠的雲層之端，與其說他在思量什麼，不如說他在欣賞平野落雪的冬景。

北方入冬日益寒冷，呼吸之間，眼前凝出一片白白的霧色。冰冷的空氣使人頭腦越發清醒，十一揚脣一笑，這場戰事順利地推進，得心應手。他毫不懷疑最終的結果，並享受著走向這結果的過程，運籌帷幄、決勝千里，他似是透過風雪看穿離此幾十里外的敵方軍營，眼中有著意氣風發的豪情。

身後傳來輕微的腳步聲。他起初並未在意，但來人一直走至近旁，他心底微動，突然回身看去，倒將那人嚇了一跳。

卿塵臂上搭著件貂氅站在他身後，微微吸氣後，毫不客氣地抱怨：「嚇死人了！」

十一頓時哭笑不得，但看她顯然不打算講道理，只好道：「這麼說是我該道歉？」

「正是。」卿塵道，將貂氅遞給他，「到處都找不到你，你不在營帳歇息怎麼自己站在這兒？」

十一順手接過她遞來的貂氅，卻沒有披上，目光往她眼底一落，將手一伸：「還我。」

「什麼？」卿塵不解相問，但她心思靈透，隨即明白了他的意思，將手腕上的串珠在他眼前一晃，立刻藏到身後，「送了人的東西豈有要回去的道理？」

十一劍眉一擰：「早知如此，說什麼也不能給妳。」

卿塵調侃道：「堂堂王爺什麼時候變得這麼小氣了？」

十一看著身前白衣翩然的女子，薄薄的雪色深處莽原連天，風過雪動，忽而竟有種遙遠的感覺，想起夜天凌所說的離奇之事，眸色深了幾分：「平白讓四哥心煩，快些還我。」

「小小串珠而已，心煩什麼啊？」卿塵滿不在乎地看他，手在身後把玩那串珠。

「妳說呢？」十一瞪她一眼，卻在看到她眼底一掠而過的靈黠笑意時，終於耐不住笑了。

清揚的笑聲破開寒冬初雪輕輕蕩在兩人之間，卿塵覺得大概只有在十一面前她才會這樣笑，一時間極為開心。十一方要再說什麼，卻忽然看向她身後，眼底笑意一凝，上揚的脣角驟然停住，隨之而來的是明顯的詫異。

她順著十一的眼光回頭看去，十一出聲喝道：「鄭召！帶你身邊的人過來！」他聲音極為嚴肅，甚至帶著一絲不滿。卿塵甚是困惑，她很少聽到十一這樣喝斥麾下將士。

不遠處剛剛經過的兩人聞言停住，其中一個身著參將服色的軍士抬頭往這邊看來，面露猶豫之色，但卻不敢違抗命令，立刻來到近前。

「末將參見殿下！」兩名將士一前一後行禮。

十一並未讓鄭召起身，目光落在後面那名士兵身上，聲音微冷：「你抬起頭來。」

那士兵身子不易察覺地一顫，反而下意識地將頭埋得更低。

卿塵心間頓覺疑惑，凝神打量那士兵。因他深深低著頭，軍服鎧甲將模樣遮去大半，看不確切，卿塵的眼光掠過那人的雙手時突然停住，長眉淡淡一攏，眸底微波。

那是一雙小巧的手，指甲修長而有光澤，肌膚細嫩柔滑，交疊在黑色的軍甲上顯得異常白皙，像是陳列著一件美麗的玉雕，此時手指下意識地攥緊了軍服的皮革，因用力隱隱透出玫瑰般的血色。

「抬起頭來！」十一加重了語氣，他認真起來的時候，那種天生的貴氣與威嚴便教人無法抗拒。

那士兵遲疑片刻，終於慢慢地抬頭。

卿塵看清那張清秀的臉龐，心底著實一驚。眼前這人，竟是殷家嫡女，湛王的表妹，十一內定的王妃殷采倩。

十一面色一沉，劍眉飛揚，喝問鄭召：「這是怎麼回事？」

鄭召慌忙俯身謝罪：「殿下恕罪，這……這……」

他支支吾吾的解釋被殷采倩打斷：「是我逼他幫我隱瞞的，與他無關。」

十一猛地掃視她：「軍營重地，豈是妳隨便能來的地方？」

殷采倩卻也將柳眉一挑：「我本來也沒想來西路軍營，我是要去找湛哥哥！」

「七哥中軍難道不是軍營？」十一冷聲道，「鄭召，你竟敢任女子假扮士兵私自混入軍中，該當何罪！」

這鄭召亦是天都貴胄之子，平日常與殷采倩等士族女子相邀遊獵，向來相熟。殷家因急於籠絡蘇氏門閥，一心欲使長女聯姻，但殷采倩對此事堅決不從，數度與父親爭執吵鬧，可見殷皇后心意已決，任誰也無法挽回，知道終有一日違拗不過，竟索性來個一走了之。她溜出天都後本想去湛王軍中，天高地遠也不會被父親發現，誰知陰差陽錯混入了西路的糧草大軍。鄭召發現她後原本也想即刻送她回天都，但禁不住她軟硬兼施地請求，竟幫她一路蒙混至此。

鄭召知道此事再也隱瞞不下去：「末將知罪，請殿下責罰。」

「杖責三十軍棍，就地執行！」十一身後突然傳來一個極冷的聲音，彷彿將這嚴寒風雪深凍，沒有絲毫溫度。

夜天凌帶著數名將士不知何時到來，鄭召暗自叫苦，此事在澈王手裡或還有商量的餘地，但以凌王治軍的手段，恐怕怎也不能善罷甘休了。

卿塵看了夜天凌一眼，並未作聲，十一面色未霽，猶帶怒色。

玄甲軍侍衛一聲應命，就地行刑。

殷采倩看到夜天凌，本來心中一陣驚喜，這時卻大驚失色。戰甲摩擦的聲音伴著軍棍悶響將她自一瞬間的冰封中驚醒，刑杖已動。

「住手！」她向前擋在鄭召身旁，「此事不能怪他！」

刑杖在離她身子半寸處生生收勢，玄甲侍衛目視夜天凌，等待他的指示。

夜天凌面無表情，那道嬌俏的身影撞入眼簾，未在他眸底掀起絲毫波動。此時三軍左都運使許封匆匆趕來，至前行下軍禮：「末將參見兩位殿下！」

夜天凌道：「你可知發生何事？」

許封往殷采倩一瞥，眉頭緊皺：「末將剛剛得知。」

「該當如何？」

「末將自當受罰。」

「為何領罰？」

「馭下不嚴，部屬觸犯軍法，將領當負其責。」

「本王著你同領三十軍棍，可有怨言？」

「並無怨言。」說話間許封扶右膝叩首，自己將鎧甲解下，露出脊背跪在雪中。

夜天凌始終不曾看殷采倩一眼，冷冷道：「繼續。」

「慢著！」殷采倩以手擋住軍棍，倔強地道，「要打連我一起打！」

夜天凌漠然道：「妳以為本王不會？」

天空陰雲欲墜，濃重的灰暗壓向大地，凜冽長風吹起細微的冰粒，刮得人肌膚生疼，眼見一場大雪將至。

夜天凌玄色披風迎風飄揚，在殷采倩面前一閃而過。她曾在夢中無數次細細描摹的清冷身影於那銳利的戰袍下透出峻肅與威嚴，那沉冷若雪的目光，和想像中的他完全不同。

殷采倩來不及細想，堅持護在鄭召身前：「憑什麼這樣責罰他？三十軍棍，還不要了人半條命！」

「軍中私留女子，依律責三十軍棍，除三月俸餉。」

「那他便是因我而受罰，我不能坐視不管！」殷采倩道，「要怎樣你才免他懲罰？」

「軍法如山。」夜天凌扔出了簡短的四個字，揮手。

殷采倩還要爭論，夜天凌抬眸掃視過來，她心頭一震，話竟再難出口。

卿塵瞬目輕嘆，眼前這般形勢，恐怕得下令將殷采倩拖開方能實行軍法，但硬要士兵把殷家大小姐架開的話，傳到皇后耳中怕不妥當。她往夜天凌看去，卻見夜天凌也正將目光投向她這邊。她會意地將眉梢輕挑，上前拉開殷采倩：「別再胡鬧了，這是軍營。」

殷采倩反身質問道：「妳也是女子，為何便能在軍中？」

卿塵淡淡道：「我是奉旨隨軍。」

身後軍棍落下，聲音乾脆，毫不留情。殷采倩大急，無心與卿塵分辯，轉身欲攔，但手卻被卿塵緊緊握住，不大不小的力道，讓她掙脫不開。

面前那雙眼睛微微清銳地透入心間，她聽到卿塵低聲說了句：「妳難道沒有聽說過四殿下治軍無情？若再鬧下去，這三十軍棍怕要變為六十，屆時生死難說。」

殷采倩聞聲停止掙扎，遲疑地往夜天凌看去，他冷酷的眉目沒有她慣見的嬌寵或是縱容，面對這樣無情的面容，除了順從，她分明沒有更多選擇的餘地。

鄭召和許封兩人背上從白變紅、由青生紫，而至皮開肉綻飛濺鮮血，滴在衰草薄雪之上灼人眼目。

殷采倩何時見過如此血肉橫飛的景象，驚怒懼怕，更參雜了無力與不甘，頓時眼中淚水打轉。她轉頭一避，眼淚斷珠般落了下來，只狠咬著嘴唇不肯出聲。

三十軍棍很快打完，許封與鄭召咬牙俯身：「謝殿下責教。」

「扶他二人回帳，上藥醫治。」夜天凌道，「長征，調派人手，明日送她回京。」說罷，拂衣率眾而去。

積了終日的大雪到底紛紛揚揚地落了下來，山川原野萬里雪飄，天地蒼茫，瞬間便將整個軍營掩在純淨的雪色之下，一眼望去銀裝素裹，風光肅穆。

寒冷在雪的阻擋下似乎收斂了些，卿塵靠著一方紫貂銀絲墊，微笑看著對面兀自生著悶氣的殷采倩，她伸長了手指在火盆上方暖了暖，玉白的肌膚襯得火色越發豔紅。

炭火的暖意將風雪帶來的潮氣逼得如水色般浮上半空，飄漾著鏡花水月般的迷濛，素色屏風一清如洗，隨著空氣微微地湧動。

殷采倩抱膝坐在那裡，只是盯著眼前發愣，或許是累了，一言不發。這一路她雖有鄭召護持，卻也受了不少苦，平日嬌生慣養的千金小姐混在將士之間風餐露宿、行軍千里，現在卻要被送回天都，她以沉默無聲地抗議。

夜天凌既下了軍令，便是令出必行，卿塵思索著該怎樣勸她才好。

「王妃！」帳外有人求見。

卿塵將目光自殷采倩身上移開，淡聲道：「進來。」

隨軍醫正黃文尚入帳，躬身向卿塵請教幾個關於外傷醫治的問題。殷采倩悶悶坐在旁邊，倍感無聊，不由得抬頭打量起卿塵來。只見她閒閒而坐，白袍散於身後，髮絲輕綰，束帶淡垂，周身似是籠著清雋的書卷氣，平和而柔靜。她時而伸手為黃文尚指出一些穴位脈絡，玉色指尖如蘭，纖白透明，似是比語言神態更能表現她的從容和安然。不知為何，殷采倩忽然想起了夜天湛。

風神照人的湛王，每次談到這個女人的時候總會用一種悠遠的語調，飄離的神情，意味深長而帶笑，笑中不似往日的他，但又說不出有什麼不同。

她曾聽夜天湛坐在王府的閒玉湖邊反覆地吹奏一首曲子，玉笛斜橫，臨水無波。那笛音落在碧葉輕荷之上仿似月光，恍惚柔亮，婉轉多情。

她曾因好奇追問這是什麼曲子，夜天湛只是笑而不語，目光投向高遠的天。

然而在夜天湛大婚之後，她就再也沒有聽到那首曲子，確切地說，是再未見他的玉笛。

她很懷念那笛聲，後來靳慧告訴她，那是一首古曲〈比目〉。

待黃文尚離開，卿塵覺得有些累了，重新靠回火盆前靜靜翻看一本醫書，卻見殷采倩欲言又止，她抬眸以問。

殷采倩猶豫了一下，問她道：「我聽說妳的醫術很好。」

卿塵點頭：「還好。」說話間眸色澄靜，帶著淡定的自信。

殷采倩睫毛微抬：「那妳有沒有好些的傷藥？」

卿塵似是能看透她的心思：「妳想給鄭召他們治傷？」

殷采倩點頭，頗有些懊惱：「我並不知軍中會有如此重的責罰，是我連累了他們。」

卿塵道：「我已經命人將藥送去了，這個妳倒不必擔心。」

兩人似乎沒有什麼多餘的話可說，都沉默了下來。卿塵斟酌片刻，婉轉問道：「妳此次是私自離開天都？」

一提到這個話題，殷采倩頓時帶了幾分戒備，不悅道：「我不回天都。」

「難道妳還能此生都不回去嗎？」卿塵目光落回書上，笑說，「殷相豈會不擔憂？」

殷采倩言語冷漠：「他們若還是逼我嫁人，我便不回去！」

這倒和十一逃婚如出一轍，卿塵抬眸，淡淡一笑：「殷相此舉並沒有什麼錯，妳是族中嫡女，也應當多擔待些。」

殷采倩一眼橫來，卿塵不疾不徐又道：「當然，我並不想妳嫁給澈王。」

殷采倩眼中似是帶出些嘲諷：「族中嫡女，妳就是因為這個才不嫁給湛哥哥，辜負他對妳一片深情嗎？」

夜天湛的名字驟然在卿塵心中帶起幾分澀楚，絲絲散開，化作百味紛雜。她半垂下眼簾，嘴角仍舊噙著絲幽長的笑意，道：「我嫁的，是我想嫁的人。」

「我也只嫁我想嫁的人。」殷采倩未加思索，立刻道。

「妳想嫁給誰？」卿塵淡聲相問，眸色幽遠，略帶一絲清銳，落向她眼中。

殷采倩神情一滯，杏眸略抬，卻在那道從容的目光下立刻避往一旁。卿塵笑而不語，只是靜靜看著她。

過了好一會兒，殷采倩幽幽問了一句：「妳不怕他嗎？」

卿塵修眉淡舒，了然而澄明：「妳怕他。」

殷采倩竟然沒有矢口否認，望向別處的目光透出些迷茫的色澤，夜天凌剛才杖責將士的冷酷不期然浮上心頭。然而她臉上很快出現一抹倔強的痕跡，直言道：「我喜歡他。」

「哦。」卿塵淡笑，不見驚怒，「我不介意妳在軍中多留些時日，只要妳能違拗他的命令。」她好整以暇地將醫書翻到下頁，容顏淡雋半隱在水色微濛之後，如隔了一片琉璃世界。

殷采倩深深呼吸，壓下無端加快的心跳，有些挫敗於卿塵的無動於衷，心底不由生出些惱意。就在她微覺不快的同時，卿塵忽然抬眸，展開一笑，清流恬適緩過碧野山林，微風帶醉，碧空如洗。

如白雲過境，她將衣袖輕輕一拂，闔上手中的書，含笑道：「妳不妨多了解他，再言喜惡。軍中都是男子多有不便，今晚妳便在我帳中歇息吧。」

天幕入夜，冷月上東山。

夜天凌回到帳中，低頭將落在肩上的輕雪拂去，卿塵正以手支頤看著那張展於案上的軍機圖。

案前燃了熟悉的擷雲香，若輕雲出岫，絲縷淡霧在略顯空曠的大帳中盤旋，眷戀沉散。

帳外寒光清照，鐵馬冰川，關山萬里，浸著蒼遠而豪邁的深涼。

這悠長的夜色如同漫漫歲月，流淌於春來秋去。夜天凌已記不清曾有多少個獨宿軍帳的夜晚，此時帳中安然的暖意仍舊多少讓他有些不適應，軍營中竟會有家的感覺，這想法讓他略覺詫異。

卿塵抬頭對他淡淡一笑。他走至案邊坐下，見她眼中略有些倦意，低聲道：「在看什麼，不是要妳先睡嗎？」

他身上仍帶著未散的雪意，浸在裘袍中有冰冷的氣息，卿塵微笑道：「虞呈現在急於求勝，已經按捺不住了吧，我在想他會自何處攻城。」

近來燕州形勢微妙，頻頻傳出些不利於虞呈的消息。湛王與幽州互通消息，調兵遣將虛晃一槍，適時讓虞夙次子虞項小勝了兩場，推波助瀾。

虞呈這邊開始頻繁調動兵馬，再不復之前一味拖延。幽州大營亦外鬆內緊，嚴陣以待，靜候君來。

那軍機圖早已爛熟於胸，夜天凌也不再看，道：「剛剛正和十一打了個賭，一賭斷山崖北，一賭白馬河，妳怎麼看？」

「斜風渡。」

「哦？為何？」

「因為你們倆都不想此處，」卿塵笑說，「如果我是虞呈，便走常人難料之處，斜風渡雖險灘急流，極難行軍，但地形隱蔽，易於偷襲。」

夜天凌點頭，表示她的話亦有道理，復又一笑：「不管他自何處來，結果都一樣。」

卿塵手指抵上嘴脣，示意他小聲些。

夜天凌沿著她的目光看去：「這是為何？」屏風隱隱，幕簾如煙，他回頭，語中微有不豫。

卿塵輕聲道：「既知道她在軍中，總不能再讓她和那些將士混在一起，但也不好張揚著另支行帳，便將就一晚吧，委屈你去十一那兒了。」

燈影疏淺，夜天凌靜靜凝視她一會兒，倒也沒有表示不妥。

「明天真的送她回伊歌？」卿塵輕聲問道。

「嗯。」

「只怕她不肯。」

「軍中不是相府花園，豈由得她？」夜天凌淡淡道。

卿塵修眉淡挑，目光中略帶著一點別有深意的促狹神情。夜天凌脣間突然勾起一個輕笑的半弧，無奈搖了搖頭，抬手輕撫她的肩膀，柔聲道：「早點歇息。」

卿塵安靜地點頭答應，夜天凌便拿了外袍起身。

兩帥營帳相隔不遠，十一見夜天凌過來，兩人談起沒完沒了的軍務，一時都無睡意，不覺已夜入中宵。

營外不時傳來侍衛走動的聲音，輕微地響過，沉寂在深雪之中。

整個軍營如同隱於黑暗深處的猛獸，臥守於幽州城一側，似寐實醒，隨時可能給侵犯者致命的一擊。

這場精心策劃的戰事一旦結束，西路大軍將澈底掉轉守勢，與中軍齊頭並進，攻取叛軍中腹，合州、定州、景州、燕州、薊州，都將近在眼前。

如今天都之中，人人都將目光放在北疆平叛的戰況上。上次整頓虧空後，朝中悄無聲息地重布棋局，而北疆之戰，便是這局新棋的關鍵。

夜天凌眼中頗含興味地一笑，此次的征戰，似是比以往任何一次都有趣得多。

外面忽然傳來一陣腳步聲，他和十一同時抬頭，厚厚的垂簾微動，帶出一片月光映著雪色冰寒，卻是卿塵掀帳而入。

夜天凌見她緊蹙著眉，起身問道：「怎麼了？」

卿塵極無奈地嘆口氣：「我剛才去看一個情況突然惡化的傷兵，回來後殷采倩便不見了。」

第八十七章 斷馬斜風江湖劍

殷采倩馭馬一陣急馳，微微勒韁，半黑將明的夜裡，她穿過早已落葉稀疏的山林，打量近在眼前的高崖。方才仔細看了帳中的地圖，此去不遠當是白馬河上游的斜風渡，渡河翻過這山嶺，過合州、橫嶺一直東行，幾日可入臨安關，便離湛王大軍不遠。

月光下白雪皚皚，不時有晶亮的冰影閃爍，泛著安謐而神奇的美，偶爾輕風掃過，掠起微薄浮雪的風姿。

這樣的雪夜裡，馬蹄聲似乎顯得格外突兀，她在原地停留了一會兒，桃色紅唇微微下彎，像是要將今天惱人的事情統統丟開。夜天凌駭人的冰冷，十一不耐的神情和卿塵洞察一切的笑，盡皆堵在胸口不離不散，這簡直是她自出生以來最氣惱的一天。

她下意識地擰眉，出氣似地將身後掛著的飛燕嵌銀角弓一擺，揮鞭往白馬河而去。片刻之後，她突然又停了下來。因為夜太安靜，所有的聲息都變得清晰可聞。除了自己的馬蹄聲外，她似乎聽到輕微的馬嘶，蹄聲交錯，甚至有戰甲刀劍摩擦的聲音、腳步聲，和混在其中零星的說話聲。

斜風渡水流湍急，雪水夾雜著冰凌撞擊河石，陣陣掩蓋著這些奇怪的聲音。幽州大營黑沉沉已不可見，前方卻隱約輕閃出稀疏的火光。

她立刻帶馬隱到一方山石之後，悄悄看去。此處崖懸一線，鳥獸罕至，底下叢生急流亂石，極為險要。借著月色明亮，只見黑暗的山岩間人影晃動，已有幾隊人馬悄然來到這岸。

深夜裡刀劍生寒，悄無聲息地散發著大戰之前濃烈的殺氣。

殷采倩震驚萬分，這分明是虞呈叛軍趁夜偷襲，山間星火蔓延，不知究竟有多少兵力。

心中無數念頭飛閃而過，她立刻極小心地掉馬回身，遠撤幾步，急速縱馬往幽州大營奔去。

然而身後很快傳來示警聲：「有探兵！」

急促的馬蹄濺起飛雪，殷采倩在敵兵的追擊下策馬狂奔，心中只有一個念頭，一定要在被他們追上前趕回軍營。

十一帶著幾隊侍衛與卿塵沿路尋來，雪戰縱身跳上岩石，在四周轉了一圈，輕巧地往白馬河的方向跑去。

「那邊。」卿塵看著雪戰道。

十一隨意一瞥，馬鞭前指：「地上有蹄印，想必沒錯。」

「再走便是斜風渡了。」卿塵沿著雪地蜿蜒的蹄印看去，「她居然挑了這麼偏僻的路走。」

兩人馭馬前行，前方突然傳來急遽的馬蹄聲，原本一望無際的雪地上飛馳而來一騎，身後有數人緊追不捨。

十一目光銳利，立刻認出當前那人正是殷采倩，劍眉一揚，帶馬迎面馳去。

殷采倩忽見十一，大喜過望，高聲喊道：「十一殿下，快！快調兵馬！斜風渡有敵軍襲營！」

此時身後追兵臨近，紛紛引弓放箭，她低身閃躲，不料一枝流箭卻射中馬身。那馬吃痛猛失前蹄，一股大力便將她向前甩出。

她失聲驚叫，腰間忽而一緊，十一倏至近前，俯身援臂，半空攔腰將她攬住，救至馬上，接著反手一抄，馬側長槍落入手中，閃電橫掃，一名追近的敵兵迎槍跌飛。

短兵相接，隨行侍衛已與叛軍殺成一團。

十一手中銀槍再閃，逼退兩人，回身喝道：「卿塵！回營調兵增援！」

卿塵見敵軍勢眾，心知刻不容緩，當機立斷，猛提韁繩。雲騁長嘶一聲前蹄騰空，原地回身化作一道閃電白光，急奔幽州大營。

十一知道憑雲騁的神駿無人能阻住卿塵，當下放心，沉聲喝令：「拚死阻擊，不得放過一人！」

幸而叛軍尚未盡數渡河，數十名侍衛浴血驍勇，以一擋百，生生以血肉立陣布防，迎面阻住攻勢。

十一手中銀槍宛如白蛟騰空，槍影映雪，斜挑劈掃，敵軍一旦遭逢，每每慘叫跌退，鮮血濺上月光彌漫出狂肆殺氣，當者披靡。

殷采倩在他身前略一喘息，抬眼望去，只見四周密密盡是敵軍，己方將士死守一線，即將陷入重圍。

眼前銀光似練，炫亮奪目，十一一杆銀槍如若神蹟般縱橫敵眾之間，鋒銳凌厲，手下幾無一合之將，便在此時，他英氣逼人的俊面上，仍舊帶著一抹懶散的笑意。

敵人血濺三尺，他視若無睹，從容消受。

深雪驚碎，血泥飛濺。

殷采倩驚魂稍定，反手拽下背上飛燕角弓，她的箭盡數失在自己馬上，摸到十一馬側掛的箭筒，道：「借箭一用！」當即開弓搭箭，弦破生風，正中前方敵兵。

十一銀槍絞上敵人長劍，勢如白虹，貫胸斃敵，長聲笑道：「箭法不錯！」

殷采倩重新引箭：「天都女子春秋狩獵，無人是我對手！」

「有所耳聞。」十一說笑間再斬一敵，帶馬猛衝，敵軍陣列混亂騷動。殷采倩箭如流星，命中敵人。

叛軍不斷增多，己方將士損傷過半，十一審時度勢，不得已率眾且戰且退。

殷采倩畢竟從未到過戰場，黑夜中慘烈的血腥如驚人噩夢，不由教人手足發軟。她起初箭勁尚足，慢慢也只能惑敵，此時探手一摸，驚覺箭已告罄，方要說話，猛見一點白光飆射，卻是敵軍弓箭手認準十一，冷箭襲來。

她駭然大驚，想也未想便撲向十一身側，一聲利嘯，那箭自她肩膀穿透，鮮血飛濺。

十一心神巨震，驚怒之下槍勢暴漲，劈飛數人，單手護住她，喝道：「殷采倩！」

冷箭頻頻襲來。便在此時，四周驟然響起尖銳的嘯聲，幾道白羽狼牙箭精光暴閃，寒芒破空，橫斷敵箭，餘勢凌厲透敵胸腹，頓時殺傷數人。

隨著豁然而起的喊殺聲，東方一片玄色鐵騎如潮水般捲向敵軍。怒馬如龍從天而降，十一身邊劍光亮起，黑暗中驚電奪目，敵首灑血拋飛。寒光凜冽耀月華，戰袍翻飛處，夜天凌冷眸如冰，映過雪色奪魂。

「四哥！」

「送她先走！」夜天凌沉聲喝道，玄甲戰士護衛十一，殺開血路。行至安全處，十一將殷采倩抱下馬背，只見一枝短箭射中她右肩：「妳覺得怎樣？」

殷采倩神志略有些昏沉，低聲道：「不疼……」

十一劍眉緊蹙，借著戰士燃起的火把細看，心中猛然一沉，傷口血色黑紫，竟是毒箭。

「妳何苦受這一箭！」他略有惱怒。

「戰中……主帥……不能有失……」殷采倩胸口急遽起伏，不知是否因雪寒天冷，她渾身冰涼，呼吸漸漸急促。十一面色暗沉，一語不發，抬手將她袍甲解開。殷采倩只覺得傷處麻癢，好像有無數濃霧侵入眼前，昏昏欲睡，忽然肩頭一涼，她掙扎道：「你……你幹什麼！」

「忍著點兒。」十一將她拂來的手臂制住，未等她回過神來，手起箭出。

殷采倩痛呼一聲，神志一清，怒目瞪去。

傷口盡是濃稠黑血，十一無視她氣惱的目光，俯身吸出她傷口毒液，轉頭啐於雪地。

殷采倩既驚且怒，掙脫不得，羞惱中眼前忽然一陣漆黑，隨即墜入無邊的昏暗。

十二月癸未夜，月冷霜河。

玄甲鐵騎如長刃破雪，迅疾拒敵，直插斜風渡。

虞呈叛軍立足未穩忽逢阻擊，被當中斷為兩截散兵，過河兵卒猝不及防，在玄甲軍迅猛攻勢之下潰不成軍，高崖險灘橫屍遍布。

澈王點平業將軍柴項率精兵三千為先鋒，與原駐守白馬河、斷山崖兩部防軍反客為主，急行出擊，直搗叛軍主營。

虞呈大營空虛，倉促點兵迎戰，廝殺慘烈。

斜風渡叛軍匆忙回防，玄甲軍借勢銜尾追殺，一路勢如破竹，血洗長河。

主營叛軍深陷重圍，拚死頑抗。

清明破曉，叛軍損失慘重，虞呈見大勢已去，棄營北退，敗走合州。

柴項乘勝追擊，截殺窮寇，終於祁門關外鮮城荒郊一舉殲敵，斬殺虞呈。

至此西路叛軍全軍覆沒，幾無生還。

虞夙痛失長子，勃然大怒。湛王配合西路大軍勝勢全力猛攻，三日之後再奪遼州。

遼州巡使高通冥頑不靈，破城後拒不悔悟，妖言惑眾煽動軍心，被湛王當庭處死，頭顱懸於轅門示眾，妻母子女親者三十八人推出城外斬首坑埋。

即日起平叛軍令昭示北疆：各州守將從叛順逆者，殺無赦。

凌王平定西路叛軍，稍事休整，即刻揮軍兵臨祁門關。

合州守將李步自叛亂伊始便投靠虞夙，此時嚴陣以待，憑祁門天險誓欲頑抗。

祁門關乃是天朝北邊一道天然屏障，奇峰峻嶺，絕壁深溝，七十里南北，四十里東西，關左臨河，關右傍山，關隘當險而立，高崖夾道，僅容單馬。合州城高聳峭立，順山勢之高下，削為垛口，背連祁山、別雲山、雁望山，觀山一脈形成固若金湯的防守，易守難攻。

當初此關一破，天朝中原門戶大開，袒露於敵軍覬覦之下。虞夙叛亂之所以能在起兵之初便長驅直入，便是因祁門關落入其手。

合州守將李步，江北永州人氏，出身寒門，曾任天朝從事中郎、軍司馬，後因功勛卓著受封驃騎將軍。聖武十年隨先儲君夜衍昭討伐南番，屢克敵兵，戰功赫赫，深受先儲君重用。

然南定歸朝，尚書省及兵部官員卻以「菲薄軍令，擅自行兵，居功妄為」為由，申斥南征部將，李步等人首當其衝。後夜衍昭遇事，不久李步便左遷並州，聖武二十二年才調守合州。

便為此前後種種因由，李步心中積怨多年，虞夙深知其人其事，謀劃叛亂之時多方拉攏，並故意示以「正君位」之名，終將他籠絡，不費一兵一卒而得合州。

雪深風緊，天寒地凍，祁門關外百里成冰，更生險阻，即將使這場戰役變得緩慢而艱難。

西路大軍兵陳祁門關，礙於傷勢，殷采倩回天都之事暫且無人再提。在卿塵親自悉心照料下，她肩上之傷餘毒去盡，只因失血而較為虛弱。

「見過十一殿下。」帳外傳來侍衛的聲音。

「免了。」一劍甲輕響，橐橐靴聲入耳，是十一入了外帳。

殷采倩匆忙撐起身子，柳眉一挑：「不准進來！」因為起得太急，不小心牽動了傷口，突如其來的疼痛中夾雜著異樣的感覺，像是在提醒著某些讓她懊惱的事情。銀槍的光芒映著瀟灑懶散的笑，男子陌生的氣息後有唇間溫涼的觸覺，隨即而來便是一陣無處發洩的羞惱。春閨夢中少女的小小心思，本該月影花香，柔情似水，卻不料在箭光槍影中演繹出這般情形。

殷采倩這話說得極為唐突，卿塵詫異，抬頭卻見她俏面飛紅，滿是薄嗔，隔著屏風怒視外面，低聲道：「……他……無恥！」

卿塵無奈苦笑，起身轉出屏風。十一鎧甲未卸，戰袍在身，剛從戰場回來，劍上仍帶著鋒銳迫人的殺氣，衣襬處暗紅隱隱，不知是沾了什麼人的血跡。

卿塵細看他臉色，小心問道：「怎麼了？」

十一微微搖頭，下彎的嘴唇自嘲一揚，將手中那張飛燕嵌銀角弓遞過來：「這飛燕弓是日前落在戰場上的，我已命人修好了。」他顯然不願多留，言罷轉身，逕自出帳。

卿塵舉步跟上他，叫道：「十一！」

十一停步帳前，放眼之處深雪未融，冬陽微薄的光在雪中映出一片冰冷晶瑩。或許是由於那征戰的戾氣，他面色陰鬱，冷然沉默。

卿塵笑著繞至十一身前：「今天見識到了，原來咱們澈王殿下發起脾氣來也這般駭人。」

十一似是被她的笑照得略一瞬目，心中微微放鬆。他扶在劍上的手將戰袍一拂，轉頭往帳前看去，長長吁了口氣，突然道：「此事我必然有個交代，待回天都以後，我便馬上向父皇請旨完婚。」

他不曾壓低聲音，顯然是說給殷采倩聽的，卿塵瞪他，低聲道：「你這是幹什麼？」

十一卻將手一擺，雖說事出意外，但此時他若再行拒婚，對殷采倩甚至整個殷氏門閥都是莫大的侮辱，便是天帝那處也無法交代。他暗恨那一箭不如自己直接受了，省得此時不尷不尬地堵在心裡。

人算不如天算，憑空橫生枝節，如今進退都是麻煩。先前殷家借聯姻來探夜天凌的心意，夜天凌明白回拒了，擺明各走各路。十一同夜天凌親近，這是人盡皆知的事，而近年來他於軍於政漸受重用，也是人人看在眼中。殷家橫插這一步棋，不是沒有道理。人家落了一子，你如何能不應？

突然間大帳掀動，竟是殷采倩走了出來。她靜立著，臉色蒼白，眼中隱約帶著些別於往日的情緒，忽然緩緩斂衽，對十一俯身拜下。

十一愣住，皺眉道：「妳這是幹什麼？」

殷采倩垂眸道：「采倩年少不懂事，方才言語衝撞了殿下，請殿下見諒。」一句話拉開尊卑之分，她抬頭，看向十一：「殿下千金之軀，尊貴非常，采倩生性頑劣粗陋愚鈍，實在不配婚嫁，還請殿下收回方才所言，不勝感激。那日之事……事出意外……殿下不必在意。」她輕咬著本無血色的脣，脣間漸漸浮起一層鮮明的紅豔，襯得一雙眼睛眸色光亮。

十一怔了片刻，道：「妳何出此言？」

「我也不知這樣對不對，但殿下若因無奈而娶，我若因名節而嫁，終此一生，如何相對？殿下也是性情中人，是以我斗膽請殿下三思。否則……否則我不是白白離開天都？我不甘心！」

雪深，掩得天地無聲，帳前靜靜立著三個人。卿塵唇角忽而帶出若有若無的笑，不甘心？說了一串聽起來有模有樣的道理，最後竟是這麼三個字。

十一打量殷采倩半晌，忽然朗聲而笑：「真情真性，今日方識殷采倩。好，方才的話當我沒說，這一箭之情，日後必定還妳！」

殷采倩轉頭道：「兩清了，是殿下救我在先，何況我去擋那一箭時並未來得及細思。」

「現在細思了，不但心生悔意，是不是還想補給我一箭？」十一問道。

「采倩不敢。」殷采倩微挑柳眉。

「不是不想，是不敢。」十一道。

「那又怎樣？」

「哈哈！」十一揚眉大笑，轉身道，「這事到此為止，無論如何，我夜天澈欠妳一個人情！」

殷采倩雖言語上毫不認輸，卻茫然看著眼前白雪皚皚，心中是喜是悲已分不清。就在十一轉身離開的剎那，她的眼淚無聲地落下，悄然融入了雪中。

第八十八章　煙雲翻轉幾重山

合州，白雪覆蓋大地掩不住兵戈殺氣，高高的城牆之上火把燃照，在闃黑的深城邊緣投下深深的影子，大戰在即的緊張亦在火光的明暗下若隱若現。

將軍府前剛有部將策馬離去，殘雪零亂，泥濘一片，此時深冷的冬夜寂靜無聲。

凌王大軍兵臨城下，李步已有數日未曾好好闔眼，一燈未滅，他獨自坐在席案前皺眉沉思，忽而抬頭長嘆，含著無盡的寥落。

府中侍衛入內遞上一張名帖，李步微有詫異，如此深夜，是何人來訪？他將名帖展開一看，竟猛然自案前站了起來：「快請！」一邊說著，一邊大步迎了出去。

侍衛引著一名灰衣中年人步入將軍府，李步人已至中庭，遠遠便抱拳道：「不想竟是左先生！李步失迎。」南陵左原孫，軍中智囊，天下聞名的謀士，若能得他相助，合州便是如虎添翼。

左原孫亦笑著還禮：「李將軍，在下來得唐突！」

李步將客人引進屋中，命侍從奉上香茗，道：「多年不見，左先生風采依舊啊！」

左原孫搖頭笑道：「光陰易逝，兩鬢見白，人已老了。李將軍倒是勇猛不減當年，合州精兵猛將更勝往昔，在下一路看來，當真感慨萬分。」

李步長嘆一聲：「先生說笑了，如今合州的形勢想必先生也知道，不知先生有何看法？」

左原孫緩緩啜了口茶，道：「凌王其人心志堅冷，用兵如神，玄甲軍攻無不克戰無不勝，此次定川蜀、斬虞呈，挾幽州勝勢兵臨祁門關，順應天時，於合州勢在必得。但將軍手握祁門天險，深溝絕壑，城堅糧足，占盡地利，兩相比較，只剩一個人和。」他抬眼看了看李步，「合州將士之中，有不少人當年曾隨凌王征戰漠北，想必將軍也清楚。」

李步眉間皺紋一深，卻聽左原孫再道：「我來此途中，聽說自幽州北上所經城郡，百姓皆祈盼戰亂消弭，見凌王大軍而夾道迎送，不知是否真有此事？」

「依先生之見，合州此番敗多勝少？」李步面無表情，「但能與凌王一戰，無論成敗，也不枉此生為將！」

左原孫悠然一笑：「話雖如此，但我有一處不明，將軍究竟為何要與凌王交戰？聖武十九年，將軍曾配合凌王出擊突厥，大獲全勝。聖武二十二年，凌王上表保薦，自並州偏遠苦寒之地調將軍鎮守祁門關，委以重任。將軍從虞夙叛逆，難道便是為了與凌王一戰？」

李步眼中精光驟現，掃視左原孫。左原孫不慌不忙，平靜與他對視。

「左先生是為凌王做說客而來？」李步聲音微寒，暗中心驚，不知左原孫何時竟投在了凌王麾下。

左原孫神情淡定，適然品嘗香茗，道：「在下正是受凌王殿下之託，前來與將軍一敘。」

李步起身踱步庭前，望向中宵冷月，猛然回身，言語憤懣：「難道左先生已忘了瑞王殿下的舊恨？當今天子即位，晉為儲君的德王，以及滕王、瑞王先後不明不白地亡故，我李步深受先儲君大恩，怎嚥得下這口氣！」

左原孫抬手，對李步一揖：「將軍說得好，我左原孫便是為此，才不會任虞夙叛亂得逞。當年陷害瑞王殿下的柯南緒如今效忠虞夙，不取其首級，左原孫無顏以對舊主。不能平這場叛亂，亦對不住凌王殿下的知遇賞識。」他語氣微冷，閒定中透著無形的凌厲。

「如此我二人是道不同不相為謀。」李步神情複雜，此時他只要一聲令下先將左原孫扣留合州，便是斷了凌王一條臂膀。

左原孫似是對他透出的殺機視而不見，起身道：「話亦未必，有人想見將軍，不知將軍是否願意一見？」

李步疑惑地看向他，心中忽然一動，左原孫做了個請的手勢，不疾不徐，舉步先行。

＊

別雲山北麓，山勢略高，巨石平坦，雪壓青松。

月懸東山，薄映深雪幽暗。一人負手立在石前，放眼山間月華雪色，神情閒朗，山風微起，吹得他襟袍飄搖，卻不能撼動他如山般峻拔的身影。

李步踏上巨石，看到此人時渾身猛然一震。那人聽到腳步聲回頭，左原孫抱拳施禮，退下回避。

一道如若實質的目光掃向李步眼底，那人淡淡道：「怎麼，不認得本王了？」

李步與之對視，目光垂下，穩住心神，手卻不由自主地撫上劍柄，遲疑之中卻又終於俯身拜下：「李步……見過殿下。」

這一舉一動落入夜天凌眼中，他嘴角笑意微勾：「本王上次到合州還是二十二年自漠北回師，如今看來合州城變化不小，你這巡使做得不錯。」他言語淡然，仿似過境巡查，隨口褒賞。

李步此時已恢復了平靜，眼中精光一閃：「殿下好膽量，難道不怕末將調兵追殺嗎？」

夜天凌眸色深沉：「你方才不是正有此意，為何又改變主意？」

李步木然立了片刻，身上的殺氣緩緩散去，出聲嘆道：「殿下多年來對末將提拔維護，末將豈會全然無知？此次與殿下兵鋒相對已是無奈，豈能再做那等不義之事？」

夜天凌頗不讚賞地搖頭：「以你現在的氣勢，心中毫無戰意，城中將士意志鬆散，明日如何能與我大軍一戰？」

李步震驚，夜天凌此言豈不是將行軍計畫相告？他心中念頭飛閃，疑惑地看著夜天凌。夜天凌似是能看透他心中所想：「本王明天將會自祁山垛口處攻城，你小心了，莫讓本王失望。」

不攻而示之以攻，欲攻而示之以不攻，形似必然而不然，形似不然而必然。

兵中之道，向來是虛中實，實中虛，然而夜天凌此時句句予以實話，反讓深知兵法的李步無所適從，頓時陷入迷霧。

「殿下冒險入城，難道就是來告訴我這些？」

夜天凌負手隨步，走至他身前：「本王今夜來此，是有幾件事情要問你，明日大戰一起，怕你便再沒機會回答了。」

李步心中傲氣被他激起，冷哼抬頭：「勝負難料，殿下此話未免過早。」

「好。」夜天凌劍眉一帶，「這還像是當年斬了突厥渾日王的鐵血將軍。」

李步愕愕之際，他言語微冷，道：「本王問你，聖武十年，衍昭皇兄是否當真是自盡身亡？你當初身為東宮府前親將，其中始末原委可曾清楚？」

「殿下何故問到此事？」李步聲音微有顫抖，其中隱著莫大的憤恨。

「還有，衍暄皇兄暴病身亡，本王不信你沒有派人查過，當年澄明殿侍宴的宮女內侍、曾為衍暄皇兄診脈的御醫如今全無蹤跡，此事你又知道多少？」

「殿下！」李步失聲叫道。

「如實說來。」

李步抬頭迎上的是一雙深無情緒的眸子，然而那其中卻壓來居高臨下的威嚴，在清冷的深處像一刃無聲的劍。

「先儲君確是自盡身亡。」李步咬牙，擠出一句壓抑的話。

「原因？」

「殿下難道不知道？先儲君為我們這些將領據理力爭，遭當今天帝斥責，一時想不開，此事天下人盡皆知，天帝還後悔莫及，痛悼不已。」李步冷笑。

「究竟斥責了什麼？」夜天凌依舊平聲相問。

「朕不如將這皇位早早讓給你坐更好。」李步一字一句地道。

夜天凌眼中寒光深閃：「衍暄皇兄呢？」

李步默默回憶了片刻，道：「那病來得極為蹊蹺，拖了數日便不治了，我雖沒查出具體原因，但那幾個侍從和御醫並不是失蹤，而是以不同的法子暗中處死了。」

夜天凌背在身後的手緊握成拳，他仰頭靜看山間冷月，自齒間迸出一字：「好。」隻言片語化作利刃般的冰，一轉身，他對李步道：「明日本王絕不會手下留情，你當全力應戰，若戰死祁門關，衍昭皇兄的血債亦不會就此落空，本王自會還他一個公道。」

李步心神俱震，上前一步：「殿下究竟為何要追究這些事？還請給李步一個明白。」

夜天凌目光似與黑遠的山野融成一片，沉如深淵，他微微側首，用一種漠然的聲音道：「只因本王身上流著的是穆帝的血。」

李步如遭雷擊，呆立雪中，心底似有千軍萬馬狂奔而過，踩得血脈欲裂，他啞聲道：「殿下此話……當真？」

夜天凌眸光銳利，掃入他眼底，卻一拂袖，不再逗留，舉步往山下走去。

李步看著夜天凌堅冷的背影，突然往前疾踏一步，跪入雪中大聲叫道：「殿下！」

夜天凌足下微緩，停下腳步，脣間慢慢逸出一絲淡笑。

第八十九章　山河半壁冷顏色

離開合州，夜天凌回到大營，甫一入帳便錯愕止步。帳中燈火通明，十一、唐初、衛長征、冥執等全都在，看到他回來似乎同時鬆了口氣。案前一人背對眾人面向軍機圖，聽到他的腳步聲回頭，鳳眸微挑，一絲清凌的鋒芒與他的目光相觸，凝注半空。

夜天凌夜入合州是瞞著卿塵去的，不料此時在軍帳中見到她，抬眸往十一看去：「出什麼事了？」

十一輕咳一聲：「四哥平安回來便好，我們先回營帳了。」說罷一擺手，諸人告退，他走到夜天凌身邊回頭看了看，丟給夜天凌一個眼神。

夜天凌眉梢微動，卻見卿塵淡眼看著他，突然也逕自舉步往帳外走去。

「清兒！」夜天凌及時將她拉回，「幹什麼？」

卿塵微微一掙沒掙脫，聽他一問，回頭氣道：「你竟然一個護衛都不帶，孤身夜入合州城！兩軍大戰在即，合州數萬叛軍人人欲取你性命，你怎能輕易冒這樣的險？」

夜天凌料到卿塵必定對此不滿，但終是沒瞞過她，蹙眉道：「我吩咐過嚴守此事，誰這麼大膽告訴了妳？」

白裘柔亮的光澤此時映在卿塵臉上，靜靜一層光華逼人：「怎麼，查出是誰讓我知道要軍法處置嗎？」

夜天凌道：「不必查，定是十一。」

卿塵眉心微擰：「他們都不知你為何定要在此時獨自去合州，除了遵命又別無他法，全懸著一顆心，怎麼瞞得過我？」

夜天凌不管她滿面薄怒，心中倒泛起些許柔情，硬將她拉近身前環在臂彎裡，道：「那妳可知道我為什麼去，又為什麼瞞著他們？」

「你去找李步不光是為現在的合州，還有些舊事吧？」卿塵抬了抬眼眸。

夜天凌道：「既然清楚，妳深夜把我軍前大將都調來帳前，做什麼呢？」

卿塵黛眉一挑，冷顏淡淡：「天亮前你若不回來，揮軍踏平合州城！」

夜天凌不由失笑，攬著她纖不盈握的腰，徐緩道：「王妃厲害，幸好本王回來得及時，否則合州今日危矣！」

卿塵抬眸看到夜天凌眉宇間真真實實的笑意，原本惱他瞞著自己孤身犯險，此時見人毫髮無損，怒氣便也過去了，但忍了半夜的擔心害怕卻突然湧上心頭，眼底微微酸澀，轉頭說了句：「你以為十一他們不這麼想？」

夜天凌道：「李步此人我知之甚深，即便給他機會，他也不敢對我動手。何況這兩日大軍猛攻之下，合州將士軍心早已動搖，連李步自己都在忐忑，城中看似險地，其實不足為懼，我心裡有數。」

卿塵輕聲嘆道：「你冒險總有你的理由，但你早就不是一個人了，拿你的命冒險和拿我的命冒險有什麼區別？你不該瞞著我，難道如實告訴我，我還會受不住？」

夜天凌脣角帶笑，挽著她的手臂輕輕收緊，卻淡淡將話題轉開：「景州和定州妳喜歡哪個？」

卿塵側頭看他，有些不解，隨口答道：「定州吧。」

夜天凌漫不經心地道：「好，那咱們今晚就先襲定州，明天把定州送給妳做為補償，如何？」

卿塵驚訝：「定州、景州都在祁門關天險之內，合州未下，」她忽而一頓，「難道李步真的……」

夜天凌道：「我從不白白冒險，李步降了。合州留三萬守軍，剩餘五萬隨軍平叛，突襲景州。」

「李步竟肯回心轉意？祁門關一開，取下定州，我們即日便可與中軍會合？」

「不錯。」夜天凌轉身揚聲道，「來人，傳令主營升帳，三軍集合待命！」

帳前侍衛高聲領命，卿塵卻輕聲一笑：「三軍營帳早已暗中傳下軍令，所有將士今夜枕戈寢甲，此時即刻便可出戰。」

夜天凌笑道：「如此倒節省我不少時間。」

卿塵卻沉思一會兒，又問道：「李步雖說終於棄暗投明，但畢竟曾經順逆，軍中有不赦叛將的嚴令，你打算怎麼辦？」

夜天凌反身更換戰甲，道：「所以才要命他助我們取景州、定州，而後隨軍親自討伐虞夙，將功補過。」

卿塵點了點頭，上前替他整束襟袍，但覺得此事終究是個麻煩。

寅時剛過，天色尚在一片深寂的漆黑中。定州城已臨邊關偏北一線，祁山北脈與雁望山在此交錯，形成橫嶺，地勢險要，是北疆抗擊突厥重要的關隘。黑夜下，城外關山原莽天寒地凍，城中各處都安靜如常。北疆雖在戰火之中，但人人都知道只要祁門關不破，定州便高枕無憂，所以並不見調兵遣將的緊張。

南門城頭崗哨上，塞外吹來的寒風刮面刺骨，守城的士兵正在最疲累的時分，既睏且冷，不時閉目搓手，低聲抱怨。

終於熬到一崗換防，替班的士兵登上城頭：「兄弟辛苦了！」

「天冷得厲害啊！」先前一隊士兵哈氣道。

隨便言笑幾句，新上來的士兵在北風中亦打了個哆嗦，按例沿城頭巡防一圈，四處無恙，鐵甲發出輕微的摩擦聲伴著軍靴步伐橐橐，漸行漸遠往下走去。走在最後的士兵猛地眼角餘光，瞥到黑暗中一抹冷芒，尚未來得及出聲，頸間哧的一聲輕響，頹然倒地，即時斃命。

前面幾個士兵察覺異樣，回身時駭然見方才走過的城頭影影綽綽出現了敵人，借著深夜的掩護鬼魅一般迅速殺來。

方才換崗的士兵尚未走遠，便聽到身後同伴的慘叫聲夾雜著「有敵人」的示警，原本靜然無聲的黑夜被突如其來的殺氣撕裂，城頭火把似經不住風勢紛紛熄滅，四周驟然陷入混亂之中。

夜天凌和卿塵駐馬在不遠處一道丘陵之上，定州城在前方依稀可見，似乎並無任何異樣。但不過半盞茶功夫，城中一處突然亮起驚人的火光，緊接著火勢迭起，燒紅半邊天空。定州城如同迎來了詭異的黎明，瞬息之間又被濃煙烈火籠罩。

隨著火光出現，城外無邊的黑暗裡喊殺聲層層湧起，悄然而至的玄甲戰士不再如先鋒營般靠飛索潛入，當前三營架起雲梯，強行登城。

定州守軍尚未摸清是何人攻城，倉促抵抗，陣腳大亂。

城頭之上刀光寒目，貼身肉搏，廝殺慘烈，遠遠看去不斷有人跌墜下來，不是早已喪命便是被城下亂石鐵蹄踐踏身亡。

隨著守城之軍防禦匆忙展開，利箭叢叢如飛蝗般射下，竭盡全力企圖阻止玄甲軍攻勢。

定州巡使劉光餘睡夢中聞報，駭然大驚，根本無法相信是玄甲軍殺至。祁門關固若金湯，白天尚有軍報西路大軍仍被阻於關外，怎會半夜攻至定州？而此時定州軍營已有半數陷入火海，神機營的玄甲火雷每發必燃，四處生亂，竟教人覺得定州已然全城淪陷。

劉光餘驚駭之餘戰甲都未及披掛，立刻點將集兵，增援南門。

營中之兵尚未趕出行轅，便聽東面轟然一聲巨響，震得城牆亂晃，一響之後不曾間斷，連連震撼。東門守軍疾馳前來，滾瓜一般掉下馬：「大人！澈王大軍強攻東門，城門已經無法抵擋！」

話音未落，南門來報：「大人！南門失守！玄甲軍攻進來了！」

劉光餘心神劇震，大聲疾喝：「撤往內城！調弓箭手死守！快！各營士兵不得慌亂，隨我拒敵！」

定州城中一道道血光於火影之中交織成遮天蔽日的殺伐，道道鮮血給雪地添加了觸目驚心的猩紅，瞬間便在冰冷的寒風下凝固成堅硬的一片，卻又被隨之而來的無情鐵蹄馳掠粉碎。

強者的剛冷和弱者的消亡無須太多修飾，冷鐵、熱血、長風、烈火，在天地間淋漓盡致地劃開濃重的一筆。

順我者昌，逆我者亡。

黎明逐漸迫近，定州守軍根本沒能抵擋多少時間，四門淪陷，內城隨即失守，全軍潰敗。

玄甲軍甫一入城，迅速撲滅各處火焰，掌控要道，安撫平民，收編敗軍。不過一個多時辰，定州易主，重入天朝統治。

朝陽升起並不因任何原因而改變，天邊徐徐放亮，露出魚肚般的顏色，一絲絲微光隱約可見，緩慢塗染，黑夜低眉順目退避開來。

夜天凌同卿塵並騎入城，唐初正指揮士兵清理戰場，上前請示道：「殿下，定州巡使劉光餘負傷被擒，如何處置？」

夜天凌下馬審視城中情形：「帶來見我。」他與卿塵舉步登臨城頭，越走越高，延伸於殘雪的血跡、斷劍冷矢、硝煙餘火都遺留在身後，舉目所見層層開闊。

腳下大地莽原無盡，鋪展千里，長河一線，遙嵌蒼茫，四野城皋依稀可見。祁山與雁望山雄偉的峰脈蜿蜒壯闊，越嶺而過便是漠北民族縱橫馳騁的草原大漠，天穹高廣，遠而無所至極。

此時天際遙遠的地方，一輪朝陽破雲而出，金光萬丈耀目，將整個大地籠罩在光明的晨曦之中。

雲海翻湧，冷風烈烈，夜天凌傲然站在城頭遙視天光，腳下是剛剛臣服的定州城，身前可見大漠萬里茫茫無際，身後城池險關錯落，江山連綿如畫。

劉光餘在玄甲侍衛的押送下登上城頭，看著眼前沐浴在晨光中堅冷的背影，身心俱震。玄甲軍令人聞風喪膽的力量便是來自此人，輕而易舉攻取定州，使數萬守軍瞬間兵敗至此的亦是此人。

夜天凌聽到腳步聲回頭：「給他鬆綁。」

侍衛挑斷繩索，劉光餘活動了一下疼痛的手臂，僵立在幾步之外，不知夜天凌將他帶來此處是何用意。他衣袍之上雖血跡斑斑，但神情倒還平靜。

夜天凌緩步至他身前：「定州巡使劉光餘。」

劉光餘苦笑道：「久仰殿下風神，卻一直無緣相見，今日得見，不想卻是這般情形。」

夜天凌看了他一眼：「如今你有何打算？」

劉光餘道：「請殿下給末將個痛快，末將感激不盡。」

「你的意思是求死？」夜天凌淡淡道。

劉光餘道：「平叛大軍不赦叛將，眾所周知，末將早有準備，只求殿下寬待其他將士。」

「哦。」夜天凌喜怒不形於色，劉光餘有些摸不清他究竟要怎樣，忽聽旁邊一個輕柔的聲音道：「劉大人，你應該算是『北選』的官員吧。」

劉光餘轉頭，見卿塵正淺笑問他。他方才便見凌王身邊站著一人，城頭長風飛揚處從容轉身，一股清逸之氣教人恍然錯神。如果說凌王是肅然而剛冷的，那麼這人渾身散發的便是一種極柔的氣質，彷彿天光下清水淡渺，無處可尋而又無處不在。

所謂「北選」的官員，是因北晏侯屬地向來都有自薦官吏的特權，遇到官員出缺、調動、升遷等事，往往由北晏侯府挑選合適之人擬名決定。日久以來，北疆各級官員、將領幾乎都由虞夙一手指派，連吏部、兵部也難以插手，這些官員一般被稱為「北選」。

劉光餘確實是經虞夙選調之人，雖不知卿塵是誰，但對她的問話還是點頭承認。

卿塵淡淡一笑：「但如果我沒記錯，你之前是以文官之職入仕，聖武九年參加殿試，金榜之上是欽點的二甲傳臚，御賜進士出身，當年便提為察院監察御史。可是不到半年，你便因一道彈劾當時尚書省左僕射李長右的奏本遭貶，左遷為長樂郡使，四年任滿後雖政績卓著，卻未得到升遷，直到聖武十七年才平調奉州。不過你在奉州卻因剿匪之功而聲名大噪，其後被虞夙選調定州，聖武二十三年居定州巡使之職至今。這樣說起來你又不能完全算是北選的官員，你在北選之中是個異數，而且文居武職，這在戍邊的將領中似乎也是第一人。」

劉光餘詫異卿塵如此了解他的經歷，隨口說來分毫不差，之前為官的經歷並不愉快，只道：「那又如何？」

卿塵目光落至他的眼前：「我記得你的幾句話，『興兵易，平亂難，靖難易，安民難，安民之道在於一視同仁，如此則匪絕，則邊患絕』，你現在還是這樣認為嗎？」

劉光餘越發吃驚，問道：「妳怎會知道此話？」

卿塵道：「我在你述職的奏章上見過，記得是你自奉州離任時寫的吧。」

能隨意瀏覽官員奏章的女子，天朝唯有修儀一職，劉光餘恍然道：「原來妳是清平郡主。」

卿塵微笑道：「凌王妃。」

「哦！」劉光餘看了夜天凌一眼，夜天凌目光自定州城中收回來，「你兵帶得倒還不錯，但要以此絕邊患，卻還差得遠。」

劉光餘道：「絕邊患並不一定要靠武力，定州雖不是邊防一線兵力最強的，卻向來很少受漠北突厥的侵擾，兩地居民互為往來各尊習俗，長久以來相安無事。」

夜天凌脣角微帶鋒冷：「戰與和，從來輪不到百姓決定，即便他們能和平相處，突厥王族卻不可能放棄入侵中原的野心。多數時候，仁義必要依恃武力才有實施的可能。」

劉光餘著眼於一方之民，夜天凌看的是天下之國，兩者皆無錯誤，卿塵淡笑問道：「且不說邊疆外患，眼前內患荼毒，劉大人又怎麼看？虞夙興兵，殿下平亂，都容易，但最難的還是安民，定州百姓怕是還需要有人來安撫，劉大人難道能置之不理？」

劉光餘心中疑竇叢生：「殿下軍中人才濟濟，難道還在乎一名叛將？何況軍令如山，末將縱然願降，只怕仍是死路一條。」

夜天凌笑了笑，此時衛長征登上城頭，將一封信遞上：「殿下，有李將軍自景州的消息。」

夜天凌接過來，卿塵轉頭見李步信中寫道：「稟殿下，昨晚兩萬士兵詐入景州，各處都順利。只是巡使錢統頑抗不服，叫囂生事，被我在府衙裡一刀斬了，還有兩名副將是虞夙的親信，不能勸降，也處死了，如今景州已不足為慮……」她莞爾一笑，李步是如假包換的武將，和眼前的劉光餘可完全不同。

夜天凌看完信，竟抬手交給劉光餘：「你也看看。」

劉光餘愣愣著接過來，一路看下去出了一身冷汗。祁門關中合州、定州、景州三大重鎮，一夜之間盡數落入凌王掌握之中，頃刻天翻地覆。他被眼前的事實所震驚，感覺像是踩入了一個無底的深淵，根本不知道接著還會發生何事。

夜天凌將他臉上神色變換盡收眼底，道：「李步用兵打仗是少有的將才，但行政安民比你劉光餘就差些，若如錢統一般殺了你似乎有些可惜。」

劉光餘抬頭道：「殿下是讓末將看清楚錢統抗命不從的下場嗎？」

夜天凌皺了皺眉。卿塵搖頭道：「殿下的意思是，他連李步都能如此重用，何況是你劉光餘？錢統為官貪佞殘暴，素有惡名，即便此時不殺，之後也容不得他，你要和他比嗎？」

劉光餘一時沉默，再轉頭看定州城中，昨夜一場混戰之後，現在各處仍透著些緊張氣氛。幾處大火雖燒的是軍營，但依然波及了附近民房，玄甲軍將士除了肅清各處防務，已經開始著手幫受累的百姓修整房屋，或暫且安排他們到別處避寒。陽光之下，有個年輕士兵抱起一個正在無助哭啼的孩子，不知說了什麼，竟逗得那孩子破涕為笑。

卿塵正和劉光餘一樣微笑看著這一幕，而夜天凌的目光卻投向內城之中，再一抬，與漸盛的日光融為一體，灼然耀目。卿塵轉身道：「定州畢竟臨近漠北，此時亦要防範著突厥才是。」

劉光餘道：「漠北冰雪封地，突厥人主要靠騎兵，冰雪之上行軍艱難，所以很少在冬天興起戰事，應該不會趁機侵擾。」

卿塵微微點頭：「非常之時，還是小心為上。昨夜定州戰死兩名副將，軍中殿下會親自安排，府衙之中官員哪些能留、哪些不能留，你要謹慎處置。」

劉光餘心中滋味翻騰，這話是示意要他繼續鎮守定州，並且予以了極大的信任，他目光在定州城和眼前兩人之間遲疑，胸口起伏不定。卿塵始終目蘊淺笑，淡靜自如地看著他。劉光餘突然長嘆，後退一步拜倒：「殿下、王妃，末將敗得心服口服，日後願效命軍前，萬死不辭！」

夜天凌對他的決定似乎並不意外：「你去吧，先去接管昨晚投降的士兵，安置妥當，其他事宜我們稍後再議。」

劉光餘再拜了一拜，轉身退下，直覺現在烽火四起的北疆早晚會在凌王神出鬼沒的用兵之道和深威難測的馭人之術前盡數落入其掌控，他甚至生出了一個更加驚人的念頭，或許整個天朝都將如是。

第九十章　山陰夜雪滿孤峰

夜天凌在劉光餘退下後握了卿塵的手，帶她往橫嶺那邊看去：「知不知道橫嶺之中有一處綠谷？」

卿塵搖頭道：「從未聽說過。」

夜天凌薄露笑意：「離此處不算太遠，明天我帶妳去。」

「去那裡幹什麼？」

夜天凌道：「妳不想看看我真正學劍的地方嗎？我帶妳去見一個人。」

「咦？」卿塵驚訝，「是什麼人，值得你這時候特地去見？」

「此人與我雖無師徒之名，卻有師徒之實。」夜天凌未及說完，見十一大步登上城頭，劍眉緊蹙，步履匆匆，「四哥！」他到了近前道，「中軍出事了。」

卿塵心下猛地一沉，方才談笑的興致瞬間全無。

「右都運使衛騫押送的大軍糧草在固原山被劫，隨行護送一萬八千人全軍覆沒，無一生還，入北疆的糧道已經被從中切斷。虞夙劫了糧草就地全部焚毀，出盡兵力將中軍圍困在燕州以北的絕地。燕州境內近日大降暴雪，中軍在雪中十分吃虧，數次突襲都不能成功，反而在對方的強攻之下，被分成兩處。」

夜天凌神色漸漸凝重，他當初之所以不贊成興兵北疆，便是因冬季北疆的惡劣氣候。虞夙叛軍常年駐兵在此，對於風雪嚴寒早已習慣，而天朝將士卻來自各處，除了玄甲軍以外，他們對這樣的天氣很難適應。虞夙趁此時起兵，便是要占這個天時地利，一旦遇上氣候驟變，形勢就可能發生極大的變化。

之前的勝與敗，都將加諸這一時，虞夙深知此點，才要搶在對方兩路大軍會合之前將中軍盡快解決，以便能全力對付夜天凌的西路軍。而看來老天此時亦有相助之意，終以暴雪將北疆化作絕地，使得中軍陷入前所未有的困境。

卿塵被夜天凌握著的手漸漸變得冰涼，望向這冰天雪地的北疆，修眉深鎖。

「命諸將入定州府議事。」夜天凌對十一說了句，回頭深深看了卿塵一眼，「妳先回行館，議完此事我便過去。」

*

離定州府一箭之地的行館中，卿塵安靜地站在廊前。

晴日無風，冬天難得的好天氣，陽光毫無遮攔地穿過葉片落盡的枝椏，將覆蓋在枝頭、簷上的殘雪慢慢融化，淅淅瀝瀝落上庭前光滑的長石。

此時很難想像燕州境內的狂風暴雪是怎樣一番景況，中軍被困的大荒谷，千山絕壁，鳥獸無蹤，一旦斷了糧草軍需，大軍人數越多就越容易被拖垮，統馭失策的話甚至可能出現兵敗如山倒的慘重後果。

卿塵無聲地嘆了口氣，定下心來聽著簷前時有時無的水滴聲。漏刻靜流，轉眼過了兩個多時辰，夜天凌仍沒有回來，她幾次想轉身過府去，卻又生生忍住。她知道她和夜天湛之間的是非瓜葛，夜天凌自始至終心裡都清楚，但他寬容著她所有的情緒，她亦不願再在這微妙上多加諸半分。

冥執穿過中庭快步往這邊走來，到了卿塵身後單膝行了個禮道：「鳳主。」

「怎樣？」卿塵沒有回頭，問道。

「大軍分三路，一路隨唐將軍取臨滄，一路隨澈王殿下奪橫梁，剩下的殿下親自領軍，直襲燕州。」冥執聲音平平無波，猶如卿塵現在面上的表情，她微微側首，問道：「中軍那邊呢？」

冥執道：「沒有安排。」

「什麼時候出發？」

「後日。」

卿塵眉心不由自主地一蹙，轉身道：「我知道了，你去吧。」卻忽見殷采倩不知何時站在門前，瞪大眼睛看著她。

「四殿下居然見死不救！」殷采倩隱含驚怒，「我去找他問清楚！」

「回來。」卿塵徐徐說了一聲，聲音不大，但異常清晰。殷采倩腳下一滯，停下步子。

「妳能說服他嗎？」卿塵轉頭掠了她一眼，緩步往室中走去。

殷采倩眼中帶著幾分焦急，往定州府看了一眼，回身道：「我不能，可是妳能改變他的決定，現在只有妳能幫湛哥哥。」

卿塵微微而笑：「妳錯了，他的決定不會受任何人左右，我也一樣。」

殷采倩神情一變：「妳……妳怎麼狠得下心！」

卿塵邁步入室，白裘輕曳，似將浮雪一痕帶過。殷采倩數步趕上她道：「妳真和他一樣鐵石心腸，絲毫都不曾想想湛哥哥？湛哥哥對妳痴心一片，當初姑母不同意他請旨賜婚，他不惜忤逆母親也堅持要娶妳。妳大婚的時候，他違抗聖旨也要回天都，那天我和十二殿下跟著他離開凌王府，他有多傷心妳知道嗎？他娶王妃的時候，新婚夜裡醉酒喊的都是妳的名字！妳即便對他無情無義，難道連這分援手的心都沒有？就看著四殿下借刀殺人嗎？」

卿塵雙眸幽深，靜靜聽著殷采倩的質問，她無法將記憶中夜天湛在大婚典禮上的俊雅身影與酒後的樣子連成一線。那日他笑如春風，他溫冷如玉，甚至沒有多看她一眼，應付於賓客之間瀟灑言笑，從容自如，此時想來，他或許真的喝了不少酒。

那時候她看到他挽著自己的王妃，時光支離破碎、迎面斑駁，李唐擁著徐霏霏。

她透過深紅煥彩，以一種複雜的心情細細揣摩他的模樣，在他春風般的笑意中無聲嘆息。

那嘆息中，是難言的酸楚，一點點浸透在心房最脆弱的地方，化作一片苦澀的滋味，溢滿了每一個角落。

終此一生，不能掙脫的牽絆，他們兩人都清楚，卻以不同的方式裝糊塗。

有些事，本就是難得糊塗。

她不想讓心中的情緒在任何人面前洩露半分，目視著殷采倩因怒意而越發明亮的眼睛，淡淡道：「妳若是真的為七殿下著想，剛才說過的每一句話最好都忘個乾淨，否則才是真正害了他。」

「妳到底管不管？」殷采倩看著她幽靜到冷漠的眸子，恨恨問。

「他不會有事。」

「呵！」殷采倩冷笑，譏諷道，「中軍遇險，四殿下調兵遣將絲毫不見救援的意思。誰都知道這北疆戰役非同小可，湛哥哥若是有個意外，軍中朝中你們就都稱心如意了吧？十一殿下也袖手旁觀，這法子真是高明！」

卿塵脣角一勾，不愧是門閥之女，殷采倩雖刁蠻任性，有些事情卻天生便看得明白，但也有些事她並不明白。「我還是那句話，妳該多了解一下四殿下。」她往案上一指，「妳打開看看。」

殷采倩不解地將卿塵所指的一幅卷軸打開，正是四境軍機圖。卿塵卻不看，立於窗前隨手擺弄白玉瓶裡插著的幾枝寒梅：「臨滄乃是虞夙叛軍囤糧重地，燕州亦是北疆舉足輕重的城池，他兵分兩路取這兩處，乃是圍魏救趙之計，叛軍定不會坐視不理。但這兩處用兵是虛招，他真正的用意是取橫梁。妳看到橫梁了嗎？橫梁地處橫嶺南支和固原山交界處，是中軍脫困必取之路。此地一日在虞夙手中，中軍便只能坐困愁城，而且，也只有控制了此處關隘，被斷的糧道才能得以恢復。三路安排環環相扣，一旦十一與中軍會合橫梁，兩路虛兵變為實攻，到時候燕州叛軍將處於腹背受敵的死地，這才是他的目的。借刀殺人雖好，但他未必屑於一用，更不會用在此時。」她不疾不徐，娓娓道來。

殷采倩並不像卿塵一般熟悉軍機圖，凝神看了半晌，方將信將疑：「即便如妳所說，為何要後天才發兵？拖一天中軍便險一分。」

一瓣梅花輕輕落於掌心，卿塵無聲地嘆了口氣：「七殿下定會平安，妳只要知道這一點就可以了。」

「妳怎敢如此肯定？」殷采倩問。

「因為我相信他。」卿塵靜靜說了句，轉頭看著殷采倩，「采倩，妳此時可有一點能體會到，夾在家族親人和凌王府之間是什麼樣的滋味？我能理解妳對他的感覺，他一樣讓我心甘情願地愛著。但妳若不能了解他、相信他，這種感情遲早會毀了妳，也不能給他帶來絲毫的歡喜。抱歉，我不會讓這種事情發生，凌王府中只能有一個王妃。至於七殿下，我的心給了一個人，便再也容不下別人了。今天我把話都說明白，或許妳以後也能輕鬆一些。」

殷采倩眉心越收越緊，突然眼中閃過驚詫。卿塵回頭，竟見夜天凌站在門前。

殷采倩吃驚卻並不是因為夜天凌出現，而是意外地看到他臉上帶著一絲若有若無的笑意。她印象中從沒見過夜天凌這樣的神情，不是清冷、不是孤傲，亦不是凌厲和威嚴，而是削薄脣角一抹淡淡的微笑，在看著卿塵的時候他像是變了一個人，雖然只有剎那。

＊

夜天凌帶卿塵出了行館，風馳和雲騁早已等候在外。兩人出定州城一路北行，夜天凌道：「以風馳和雲騁的腳程，我們明日日落前便能回來。」

卿塵問道：「去綠谷嗎？」

夜天凌點頭，卿塵略微遲疑後道：「一定要現在去？」

夜天凌目光在她臉上掃過，並沒有錯過她眸底淡淡的隱憂，卻挑眉一笑：「和我在一起，就別操心別人了。」

卿塵輕輕嗯了一聲，眸光一抬與他相觸。他微笑之後的深眸似古井，探不出風雲兵鋒的痕跡，如水如墨，清清冽冽，唯一所見便是一抹白衣素顏，蕩漾在幽深底處清晰無比。

卿塵話說出口，沒有刻意去掩飾，其實也不求什麼，有些事他答應了她，卻也只能在那個底線，這點她清楚。中軍必定有驚無險，但這筆敗績亦就此難免，這場平叛之戰只有一個人能勝，這也是她和鳳家的賭注。

夜天凌見她沉默不語，道：「妳也別小看了七弟，當年他率軍平定滇地百越人之亂，在泥澤毒沼遍布之處都能和對手從容周旋，區區大雪封地比起深山密林中的毒蟲瘴氣也算不了什麼。他自己一身武功不輸於我，手下幕僚之中亦多有能人，困不死的。」

卿塵這才記起曾有幾次見過夜天湛的身手，玉笛揮灑，克敵制勝，連凌厲也鮮見，那種溫文爾雅總會教人忽略些什麼，她或許還不如夜天凌了解他多些。髮絲被風帶得飄揚，她微笑道：「祁門關內三州都剛剛收復，總要有一天半日的安排才行，也不能即刻便調軍離開，倒是你忙中偷閒似乎不合常理。」

夜天凌淡淡道：「李步和劉光餘都很得用，亦有十一弟在，我們快去快回便是。」

北疆草原漠漠無際，晴冷蔚藍的長天之下日照當空，穿透白雲片片映出深銀的顏色，陣陣風吹雲動迅速掠過，好似陽光隨風飄動在草原之上，形成奇異的景觀。風馳和雲騁亦如雲之飄逸，一路翻過平原低丘，很快便入了橫嶺山脈。

雪戰在卿塵馬上待膩了，跳下去獨自亂跑，卿塵也不在意，不一會兒牠便會自己跟上來。橫嶺山脈悠長，一路北行更是冰天雪地，處處覆著皚皚白雪，陽光下反射出晶瑩的光澤。夜天凌索性和卿塵共乘一騎，以風氅將她環在身前。卿塵暖暖地靠著他的身子，極目處四野寂靜，飛鳥絕，人蹤無，峰嶺連綿在雪下顯得格外開闊，她抬眸對夜天凌道：「四哥，這裡好安靜，你說如果我們這樣一直走下去，會走到什麼地方？」

夜天凌遙望遠山冰封，笑了笑：「想知道？那我們走走看如何？」

卿塵抿脣不語，過了一會兒方道：「只有我們兩個人。」

夜天凌點頭：「好，天大地大，妳想去什麼地方都行。」

「要走累了呢？」卿塵問。

夜天凌思索一下，道：「那隨便找個地方，城池坊間或是鄉野村落，臨水或是依山，妳選好了咱們便住下。」

卿塵淡淡一笑，溫柔中映著冰雪的顏色：「為君洗手做羹湯，到時我可以天天做菜給你吃。」

夜天凌側頭看著她低聲笑說：「不怕麻煩？」

卿塵細眉一揚：「那你做。」

她纖柔的手指被夜天凌攏在掌心，覆蓋著淡淡真實的溫暖，夜天凌滿不在乎地道：

「只要妳敢吃。」

他身上有種乾淨的男子氣息，似雪的冰冷，又似風的清冽，低頭時溫熱的呼吸卻吹得卿塵耳朵輕癢。她微微一躲，卻發現原來他是故意的，清脆的笑聲響起在茫茫雪中。這一刻沒有朝堂上的波詭雲譎，沒有戰場上的廝殺謀略，素淨的天地間似乎真的只剩下他們兩人，相依相靠，雙手相攜，無論是風雪颯然，是百花齊放，是驕陽如火，是黃葉翩飛都笑對，春秋過境，漫漫長生，無論選了哪條路，無論將走向何處。

雪路茫茫，山有盡頭。過不久，夜天凌手中馬鞭前指：「前面便到了。」

卿塵沿途打量，發現越往前走，周圍的山石由青灰色漸漸轉成一種晶瑩的深綠，雪地裡遠看竟如鋪玉疊翠，一脈碧色迤邐沿著山谷深邃延伸。近處在白雪的掩映下，山石的色澤濃淺不一，有的如嫩柳初綻，有的似孔雀翠羽，襯在瑩白的雪色上十分漂亮，她不由道：「怪不得這裡叫綠谷，竟然有這般奇景。」

夜天凌道：「越往谷中走翠色越多，一直南去到我們第一次相遇的屏疊山漸漸才淡了。」

卿塵隨口道：「屏疊山離這兒近嗎？我倒很想回去看看呢，總覺得那裡很特別，等空閒了我們回去一次好不好？到時候我帶著靈石串珠，看看會不會再有神奇的事情發生。」

「不去。」夜天凌道。

「嗯？」卿塵奇怪道，「為什麼？」

「都燒光了有什麼好看的？」夜天凌淡淡道。

卿塵在馬上轉身抬頭，不解地看他。夜天凌眼眸一低瞥過她的探詢，伸手揉上她的頭頂讓她轉回頭去。卿塵突然感到他手臂緊了緊，似乎是下意識地，卻牢牢環住了她。接著夜天凌將馬韁在手腕上隨意一纏，雙手將她完全地圈在懷裡，那是一種宣告占有和保護的姿勢，卻依稀又有點不確定的遲疑。

卿塵鳳眸微抬，長長的睫毛下有伶俐的光影閃過：「四哥，你該不是怕我回去吧？」她笑問道。

「哼！」夜天凌冷哼不語。

「是不是啊？」卿塵笑得有點不懷好意的調皮。

夜天凌像是鐵了心不回答，卻招架不住卿塵耍賴般地追問，終於無奈道：「妳偶爾可以裝裝糊塗，也不是什麼壞事。」

卿塵聞言大笑，卻聽夜天凌詫異地嗯了一聲：「人好像不在。」

兩人下了馬，卿塵見到前面是間依山而建的石屋，門前白雪無聲，覆蓋著大地，絲毫沒有人出入的痕跡，四周不知為何顯得異常寂靜，在冬日早沒的夕陽下顯出一種幽寧的蒼涼。

「在這兒等我，我先去看看。」夜天凌對卿塵道，快步往石屋走去，伸手推門，白雪雜灰撲撲簌簌落滿身前。

石屋前夜天凌描述過的模樣在重雪的掩蓋下難尋蹤跡，唯有一方試劍的碧石隱約可見。卿塵緩步前行，忽見夜天凌身形一震，她察覺異樣，上前問道：「四哥，怎麼了？」

夜天凌似乎沒有聽到她的聲音，僵立在前面。卿塵越過他的肩頭，看到殘壁空蕩，唯有一副石棺置於當中。

卿塵輕輕握住了夜天凌的手，浮灰之下棺蓋上依稀刻著字，夜天凌清開灰塵，露出一些奇怪的文字。卿塵並不認識，卻見夜天凌看過後，良久方嘆道：「怪不得他說不必稱他為師父，我真沒有想到，他竟是柔然族的長老，亦是母妃的叔叔。」

卿塵對夜天凌能看懂柔然族的文字並不詫異，夜天凌常年征戰，對漠北諸族多有研究，何況是自己母親的部族。她輕聲道：「怎麼會這樣？」

夜天凌閉目平復了一下情緒，轉而依舊是往常清冷的平淡：「萬物有生必有死，八十九歲，一生亦不算短了。」他目光再落至石棺之上，「萬俟朔風，不知這人又是誰。」

「是他做了這個石棺？」卿塵問。

夜天凌點頭，手指在棺蓋複雜的文字上撫過：「柔然一族對尊崇的長者有停棺後葬的習俗，看棺上的日期，過了今天便整整一年，已到了入葬的日子，我至少還能為他老人家做這一件事。」

卿塵自懷中取出絲帕，將蒙塵已久的石棺細心清理，與夜天凌一起動手葬棺入土。

夜天凌神色默然，舊棺新墳，生死兩隔。待一切完成之後，夜幕已籠罩大地，月冷星稀，深谷無風，兩人以枯落的松枝燃起篝火。卿塵坐在大石之旁，飛焰點點，零亂地竄動在無邊的夜下。她靜靜看著夜天凌親手鑿刻一方碧石，火光映在他的側臉上，明暗中只見深沉。

夜天凌已有大半日不曾說過一句話，當最後一個字鑿好，他輕輕舉起手中長劍，火光明亮，壓不住劍上寒氣，映在他無底的眸心，清冷一片。

這把歸離劍象徵著天朝四海至尊的皇權，柔然族得到此劍，卻不幸換來滅族的結局。當年穆帝攻伐柔然，雖是攜美而歸，但真正的目的還是這把號令天下的寶劍。即便已是身處權力巔峰的帝王，也一樣不惜殺伐，揮軍千里，只為索取一個統馭萬方的象徵。

柔然族還是保全了這柄劍，它致使蓮妃歸嫁天朝，亦讓夜天凌誕生在俯瞰中原的大正宮中，不管他的父親是誰，他身上有一半流著柔然族的血，柔然族將這歸離劍最終交到了他的手上。

夜天凌緩緩起身，將手中石碑立於新起的墳前，劍鋒側處，一抹炫冷的月光驟盛，風凌起，雪飛濺。

眼前空曠的雪地之上，月華之中，卿塵看著夜天凌身影四周劍氣縱橫，寒光凜冽，白練如飛。夜風殘雪隨著他手中劍嘯龍吟越轉越急，一套「歸離十八式」發揮到極致，劍氣狂傲，橫空出世，凌厲鋒芒迫得人幾乎不能目視。

隨著夜天凌一聲清嘯，胸中波瀾激盪山野，歸離劍光芒輕逝，寒意收斂，四周風雪紛紛揚揚飄落，瞬間和銀白的大地融為一體。

雪盡處，月影孤冷，夜天凌握劍獨立，在無盡的黑暗中抬頭望向深不可測的夜空，輕聲道：「師父，我帶著妻子來看你了，得歸離者得天下，我絕對不會讓你失望。」

第九十一章　橫嶺雲長共北征

橫嶺深雪綿延千里，北疆大地在這樣的林海雪原中氣勢蒼茫，厚厚的冰雪下流淌著自然的血脈，不動聲色地延伸於六合八荒。

馳上一道高丘，夜天凌勒馬轉身，往橫嶺之外漠北遼闊的土地看去：「數十年前，橫嶺以北曾經都是柔然族的領地。」

卿塵緩緩束韁：「據《西域志》記載，自天朝立國始至穆帝兵敗柔然之前，南以橫嶺北麓為界，北至葉伽倫湖，東至大檀山脈，西北至撒瑪塔爾大沙漠，西南至達粟河，西北這片土地一直都是柔然國所屬。」

夜天凌深邃的輪廓下隱藏著沉穩的倨傲，遙遙伸手將馬鞭前指，似越過橫嶺劃出一道無形而無窮的圓弧：「總有一日，這片疆域都將劃入天朝的領土，漠南、漠北、西域、吐蕃，甚至更遠。」

卿塵隨著他所指的方向望去，淡然道：「還有更遠的地方，四哥，我曾聽人問過這樣一個問題，人死之後，不過需要長鞭所劃這麼大的地方埋葬，卻為何要攻占那麼多的土地？」

夜天凌薄脣微挑，依然看著天高地廣的遠方：「以死而問生，原本便是荒謬。正是因為人人百年之後都是一抔黃土，幾根白骨，方顯出生時不同。若因為相同的死而放棄一切作為，那麼活著便真正失去了意義。」

卿塵眼中帶著悠遠的光澤：「我也常想，發問的人，或許永遠也體會不到對方所經歷的生。所謂開疆拓土，不過是生存中的追求和抱負，當一個不能企及的高度被征服時，生命也會因此變得精采，這不僅僅是征服土地，更是征服自己，人生一世不同的足跡，會使看似相同的死亡各自相異。」

夜天凌帶著風馳緩緩和她並騎前行，陽光照於雪嶺，萬千叢峰化作瑤石玉刃，不時反射出剔透的冰光。「我不管死後如何，現在我心裡既裝了這萬里江山，這便是我要做的，若他日我的眼裡只有一葉扁舟，這浩瀚疆土又算得了什麼？人生在世如過客，這世間在人生當中又何嘗不是過客？生和死，死和生，誰又琢磨得透？」

卿塵道：「生死輪迴，無始無終，其實人死之後，生命也會以不同的方式在不同的人與事物間延續下來，死亡並非終點，更可能是另外一個開始。」

夜天凌點頭道：「就像師父他老人家，將一生心血和希望都寄託在我身上，我的生命中便有他的一部分。」

卿塵柔聲道：「其實這世上並沒有完全的死亡，生死無常，亦是平常，我們能做的只是不負此生罷了。」

夜天凌長吁了口氣：「不錯，人生運命各不同，所有一切都是自己的選擇。」

卿塵抬眸，微微挑眉：「四哥，咱們該回去了。」

「走吧。」夜天凌說著，率先縱馬自丘陵上衝下。

待快出了橫嶺山脈，卿塵下意識地側身尋找，一直跟在身後的雪戰不知跑去了哪裡，許久不見蹤影。她回頭輕哨呼喚，忽見不遠處的雪地中，雪戰幾乎與大地渾然一色的身影急遽前奔，牠身後一隻金雕神形凶猛，正做飛撲之勢直衝而下，欲將其逮殺爪間。半空中另有一隻飛雕盤旋，緊隨其後。

雪戰也非易與之獸，反身一個側躲令那金雕俯衝之勢盡皆落空，一爪撕上雕尾。不待卿塵喝呼，夜天凌手中一枝狼牙長箭去如星逝，已直取金雕身軀。

那金雕倒也了得，在掠起之時斜翼拍過，竟驚險地躲開了夜天凌致命一箭，陡然衝上天空。

夜天凌連珠雙箭尾隨而至，破空追去，嘯聲凌厲。

那金雕似是知道弓箭厲害，奮力振翅閃躲。夜天凌箭上勁道非比尋常，豈容牠再次僥倖，只見冷光閃處，金雕慘叫著墜往雪地。

另外一隻金雕見狀悲鳴，竟不逃命，振翅俯衝便往敵人頭頂撲來。夜天凌面容冷冷，金弓再響，眼見這隻金雕亦要喪命箭下，突然前方響起一陣尖厲的嘯聲，一枝長箭閃電射來，正撞上夜天凌的箭，受此阻擋，夜天凌的箭便掃過金雕的翅膀穿上半空。

那金雕死裡逃生，受此驚嚇高高盤旋在空中，再不敢輕舉妄動。

前方雪地之中有人長箭在弦，殺氣襲人地對準夜天凌。夜天凌引弓搭箭，亦冷冷與之對峙。

那人身形魁梧高挺，著一身墨黑裘袍，腰佩寬刀。如此寒冷的天氣中，他上身一半赤膊在外，露出強健的胸肌，衣袍之上隱有血跡，似乎剛剛經過一場激烈的搏殺，周身戾氣未散，散髮披肩，冷風中飄揚身後。目深鼻高，相格獨特，顯然不是中原之人，那雙灼灼如鷹隼一般的眼睛，帶著令人望而生畏的犀利。

劍拔弩張中，這人渾身散發著剛硬而狂野的氣質，舉手投足的霸氣似乎不將任何事情放在眼中，比起夜天凌的峻冷似不遑多讓。

再往後看去，他身後馬上竟駭然掛著數個狼頭，殘頸之上鮮血尚未凝固，面目猙獰。從他身上衣物的撕痕和肌膚上幾道血跡來看，這些惡狼應是在攻擊他時反成了刀下獵物。

雪戰此時早已躍至卿塵馬上，一陣風刮過，吹得幾人衣袍獵獵，那人一聲呼哨，金雕從空中衝下落在他的肩頭：「你們為何要傷我的金雕？」

他說得一口字正腔圓的漢語，夜天凌和卿塵之前未想到這金雕是有人豢養的，都有些意外，卿塵道：「我們並不知道這金雕是有主人的，一時失手，還請見諒。」

先前那隻金雕落在地上，長箭透胸而入，已經奄奄一息，夜天凌緩緩收箭：「抱歉。」

那人卻冷哼一聲：「一句抱歉就算了嗎？」

夜天凌素來心氣高傲，眼中冷芒微現，掃向那人：「你想要怎樣？」

那人夷然不懼他的目光，抽刀入手，卻往一側懸崖陡壁指去：「我這金雕得之不易，唯有捕捉幼雕馴養方可聽命於人，你若能在我刀前將那雕巢中的幼雕取來，此事便作罷！」

他所指之處一刃冰峰高絕陡峭，隱約可見有雕巢半懸山崖之上。夜天凌抬眼一瞥，冷冷一笑：「好，一言為定。」

卿塵見那懸崖本就險峻，兼之凝冰覆雪，滑溜異常，想必極難攀登。這人既如此準確地知道雕巢位置，想必本就為此而來。他的武功似乎不在夜天凌之下，攀崖之時如此爭鬥定當十分凶險，她卻對夜天凌淡淡而笑：「我在這兒等你。」

那人將寬刀搭在肩頭，踩著深雪大步上前：「兩位若有話說便快些，過一會兒未必還有機會。」

卿塵鳳眸微揚，淺笑道：「不必了，倒是你不妨留下姓名，以防萬一。」

那人原本口氣極為自負，被卿塵柔中帶韌的回答弄得一愣，不禁上下打量她。夜天凌唇角微抿，目光淡淡自那人身前掠過，兩人眼中忽而皆見精光一閃，身形已動，同時往懸崖掠去。

卿塵懷抱雪戰緩緩往前走了兩步，仰頭看著兩道人影在冰峰之側如履平地般越攀越高，中途刀劍交鋒，使得冰雪簌簌墜落，沒等落到山腳便已粉碎。她目不轉睛地隨著夜天凌，那熟悉的身影一絲不漏地映在眼底，劍光緊密處卻是一片淡然。她安靜地站在雪中，生死輸贏都在度外，只覺得喜歡看夜天凌用劍，那遊刃有餘的瀟灑總也看不厭。

山崖的半腰處，寒芒光影挾風雪縱橫似練，兩人身形如鶴，沖天拔起，不分先後落在離雕巢不過半步之遙的一方岩石上。

夜天凌甫一站穩，歸離劍已斜掠而去迎上對方刀勢，兩人都被彼此兵器上傳來的柔勁逼得後退半步，心中同時稱奇。岩石底下沙土日久鬆動，在他們的勁力壓迫下七零八落紛紛墜下。夜天凌搶至山壁裡側，劍勢陡然一變，至柔而剛，四周如冰凌暴盛，天羅地網般罩向對手。

那人後背凌空，不敢與他硬拚，頓時落了下風，但厚背寬刀在他凌厲的攻勢下周旋，卻也絲毫不見窘態。

不過數步見方的岩石之上，交擊之聲不絕於耳，原本堅硬的冰雪似不能承受這樣的勁力，斜飛橫濺，激人眼目。厚背刀虎虎生風、勢如蛟龍，歸離劍行雲流水、光影橫空。那人數次想搶占山崖一側，卻被夜天凌從容逼回，眼見此非取勝之道，他忽然刀勢橫掃，挑向旁邊那個雕巢。

夜天凌豈會容他先行得手，歸離劍去如長虹，化作一道白刃後發先至襲向目標。在兩股力道的震盪之下，雕巢猛然脫離依附的山崖，直線向下落去。

兩人刀劍相交，掠至雕巢之下齊齊接住，空著的手卻毫無取巧地硬拚了一招。

乍合即分，夜天凌化去對方掌中內勁，手臂竟隱隱發麻。那人身形微震，錯步後移，夜天凌這一掌的勁道亦令他氣血翻湧。他腳下岩石因處邊緣，年深月久，已然風化，此時難以承受突如其來的強勁力道，隆隆一聲轟然塌陷。

那人身下一空，卻臨危不亂，足尖在碎石上一點，借勢拔起，竟一個鷂子翻身，凌空往夜天凌擊去。

夜天凌大喝一聲：「好！」右肩一沉，左手一掌擊出。

那人雖打中他的肩頭，卻被他這一掌之力震出岩石，再無落腳之處，直往峰下墜去。

夜天凌微微一驚，不想見他就此喪命，伸手相救。

誰知這一墜之勢著實不輕，兼之岩石之上積雪成冰不易平衡，夜天凌雖拉住那人的手臂，卻被他猛地一帶連自己也跌落崖邊。

但這一拉畢竟使下墜之勢略阻，兩人於半空中不約而同齊身回轉，歸離劍和厚背刀生生釘入懸崖之上，人便懸在山峰之側。

此時那雕巢自上面掉落，電光石火之間兩人同時往雕巢搶去。半空中單手過招，夜天凌搶先一步取得雕巢，猿臂輕伸，順便將一隻不幸翻出巢中的幼雕抄在手上。

那人大笑道：「好身手！」

夜天凌將雕巢丟給他，淡淡道：「恕不奉陪了。」歸離劍拔出時人輕飄飄往下落去，在早已看準的岩石上一落，那人亦如他一般，慢慢往崖下滑去。

山岩之上處處冰滑，兩人如此踩冰踏雪過了近一個時辰才腳落實地。卿塵走上前來，夜天凌隨手一撣衣衫，歸離劍反手回鞘，對她一笑。

卿塵亦微笑看他，眸中雖煙嵐淡渺，極深處卻流動著一抹牽腸掛肚的滋味。剛才的淡定竟在此時有些後怕，那麼高的懸崖，一個不慎便粉身碎骨了。

那人對他倆抱了抱拳：「兄臺身手不凡，在下十分佩服，之前多有得罪，亦教尊夫人受驚了。」

夜天凌對他點點頭，目光落在他的厚背刀上，若有所思。卿塵將一瓶傷藥取出：「這藥有些靈效，不知能不能救活你的金雕。」

那人倒沒有推辭，抬手接過傷藥。這時夜天凌突然道：「請問閣下的刀法師從何人？」

那人也正看了一眼他的歸離劍，聞言哈哈笑道：「我這套刀法是祖上家傳。今日得遇賢伉儷，當真不虛此行，但兄弟還有事在身，不能久留，若改日再見，定邀兩位共圖一醉。」

言罷拱手告別，金雕在半空高鳴一聲，緊隨那人馬後離去。夜天凌上馬之後回頭看了一眼，卿塵問道：「四哥，怎麼了？」

夜天凌道：「這人的刀法和歸離劍相生相剋，十分奇怪，若不是前方尚有軍情，我定要和他再行切磋。」

卿塵道：「今天萍水相逢，說不定哪天便又見著了。」

夜天凌點頭，兩人便不再耽擱，遠遠往定州方向奔去。

第九十二章　輕笛折柳知為何

山口灌進來的冷風夾雜著冰雪的碎屑打旋呼嘯，夜天湛進帳前手腕一抖，被他隨意掠了一把的帳簾高揚起來，啪地甩上去，抽得那道冷風也一散。

軍帳中熱氣撲面而來，夜天湛臉上有些陰鬱的意味，身後一人卻並沒有因他的臉色而噤聲：「殿下，這是唯一的法子，宜早決斷，再遲便麻煩了。」

夜天湛瞥了一眼伺候在帳中的侍衛，不輕不重地說了句：「出去。」

兩個侍衛知道這是他和鞏思呈有要事商談，不敢耽擱，屏氣靜聲退了下去。

夜天湛將馬鞭放下，解開披風往旁邊一丟，露出裡面穿著的一身帥服。金甲鐵衣襯著他頎長的身段卻優雅非常，一絲一毫都透著種與生俱來閒適的貴氣，只是墨色映得那雙溫朗的眼眸深了幾分。他手按在長案上沉吟片刻，再回頭時俊面淡淡，剛才的一絲陰霾已不見蹤影。

「鞏先生，」他語調中是好聽的溫雅，「你要我即刻撤軍，但前方南宮競那十萬兵馬彈盡糧絕再失援軍，必定是全部覆沒的下場，這個後果，你應該比我早想到的。」

鞏思呈並不著甲胄，披風下一身乾淨的長袍表明他幕僚的身分，而袍子上攏邊的一圈柔滑貂毛以及不易多得的精紡面料，卻又讓他看起來與別的幕僚不同，他點了下頭：「確實如此，只是不斷此臂，中軍危矣，如今只能棄卒保車。此時中軍尚能進退自如，一旦柯南緒將那五行陰陽陣『陽遁三局』布置完成，我們便當真深陷其中，無路可退了。西路大軍目前應該還在祁門關外，李步用兵很有一套，凌王再厲害也不可能三五日便破了祁門關。」

聽到李步的名字，夜天湛一雙湛湛清眸微瞇了瞇：「棄明投暗，其罪難恕。柯南緒那陽遁三局難道鞏先生也毫無辦法？」

鞏思呈嘆了口氣：「柯南緒此人才絕江東，放眼天下，怕只有南陵左原孫能與之一較高下，我並沒有十分的把握。而且最要緊的是糧草，這次糧草被劫真是沒有想到的事。」

夜天湛眉心一蹙：「兵部派誰不好，偏派衛騫來，我已吩咐過此人不能用，是誰著他任三軍右都運使？」

鞏思呈道：「現在汐王領著督運的職責，人員應該都是由他統調的。」

夜天湛隨手握了盞茶，道：「這是給衛家示好呢。」

鞏思呈笑了笑：「不如說是做給殿下看的，那位子輪不到汐王，這誰都清楚。這次出征前汐王在朝上站在咱們這邊，他手中的京畿衛也頗有些分量。」

夜天湛緩緩啜著那香茗，薄薄的雲盞在他指間轉動，他似是品完了這茶香，方道：「先生也別小看了五皇兄，他一向行事穩重小心，這次在朝上我倒有些意外。」

鞏思呈道：「汐王身分所限，容不得他有太多的想法，真正該防的是凌王，尤其皇上那裡，似乎透著些教人擔憂的兆頭。皇上好端端地讓凌王插手戶部，這很耐人尋味，要不是我們防得嚴，戶部恐怕早已大亂了。年前溟王的事，細細琢磨下來，分明和凌王府脫不了關係。最耐人尋味的還是清平郡主以暫代修儀的身分嫁入凌王府，皇上分明是將鳳家放到了凌王那邊，接著又封了蓮貴妃……」

夜天湛起先凝神聽著，忽而眼中微波一漾，握著茶盞的手指不著痕跡地緊了緊，不知為何竟突然想起延熙宮。

去年暮春初夏時分卿塵還是延熙宮的女官，有一日他在延熙宮見到她，她正站在前面漸行漸高的臺階之上，一個人仰頭望著遠處。

時值黃昏，金烏將墜，淡月新升，大殿後面半邊天空火燒般漾滿雲霞，流金赤紫交錯鋪陳，緩緩流淌在漸濃的天色下，透過碧簷金瓦、瓊樓飛閣一直染到白玉般的階欄，亦在人的衣襟暈了一抹若有若無的流光。

她站在高大的宮殿之前只是一道淡淡的身影，暖風穿過柳梢吹起月白宮裝，裙袂飛揚的剪影有些飄逸不定的錯覺，身後華麗的殿宇濃重的晚景都壓不住她清淡的模樣，教人覺得如果一不留神她便會消失。

她似乎沒有注意到有人進了延熙宮，只抬頭看著另一半天邊奇異的景象。身後濃霞似火，眼前淡月初升，絢爛的雲光漸入西山，在天空讓出純淨的色澤，一片青墨深邃。半弦彎月遙掛天幕，好似極薄的一片脆玉，微微有些蒼白的光。

卿塵望著淡月出神，神情幽遠，他站在墨青色的天空下不遠不近地凝望著她，原來總有些空洞的心中忽然被填得毫無空隙，就像那漸沒的暮雲都落在了心裡，剎那的溫暖和寧靜。

他沒有去驚動她，直到卿塵不經意地回眸，看到他時有些驚訝，而後淡淡微笑。那一笑隔著夜幕的煙嵐。他在她面前駐足，靜靜望向她的雙眸：「偌大的延熙宮好像就只剩下妳一個人。」

她柔聲淺笑：「不是還有你嗎？」

延熙宮的燈火次第燃亮，勾勒出火光深處莊穆的宮殿，層層鋪展開來。晚風掠得她髮絲輕拂，亦吹得他一身水色長衫起起落落，他說話時並沒有忽略她眸中若有若無的惆悵，不管在何時相遇，她眼底最先掠過的永遠是這樣一種情緒，在清水般的眸光後瞬息而沒，卻一絲絲撥著他心中深淺浮沉的柔情。

他不欲去問，只覺得還有時間轉圜這樣的若即若離，直到那一天輕紅嬌粉鋪滿了天都，就連懷灤郡中都感受到毫不吝嗇的喜氣，他踏進張燈結彩的凌王府看到她身上的大紅嫁衣。向來看慣了的素白淺月忽然變成那樣刺目的紅，就像西山斜陽如血的顏色，而她的笑卻不再如半空那彎幽涼的月色，似天光水影綻放於極高的蒼穹，鋪天蓋地地將他淹沒。

閒玉湖前細雨中，他一朝錯身，失之一生。

「殿下，殿下？」鞏思呈的聲音只得加大了力度。

夜天湛猛地抬頭，手裡的雲盞一晃，琥珀色的香茗微涼，潑濺了幾滴出來：「剛才說什麼？」

鞏思呈暗中嘆息，目光中盡是了然：「南宮競是凌王府的人，如今正是機會，他便如凌王左膀右臂，留不得。」

夜天湛深吸了口氣，放開那盞涼茶。他重新取了個杯盞，仍是自斟自飲，舉止一絲不亂，眸色中看不出情緒。他沒有順著鞏思呈的話往下說，反而語氣略微加重：「誰是對手這倒是其次，我更擔心亂從內生。且不說上次歌舞坊的事，你看戶部那些帳，牽扯的都是些什麼？我早提醒過舅舅，讓他用人要有所約束。再者，衛家早就有一個太子妃生性懦弱，現在一個衛騫成事不足敗事有餘，還有個衛嫣自作聰明。」

鞏思呈道：「聯姻衛家的事，我也不十分贊成，但殿下若不是前次那般頂撞娘娘，這次也不至於不好反對。」

夜天湛知道他是指當初求娶卿塵時他和殷皇后的爭執，後來還是鞏思呈從中勸解，殷皇后才終於同意，然而事情最終還是毫無結果。他整了整手腕處的束袖：「先生與殷家幾十年淵源，說起來母后和舅舅都該稱你一聲老師才對，母后還是肯聽你的，這次我也知道不能再說什麼，所以沒有反對。」他話說得輕描淡寫，將眸中瞬息萬變的神色一筆帶過。

鞏思呈顯然和夜天湛之間不需要過多的客套，也不謙詞，只道：「說句不敬的話，娘娘的性子十分要強，殿下今後若有事，還是婉轉些好。」

夜天湛笑了笑：「先生的話我會仔細揣摩。方才說起撤軍之事，南宮競此人雖是難得的將才，卻絕不可能為我所用，我亦不想留他。但他所率十萬將士，皆上有父母，下有妻兒，一旦葬身北疆，我天朝十萬家舉喪，母痛其子，妻哭其夫，兒失其父，又豈止是十萬人家破人亡，哀毀天倫？我若此時釜底抽薪，豈非不仁？再者，南宮競之所以兵困大荒谷，是為保中軍無恙，若非他當機立斷自毀退路，整個大軍難免要中柯南緒誘敵之計。我若棄之不顧，是為不義。」他話說得不緊不慢，語氣卻十分堅定：「鞏先生，此事非不能為，乃是不可為，我亦不屑用這樣的手段。」

鞏思呈原以為之前的話夜天湛都未聽進去，誰知他此時說出來竟已然深思熟慮過了：「殿下，你還是不……」話說一半，他忽而長嘆，「殿下今天說出這番話，我亦不知是喜是憂了！」

夜天湛眸色中的溫雅微微帶著點深邃：「我不願這麼做還有一個顧慮，便是夏步鋒和史仲侯。他們這些神禦軍的大將都與南宮競一樣，是隨四哥出生入死的人，必不會眼看南宮競坐困死局。此時若棄前鋒軍撤退，難保軍心動蕩。」

鞏思呈道：「殿下明知他們都是凌王的人，當初用他們，究竟又是為何？」

夜天湛淡淡笑道：「軍求良將，若連這幾個人都容不得，遑論天下？他們至少不誤大局，好過用衛騫那種人。傳我軍令吧，命史仲侯率輕甲戰士過嶺尋路，我們爭取兩日內與南宮競會合，再商討對付柯南緒的法子。」

鞏思呈拱手退出。雪倒是停了，風卻未息，吹得人鬢髮飄搖。一陣霰冰夾在風中呼嘯而過，深不知路的山嶺在重雪之下白得幾近單調，看久了竟生出煩躁的感覺。他不能避免地緩緩嘆了口氣，方才那句沒能說完的話不由得又浮上心頭，湛王，還是不夠狠啊！

第九十三章　婉翼清兮長相顧

天色暗淡，一支玄甲輕騎悄無聲息地出現在半山懸崖。橫梁渡前正薄暮，肆虐了數日的北風在餘暉的光影下漸息漸止，夕陽拖著淺淡的落影逐漸消失在雪原一隅，靜緩如輕移蓮步的女子，在寒馬金戈的空隙間悄然退往寥廓的天幕。

十一居高臨下看著已近在眼前的叛軍，戰車源源，甲胄光寒，形勢如前所料，叛軍仍在不斷往此處結集兵馬，唯一的目的便是封死大荒谷出路，澈底孤立天朝中軍。

敵兵分布盡收眼底，他掉轉馬頭，對卿塵笑道：「真想不通，四哥怎麼放心讓妳跟我來。」

卿塵脣角微微一撇，她問夜天凌這個問題時，夜天凌專注於軍機圖，只言簡意賅地道了句：「唔，我放心妳。」

現下夜天凌不在面前，十一便低聲揶揄她：「不管怎麼說是七哥在這兒，他難道糊塗了？」

卿塵想著夜天凌在她的探問下抬起頭來時不慌不忙的語調，那優遊從容的樣子還真有點惱人：「嫁作凌王妃，妳就沒有曾經滄海難為水的感覺？」這算是什麼回答，她頗無奈地道：「他現在簡直是有恃無恐。」

十一哈哈大笑：「誰讓妳那天在合州那麼緊張他？不如我教妳個法子，妳把那什麼九轉靈石找齊了，看他不急才怪。」

卿塵抿嘴，笑看他：「四哥還不是因為要左先生鎮守合州，才讓我這半個弟子來助你應對柯南緒，你倒算計起他來，等我回頭告訴他這法子是你教的。」

十一拿馬鞭直指著她，啼笑皆非，半晌才說了一句：「這真是……重色輕友！我以後再也不幫妳了！」

卿塵向後指了指道：「怎麼，有了准王妃就不幫我了嗎？到底是誰重色輕友？」

十一想起一同隨軍而來的殷采倩，面上頓現惆悵。卿塵不由抿嘴輕笑，轉頭看向叛軍：「我跟左先生學習奇門陣法，曾聽他提到柯南緒，說此人行軍布陣天縱奇才，怎麼現在看來，這調兵遣將竟也平平？」

十一亦道：「我也正奇怪，想必盛名之下難副其實，或許是我們多慮了也說不定。」

兩人正說著話，卻聽見空曠的山野間遙遙傳來一陣琴音，其聲悠揚，時有時無，飄忽幾不可聞，卻輕繞於高峰低谷，又清晰如在耳邊。那琴聲聽去隨意，輕描淡寫間竟帶出千軍萬馬、行營沙場的氣概。卿塵和十一不約而同地回頭，依稀見橫梁渡前的敵兵緩緩布列成行。卿塵看了一會兒，臉上忽然色變：「陽遁三局！」

十一劍眉緊鎖：「傳令下去，三軍備戰！」

卿塵目不轉睛地盯著橫梁渡：「我們兩個不知天高地厚，竟還在此說笑。柯南緒以琴御陣，此陣生門一閉，大荒谷即刻化作絕域，便是左先生親至也無濟於事了。」

十一倒十分冷靜：「妳有幾分把握？」

卿塵道：「我只能盡力一試，現在看陣勢，離位所在是大荒谷入口，你當取艮位，過震宮，但千萬莫入中宮，否則觸動陣勢萬難收拾，只不知中軍能否見機突圍。」

*

空谷夜暗，月色一層泠泠微光鋪瀉於薄雪殘冰，幽靜中詭異縹緲。一縷若有若無的霧氣繚繞雲峰，輕似淡紗飄忽不定，漸生漸濃，幾乎將整個山谷收入迷霧之中。

柯南緒的琴聲便在這雪霧掩映處嗚響，縱橫山水，進退自如。燕州軍中，火光深處的高臺上其人微閉雙目，隨手撫琴，大軍陣走九宮，緩緩移動，逐漸化作鋪天蓋地的羅網。

冷月於雲後漾出一抹浮光，毫無徵兆地，一道錚然的琴音出其不意劃開空山，浩浩然旋繞天地，撩紗蕩霧，剎那清華。

山風激盪，陣前火光搖晃，紛紛往兩旁退開。柯南緒眼簾一動，手下未停，琴聲依舊源源不斷地撫出。那道清音飄逸入雲，回轉處忽若長劍凌空激水，一絲不錯地擊於曲音的空隙，長流遇阻，濺開萬千浪，軍中陣腳竟因此微生異樣。

柯南緒雙目刷地抬起，琴弦之上拂起一道長音，陡然生變。

利劍出鞘直擊長天，雙劍相交迸出劍芒四射，星散雲空。對方似是不敵這樣的交鋒，斜斜一抹低音趨避而走，繞指成柔，化作一縷清風穿簾分水，堪堪與之周旋。

而柯南緒分寸不讓，琴音越烈，時作驚濤駭浪，擊石拍岸，雨驟風急；時作漠海狂沙，橫掃西風，遮天蔽日。

那清音在咄咄逼人的來勢之前便似化作谷中幽霧，毫不著力，飄忽不定，彷彿隨時會煙消雲散，卻偏偏輕而不敗，微而不衰，穿雨過浪，追沙逐風，始終柔韌地透入激昂之間，不落不散，鍥而不捨。低到谷底，盤旋縈繞，穿入群峰，縹緲連綿，軍前奇陣被處處羈絆，一時難以布成。

鞏思呈匆忙掀帳而出，卻見夜天湛早已來到帳外，他聽琴辨音，急忙道：「殿下，有人在阻柯南緒布陣！」

夜天湛卻似對他的話恍若未聞，俊面映雪一片煞白。這七道冰弦萬縷柔音每一絲都穿入他心房，反反覆覆來來去去，絲絲縷縷細細密密，抽得骨血生疼。他絕不會忘記這熟悉的琴音，聽起來恍然在天邊，卻每每就在耳畔心頭，他不能置信地低聲道：「是卿塵，她怎麼可能在這裡？」

月光斜灑半山，卿塵身後一天一地的雪，瑤林瓊枝間她纖纖素手如玉蝶片片，紛飛弦上。柯南緒曲中威勢逐增，有如黑龍嘯吟，一周周繞峰而上，越升越高，一峰盡處又至一峰，於滾滾的雷聲中盤遊三山五嶽，翻覆江河。

卿塵喉頭抑不住湧上陣陣腥甜，卻鳳眸靜闔，心如清淵，弦聲展如流水，錯層鋪瀉，極柔之處無所不為，極靜之處無所不至，絲絲流長。

便在此時，兩面此起彼伏的琴音間忽而飄起一道悠揚的笛聲。

其聲如練，其華灼灼，其情切切，其心悠悠。

笛聲閒如緩步，柯南緒琴中氣勢卻彷彿驟然錯失了目標，瞬間落空。卿塵衣袂翻飛，曲音行雲流水，聲走空靈，抬手間充盈四合，與那玉笛天衣無縫地合為一體。

悠悠比目，纏綿相顧，婉翼清兮，倩若春簇……

閒玉湖上月生姿，清風去處雲出岫。

有鳳求凰，上下其音，濯我羽兮，得棲良木……

凝翠亭前水揚波，碧紗影裡雪做衣。

這玉笛一曲，曾在她最失落彷徨的時候陪伴身旁，曾淚眼看他執笛玉立，前塵如夢，曾醉眼看他俊眸含笑，花燦如星。

一琴，一笛，攜著流光飛舞的記憶綻放於煙波湖上，彷彿幻影裡蓮華重重，一枝一瓣清晰，一葉一蔓纏連，光彩流離，明玉生輝。

峰谷間雲霧繚繞，在這相顧相知、如泣如訴的琴笛合奏間，柯南緒竟如痴了一般，臉面蒼白顏色全失。他撫琴的手不能自抑地顫抖，弦調零亂，一曲盡散。陣前火光殘痕凝固，琴之清和，笛之悱惻，浴火重生般步步翩然，明亮通透，展現於綿綿天地間。

柯南緒神情複雜，忽喜忽悲，片刻後竟難再聽下去，猛然站起來抬手用力一掀，那桐琴應聲跌落高臺，弦崩琴裂，摔得粉身碎骨。

便在此刻，大荒谷與橫梁渡間響起山崩地裂般的喊殺，鞏思呈幾乎和十一同時揮軍發難。柯南緒卻獨立於高臺，毫無反應，烽火光下，淚流滿面。

正吟琴上，落紅點點，蝶舞殘血，如凝聚了畢生的精魂，長長劃起一旋翩躚，是臨去時絢爛的美。卿塵脣角殘留著一絲驚目的血色，手邊最後一抹清音消失在弦絲盡處，瞬間便被衝鋒陷陣的鐵蹄聲滾滾淹沒。

冷月深處，孤峰影裡，笛聲依稀仍餘。一音寂寥，失落凡間，悵悵然，幽涼。

*

榻前紗幕外，點點微黃的燈影仍暈在柔軟的錦毯之上，晨光已將幾分清冽的氣息透露進來，如同潺湲的流水，緩緩浸了一地。

卿塵朦朧中睜開眼睛，隔著帳簾看到有人身著甲冑俯在榻前，玄色披風斜斜垂落，被燭光染上幾分安靜與柔和。心口一層層隱痛不止，她昏昏沉沉地叫了一聲：「四哥。」

那人幾乎立刻便抬起頭來，上前拂開垂帳：「卿塵！」

焦灼而明亮的目光落在卿塵臉上，驀地讓她清醒了幾分。夜天湛站在榻前，臉上浮起如釋重負的微笑：「妳醒了。」

他比幾個月前看起來略微清瘦了些，微不可察的一絲疲憊下，仍是那高貴而瀟灑的神情，或許是因玄甲加身的緣故，清湛的眉宇間多添了銳利和果決，又教人覺得和往常有所不同。

那一瞬間的對視，卿塵望著他緩緩一笑，晨曦千縷梳過雲靄，曉天探破，春風閒來。近處的眉眼如此清晰，夜天湛看過她眸底秋水般的沉靜，那樣柔軟卻一絲不亂的沉靜。他低聲道：「卿塵，真的是妳，妳不醒來，我還以為是在夢中。」

卿塵靜靜垂眸他處，勉力撐起身子，他已經伸手扶住，卿塵問道：「我是不是睡了很久？柯南緒大軍敗了嗎？」

夜天湛搖了搖頭：「也就是小半夜，我剛回來不到半個時辰。柯南緒確實厲害，昨晚那種情況，他竟能在我和十一弟兩面夾擊下從容而退。」

卿塵出神地想了一會兒：「一曲琴音，高處激烈入雲，低時自有多情，心志高絕，揮灑自如，奇人也！」她轉頭微笑，「你又救了我一次，若不是你的玉笛，我鬥不過他。」

夜天湛輕輕一笑：「這次好像是妳來替我解圍，怎麼成了我救妳？」

卿塵笑道：「那這真的是算不清楚了。」

夜天湛道：「算不清好。」

卿塵一愣，見他神色專注地看著自己。她眼中笑意沉默，微微避開他，似乎聽到他嘆了口氣，此時卻有人進入帳來。

殷采倩端著個玄漆托盤與十一一起進來，先悄眼覷了覷夜天湛的神色，才對卿塵道：「妳醒了？正好趁熱服藥，看他們忙了半天我才知道，原來煎一碗藥這麼費勁。」她私自跑來軍中，已被夜天湛斥責過。夜天湛語氣中處處透著嚴厲，她自知理虧，連半句嘴也沒敢回。幸而夜天湛軍務纏身又惦記著卿塵，才沒有時間追究她。

十一見夜天湛竟親自守在卿塵榻前，道：「七哥，你昨晚也一夜未睡，先去歇會兒吧。」

夜天湛點了點頭，卻未起身，伸手接過殷采倩送來的藥，遞給卿塵：「有點燙，妳慢些喝。」

卿塵聞到藥的苦味，下意識地皺了眉頭。夜天湛輕聲笑道：「別以為皺眉頭就能不喝了，良藥苦口的道理妳以前不是常說？」

殷采倩回頭和十一對望了一眼，隨即在旁笑說：「這藥裡多加了甘草，應該不是很苦，四殿下親自囑咐過，說妳喝藥怕苦，讓人記著多添這味藥。對了，妳心口還疼嗎？這藥丸是妳平常服用的，也是四殿下叫人多帶了一瓶，怕萬一急用，昨天還真用上了。妳這一病，十一殿下可擔足了心，沒照顧好妳，回去四殿下不找他麻煩才怪。」她脆聲俏語連珠落玉般說了這一串，停都不停，氣氛甚是輕鬆，但夜天湛眼中笑意卻一分分沉了下去。

卿塵正詫異夜天凌哪有心思去吩咐這些零碎小事，十一卻接了話頭道：「可不是，剛才命衛長征回四哥那裡報個消息，他請示我，四哥若問起妳來，該怎麼回話，我正煩惱呢。四哥若知道妳這樣，我怎麼交代？」

夜天湛聽到這裡，突然站了起來：「軍中還有事，我先走了。」他就這樣轉身出了營帳，十一看了卿塵一眼，快步跟了出去：「七哥！」

帳外寒冷的空氣教人心頭一清，夜天湛走了幾步，臉色才漸漸緩和：「四哥現在何處？」他問。

「我們兵分三路，此時四哥率玄甲軍應該已近燕州城。」十一道。

「四哥已到燕州？」夜天湛披風一揚，轉回身來，「機不可失，我們要即刻追擊柯南緒。」

十一點頭表示同意，前有玄甲軍迎頭阻攔，後面他們揮軍追擊，此次可能讓柯南緒無法生返燕州。他馬上想到一個問題：「看卿塵的身子，怕是要好好休息幾天才行，若急速行軍，她怎麼受得了？」

夜天湛原本凝神在想事情，此時抬眼淡淡一笑，卻笑得如同薄暮散雪，不甚明瞭中隱隱參雜無奈：「此事便拜託十一弟了，我率軍和四哥取燕州，南宮競那十萬兵馬留給你，加上你原本帶來的兩萬將士，足以保護卿塵安全，你們隨後慢行，晚幾天跟我們會合就是。」

夜天湛一走，殷采倩俏生生的笑便斷在半空，無聲無息消失在臉上，似是壓根就沒存在過。她盯著重重落下的幕簾，陷入沉默。

卿塵眼看著夜天湛離開，寒風從帳外灌進幾片殘雪，吹得簾幕輕飄。她低下頭，緩緩將那碗藥喝盡，苦澀的滋味自唇齒舌尖一路流下，沿著血液散遍全身，一絲絲穿插不休，逼得心口微痛。她無力靠往榻上，輕微嘆息：「采倩，多謝妳。」

殷采倩轉頭過來：「謝我幹什麼？沒用的，我剛才是昏了頭了才那麼說，也不知是真在幫湛哥哥，還是根本就是惹他生氣。妳看他那臉色，妳見過他這樣失態嗎？湛哥哥看似溫文，可他的剛硬都浸在骨子裡，他一旦認真了，任誰也改變不了。」她伸手接過卿塵握著的白瓷藥盞，卻又不放下，自己細細端詳：「他對女子向來溫柔，那是因為皇子天生的高貴和優雅，但剛才讓妳喝藥的時候，他不是因身分而流露出溫柔，他是真的心裡對妳好……」

「采倩！」卿塵淡淡地低喝了一聲，纖柔的手指在絲被間握緊。她阻止殷采倩繼續說下去，因為所有的這些她比任何人更能清楚地感覺到，那溫柔的背後是她曾經刻骨銘心的眷戀，她因此牽腸掛肚，卻也因此決絕此情，這是她心裡解不開的結。

殷采倩幽幽說了句：「四殿下也不在這兒，不怕他聽到。」

卿塵平復了一下心中情緒，澀然一笑：「不管怎樣，多謝妳剛才幫我想出那些話來。」

殷采倩奇怪地看著她：「怎麼是我想出來的？那是剛才聽黃文尚說的。雖只是四殿下隨口的吩咐，可他哪裡敢不記著？」

卿塵愣了一愣：「他吩咐的？怎麼會呢？」

殷采倩眉梢輕挑：「其實我也不太信。說實話，仔細想一想，他那樣悶的性子，也只有妳受得了，換成我一定選湛哥哥。」

卿塵淡淡一笑，抬眸時意味深長：「他們兩個，我看都不一定吧。」

第九十四章　雙峰萬刃驚雲水

夜天湛趁勢追擊叛軍，卿塵亦不願耽擱太久，催著十一隨後便啟程。駐軍處離燕州也就是一日的路程，十一卻下令慢行，沿途多有歇息，直到第二日下午才近燕州。

面前銀炭火爐十分溫暖，一絲一縷漾出些木質清香。卿塵身上搭著件紫貂毛披風，半靠在車中閉目養神，耳邊傳來說話聲，她嘴角微微揚起絲笑意。

十一和殷采倩騎馬同行，正在車外有一搭沒一搭地鬥嘴。十一雖不像夜天漓那般吊兒郎當沒正經，但也不是好惹的人，今天殷采倩不知為何總落下風，氣呼呼地嚷道：「有其弟必有其兄，你果然和十二殿下是一母同胞的兄弟！」

十一卻慢條斯理地道：「錯了，十二弟那點兒本事都是我從小教出來的，不過平時懶得像他那般胡鬧，妳若誠心討教，回頭我告訴妳怎麼對付他。」

殷采倩方要反駁，前面一匹快馬馳來，十一見了來人，笑道：「長征，你這是幹嘛，風風火火的？」

衛長征兜馬轉到近前，馬背上行了個禮：「殿下，王妃可在車上？」

「派你來催，四哥等得掛心了吧？」十一剛笑說了句，卻發覺衛長征面帶憂色，問道，「有事？」

衛長征俯身低聲回稟，十一眉間一皺：「怎麼鬧成這樣？」

車窗一動，素手如玉撩起垂簾，傳來卿塵清淡的聲音：「長征，出什麼事了？」

衛長征見卿塵眉眼倦倦，氣色不比前日好多少，襯在裘衣下一色的蒼白。他心中猶豫，最終還是上前道：「王妃，殿下和湛王因為李將軍的事動了氣，現下兩不相讓僵持在那裡，我們都說不上話，不知王妃什麼時候能到大營。」

話未說完，卿塵已吩咐道：「停車！」跟著便起身出了車外。雲騁一直跟在近旁，此時見了主人，湊上前來，卿塵翻身上馬：「十一，我和長征先走一步，你們也快些。」

「妳胡鬧！」十一抬手便挽住她的轡繩，衛長征急道：「王妃，不急在這一時半刻！」

「不過這麼一點路程，你們擔心什麼？」卿塵心裡有些焦急，「這個時候他們若鬧開，往後就更不能收拾了。」趁著十一動搖的片刻，她揚鞭催馬，十一沒能攔住，急命冥執帶了一隊侍衛隨後護衛，傳令全軍加速前行。

路上衛長征將前因後果仔細告訴卿塵。昨日經歷大戰，玄甲軍和中軍仍舊沒有截下柯南緒，讓他退回了燕州。

然而也正因此戰，柯南緒無暇顧及臨滄。唐初略施誘敵之計，大張旗鼓正面佯攻，卻有李步五萬合州軍奇兵突起，一舉燒了半邊臨滄城，城中叛軍糧草囤積損失過半。

此役大捷，叛軍形勢急轉直下，唐初、李步率軍返回，與凌王部下玄甲軍、湛王統帥的二十萬中軍在南良峪會合，休整人馬補充所需，準備即刻揮軍燕州。

只要拿下燕州，虞夙孤守薊州，便難再有作為，這場聖武朝最大的叛亂勝負已近分明。

然而三軍會合之後，監軍營竟以叛將之名將李步羈押，上報至中軍帥營。此次李步雖然立了大功，卻隨虞夙叛國在先，後又在虞呈陣前倒戈，讓湛王極為反感，見了請奏便吩咐依例處置。

軍法早有先例，叛將罪無可赦，一律斬首示眾，通報各州引以為戒。

中軍帥令，令出如山。此前自遼州巡使高通之後早有數名叛將被斬，因此震懾幽薊十六州其他存觀望僥倖之心的守將無人再敢異動，北疆原本人心紛亂的局面在短時間內便肅然一清。

但此時要問斬李步，自合州而來的五萬精兵豈會束手待斃？一時激憤，竟兵圍監軍軍營，強令他們放人。這一鬧不可收拾，終於驚動了兩位王爺。

合州軍膽敢如此放肆，夜天湛心中已是震怒，就憑縱容部下擾亂軍營這一條罪，李步便不能寬赦。

夜天凌卻認為目前要平合州軍之憤，李步不能草率處死。更何況合州、景州以及臨滄之戰中李步功不可沒，從叛一事也當酌情處置。但他的堅持卻讓夜天湛察覺到異樣。李步因舊事而誹怨天帝，隨虞夙起兵之時曾宣稱寧附虞夙，不事天朝，其態度之堅決天下皆知。此時他竟肯獻祁門關、歸降夜天凌，不僅是他，還有一個以文戍邊、在幽薊十六州極得民心的劉光餘。這不由得讓人思量其中玄虛。

夜天湛依據軍法，執意要將李步問罪，他可以保全南宮競，但絕沒理由放過李步。

如此情勢，幾句話下來就僵持不下，幾乎要演變成玄甲軍和中軍的對峙。從翚思呈到唐初、史仲侯，隨軍謀士、帳前大將在兩位王爺面前無人敢置一詞，連挑起事端的合州軍亦意識到事態嚴重，屏聲靜氣，不敢妄動。

大敵當前，軍中生變。唐初等人苦無良策，商議之下，只得命衛長征快馬加鞭趕去請凌王妃。

冬日天黑得格外早，卿塵和衛長征趕到大營時落日已沒，一眼望去，營火初升，軍帳間四處燃著火把，照得刀劍光寒、人影幢幢。

快馬濺雪馳往轅門，守將見來人長驅直入停也不停，喝道：「什麼人！」

衛長征沉聲叱道：「放肆！」揮鞭將欲上前阻攔的守將格開。那守將一驚，俯身道：「末將沒看清是衛統領，還請統領恕罪！」

便這一瞬，卿塵已帶著冥執等數十名護衛縱馬入了大營。她在監軍營前悄然下馬，只見中間空地上李步被監軍士兵押在刀下，雙目微閉，臉上既是悲憤又是慘然。

四周將士林立分作三支，合州軍與中軍兩相對峙，玄甲軍橫斷其中。偌大的地方聚集了數千人卻不聞一絲話語，只能聽見火把在風中劈里啪啦作響，偶爾驚起一兩聲馬嘶，在黝黑的暗處突兀地帶出不安。

眾人的目光都聚集在軍前兩位王爺身上。一色玄甲衣袍下依稀相似的眉眼，細看溫冷背後的剛硬，峻肅之中的深沉，那其中的目光如兩柄離鞘的劍，月下光華清寒，深夜冷鋒無聲。

雖僵持著，然一個面色如玉，一個神情清峻，連一瞬迸逝的冷光都教人懷疑是否真實，唯有一股凜凜劍氣，無法抑制地散發開來。

身經百戰的將士都熟悉這樣的氣息，那是兩軍決戰前的風雲暗流，只需一點微小的火花便是烽火沖天，千萬人屏息看著，各懷猜測。

軍中悄悄讓出一條道路，唐初和史仲侯等見了卿塵，低聲道：「王妃！」

卿塵微微點頭，卻徐步行至鞏思呈面前：「鞏先生。」她和鞏思呈在湛王府曾多次見過，只是話不投機，鞏思呈和她始終頗為疏離。但她知道鞏思呈在夜天湛幕僚之中舉足輕重，鞏思呈也清楚她對夜天湛意味著什麼，何況凌王那邊唯有她能勸。

「王妃，」鞏思呈抬手一揖，直言道，「眼下大戰在即，情勢堪憂，還請王妃費心。」

卿塵淡聲道：「關鍵在李步。」

鞏思呈道：「李步並不是非殺不可，軍情之前，殺也不在這時。」

無論如何，夜天湛只要「軍令」兩個字便已足夠。見鞏思呈等都抱著息事寧人的想法，卿塵放心一笑：「有先生這句話便好。」她一抬頭，忽而眸中閃過細微的驚詫。

鞏思呈等順著她的目光看去，都不約而同地察覺到一絲異樣。

夜天凌的面容此時背對著火光，一概神情皆模糊在深處不見分毫，只能看到夜天湛慣有的微笑淡淡掛在脣角，甚至比平時還深了幾分。然那笑之下若有寒霜，他突然自齒間冷冷擲出兩個字：「放人！」

隻言片語如冷風化成的刀刃，原本暗湧的激流戛然中斷。夜天凌手中有樣東西收了回去，微微一側身，火把在他稜角分明的臉上映出深邃的輪廓，深眸之中靜海無波。

形勢如此逆轉，眾人都有些意外，沒有人看清夜天凌手中拿的是什麼，卿塵心底卻湧起千般無奈。

那是一方玄玉龍符，如夜天湛手中的虎符、李步等戍邊大將手中的豹符一樣，都是天朝節制軍隊的信物。不同的是，玄玉龍符之上篆有兩行銘文「甲兵之符，如朕親臨」，小小八個金字，象徵著天朝至高無上的調軍之權，號令千軍，莫敢不從。

歷代之中，龍符做為天子隨身之物很少交於帶兵大將使用。然而天帝和夜天凌在北疆戰略上不謀而合，臨行前將龍符授予夜天凌，虞夙叛亂平定之後，夜天凌便將調集諸州兵馬進攻突厥，澈底粉碎漠北虎視眈眈的敵人，接著兵臨西域，整飭三十六國以遏制日漸強大的吐蕃。

功在一役，永靖西北。其中的信任和倚重，天知地知，父子心知，除此之外也只有卿塵明瞭。只是她沒有想到夜天凌會在此時為了保全李步用上這道龍符，如此一來，他與夜天湛之間那種微妙的平衡和回避終於出現了第一絲明顯的裂縫，沿著這道縫隙，將是各自不能回頭的天崩地裂。

漠原之上風聲烈烈，遠處山影嶙峋起伏，沒入已然盡黑的夜色下，將整個軍營深深包圍。四周看不到盡頭的黑，唯有眼前跳動的火把是清晰的。

卿塵站在火光所不能及的暗處看著眼前萬眾矚目的兩個男人，這莫名其妙的一場人生，她沒有太多珍惜的東西，唯獨有些人，用他們的心留住了一縷縹緲的靈魂，他們融於她的骨血，一點一滴重塑了一個她，讓她忘記了曾經滄海的荒涼，前塵如煙的空茫。

這一世一身，染了他的風華，著了他的心骨，然而浴火重生是痛的，這痛不知在哪裡，一分一寸纏了上來。

面前刀光劍影是男人的世界，沒有了事態的逼迫，她不想再往前邁一步。

這一刻她發現原來心底深處分外軟弱，她不過是義無反顧地去面對早已預知的事實，在這樣的正面對峙中固執地堅強。

眾將尚在疑惑事情的轉變，卿塵轉過身去，輕聲道：「史將軍，你和唐將軍一起送李步回營，一則寬慰其心，也提醒他管好自己的合州軍，再有事如今晚，便是四殿下也不能再饒他。十一殿下和南宮將軍隨後便到，安排紮營，約束各部屬養精蓄銳，不日還有戰事，萬勿鬆懈。」

史仲侯此時雖受中軍調遣，但向來在凌王麾下習慣了，當即便和唐初領命而去，鞏思呈眉頭一緊。卿塵說完這幾句話，在別人發現她之前便靜靜退開，不料鞏思呈跟了上來：「王妃請留步。」

卿塵停下腳步：「鞏先生還有何事？」

鞏思呈目光如電直視卿塵，暗帶幾分隱憂：「王妃，山有二虎，軍有兩帥，照今晚這等情形，軍中各自為政、混亂至此，燕州一戰何來勝算？」

卿塵背著火光，眼眸底處一片幽靜。她極淡地一笑，笑影蒼白，卻透出從容自若的冷靜，這讓鞏思呈記起早年在湛王府中數次的接觸。

那時候她常陪湛王在煙波送爽齋，如花解語，如玉生香，是談古風，笑當時，是薄湯武，非周孔，嬉笑怒罵各不同，她骨子裡卻總帶著一種與生俱來的冷靜，似乎飄於春光夏影之外，不聲不響地透在人的心腑。

一個女人的冷靜，讓鞏思呈直覺上感到不同尋常，尤其是在她拒絕成為湛王妃之後，鞏思呈便提醒過湛王，對她要慎重。然而有些事情並不會因為預知或是警醒便改變既有的路程，比如感情。

此時鞏思呈對著卿塵這雙眼睛，那眼中一絲疲憊和傷感之後仍舊是不動不變的冷靜，是鞏思呈熟悉的。

卿塵淡淡道：「先生不妨記下一句話，三十萬平叛大軍只有一個主帥，那便是湛王殿下。」

鞏思呈蒼老的眼底精光一閃，接著逼問：「王妃此言卻不知凌王殿下有何想法？」

卿塵仍舊那麼安安靜靜地看著他：「我的話便如凌王親口所言，鞏先生可放心了？」

鞏思呈的目光在她臉上停頓了一瞬，似是在考慮此話的分量。

卿塵此時看鞏思呈的面容微微模糊，眼前的火光似乎正逐漸和夜色連成一片，變得影影綽綽，深深淺淺。過了片刻，鞏思呈慢慢後退了一步，抬手長揖：「打擾了王妃，鞏某先行謝罪。」

鞏思呈說話的聲音和四周起落不休的人馬聲混在一起，聽起來有些飄忽，好似遠處很吵，眼前卻安靜得一片空白。卿塵維持著脣角一絲微笑，勉強點了點頭。她轉身舉步，冥執和衛長征護在一旁，見她步履有些不穩，卻又不敢貿然上前相扶。此時身後一陣靴聲，有人行至近前，從身後在卿塵腰上一攬，那強而有力的手臂立刻給了她穩定的支持。

「殿下！」

夜天凌一揮手，挽著卿塵低頭問道：「長征說十一弟和妳隨後到，妳怎麼會自己在這裡？」

「我先回來了。」卿塵靠著他，他的手穩定有力，似乎將無盡的力量沿著掌心傳遞到骨髓血液，一切虛弱和痛楚都讓步，如山的堅強，如海的溫暖，不動聲色地護著她離開人群。

「臉色這麼差，出什麼事了？」入帳後夜天凌扶卿塵坐下，俯身審視她臉色，劍眉微蹙。

衛長征回來時，卿塵吩咐他只准報四個字：一切平安。夜天凌回頭掃了衛長征一眼，衛長征上前單膝一跪：「長征知錯！」

夜天凌冷然道：「你真是大膽了。」

卿塵握住夜天凌的手：「幹什麼為這點小事拿長征出氣？話是我讓他回的，你儘管找我便是，不過你讓我先歇一歇，再和你解釋。」說著抬眸示意衛長征先行退下，免遭池魚之殃。

夜天凌回頭瞪她，眼底那鋒銳卻微微一軟，伸手輕撫她的面頰。卿塵貪戀著他掌心的溫度，輕輕靠著他，柔聲道：「四哥，我敵不過柯南緒，要破燕州還得請左先生來。你讓李步回合州吧，免得再生是非。」

夜天凌聲音冰冷：「柯南緒傷了妳？」

卿塵笑笑：「我沒占上風，但他也算不上贏。」

夜天凌道：「他昨天能衝破我玄甲軍的攔截，的確是個好對手，可惜此人須留給左先生，我已派人去合州了。妳先在帳中好好休息，若再讓我看到這樣的臉色，我就立刻送妳回天都。」他的語氣斬釘截鐵，教人不敢反駁。卿塵知道外面還有很多事等著他處理，乖乖閉上眼睛，想到件事情復又睜開：「對了，我剛才和鞏思呈……」

她話未說完，夜天凌手掌蓋到了她眼睛上，她被擋住視線什麼也看不見，但感覺到他輕輕一笑：「我聽到了，『我的話便如凌王親口所言』，本王豈會拂王妃的面子？放心睡吧。」

卿塵眼前籠罩著的黑暗微微一亮，夜天凌起身，揮手熄滅了燈火，帳中復又暗下來。卿塵看到他頎長的身影一閃出了大帳，她靜靜地望向微有淡光的前方，臉上還覆著他手掌的溫度，身旁還是他的氣息，側耳細聽金柝聲寒，鐵甲冰劍戎馬金戈的軍營夜裡，她在這一刻感覺到細微而分明的幸福。唇間不由自主地竟漾開淺笑，透過靜謐的光影細細描摹他微笑的模樣，彷彿有流水湛湛，三月芳菲的美，照亮她眉眼，微瀾一漾，媚雅似水。

第九十五章　此身應是逍遙客

左原孫於第三日下午到了燕州，鞏思呈與他舊有同窗之誼，不料在此相見，既喜且驚。喜在左原孫一到，柯南緒布於燕州城外的奇陣指日可破；驚在究竟凌王用了什麼法子，竟能請得左原孫效命軍前。

左原孫長袍閒逸，兩鬢微白，仍是一副機鋒沉穩的氣度，與老友見面略敘舊情，只說此次是為柯南緒而來，似對其他事情毫無興趣，也絕口不談。

卿塵這幾日被夜天凌禁足在帳中，無聊之下每天推算那奇門遁甲十八局。八卦甲子，神機鬼藏，順逆三奇六儀，縱橫九宮陰陽。她雖小有所成，但有些地方總覺得心有餘而力不足，是以左原孫剛剛見過夜天凌等人，便被她請來帳中仔細請教。

左原孫倒不急著開解她的疑問，問道：「聽說王妃和柯南緒較量過一陣，那柯南緒陣破琴毀，險些大敗而歸？」

卿塵想起那晚在橫梁渡，仍舊覺得僥倖，搖頭道：「只能說我破的是柯南緒的琴，當時還有湛王相助。如今布在燕州城外的陣勢仍是那陽遁三局，柯南緒不再以琴御陣，陣勢一成，步步機鋒，我便無法可施了。」

「柯南緒恃才自傲，從來自詡琴技獨步天下，他以琴御陣是因自恃無人能在七弦琴上敵得過他，王妃使他敗在此處，比破了他的奇陣更能亂其心志。」左原孫隨手抽了柄長劍，在地上畫出一道九宮圖，揮灑之下已布出柯南緒用來防守燕州的陽遁三局。

卿塵專心看著，隨口問道：「先生好像對柯南緒十分熟悉？」

左原孫半垂著眼眸，手中長劍刷地劃出一道深痕，所取之處正是陣中元帥甲子戊所在的震三宮：「此人乃是我左原孫多年前引為知己之人，亦是此生唯一恨之入骨的仇人。」

卿塵一怔，抱歉道：「先生似乎不願提起此人，是我冒昧了。」

左原孫緩緩一笑，抬眸間春秋過境，那抹原本深厲的恨意皆在一瞬的失落中淡去，如歷盡千帆的江流，風平浪靜：「王妃何出此言？我與柯南緒之恩怨牽涉瑞王，平時不願提起，是怕有人無事生非，並非不可對人言。當年我曾是瑞王府中幕僚，柯南緒少年才高、名滿江左，時人知有我左原孫必知柯南緒。他來伊歌拜訪我，我們秉燭暢談天下事，言語之中甚為投機，當真相見恨晚。我因欣賞他的才能，將他引薦給瑞王，瑞王十分重用他，他也盡心輔佐，賓主盡歡。誰知其後不久，他便開始慫恿瑞王與天帝抗衡，瑞王也因一些事情對天帝心存怨懟，便真謀劃起大事來。我百般勸說無效，反而因此與瑞王疏離了。坦白說，當初他替瑞王所做的謀劃也可算天衣無縫，只沒想到萬事俱備，他竟在舉事前夜密告瑞王謀反。天帝搶先下手兵圍瑞王府，府中家眷四百餘人盡皆問罪入獄。事後天帝念在太后求情，將瑞王流放客州。柯南緒卻暗中買通押解的官員，半途置瑞王於死地。而後他便事虞夙為主，如今又助虞夙叛亂，王妃都已知道了。我左原孫一生之錯便是交了這樣一個朋友，實為恨事。」

一段恩怨左原孫說時平淡無奇，聽來也不過三兩言唏噓。然舊主蒙難，摯友反目，身陷囹圄，壯志東流，前事滋味如人飲水，冷暖自知。

卿塵眉心輕鎖：「聽先生所言，此人當是個反覆無常、不忠不義之小人，但我聽他的琴卻別有一番清高心境，氣勢非凡，這令人百思不得其解。」

左原孫道：「我當初亦認為，琴心如此，人心自然，誰知終究是知人知面不知心。可見這世上之事自以為知道的，卻往往錯得最離譜，人心尤其如此。」

卿塵道：「若能生擒柯南緒，屆時自當問他何故背友賣主。左先生，這陽遁三局的玄妙我可惦記多日了。」

左原孫點頭微笑，說到行兵布陣，他眼中自然而然便是遊刃有餘的自信：「柯南緒所學乃是奇門遁甲中的地書奇門，他於九宮八卦之中另闢蹊徑，獨立見解，往往令人一見之下便心生困頓，不敢妄動，越是刻意去揣摩他陣法的變化，越會深陷其中。實際上他無論怎樣布置，千變萬化還是不離根本。」他用手中長劍指著面前的九宮圖，「後風創奇門一千零八十局，實為十八個活盤，也就是陽遁九局、陰遁九局。陽遁九局順布六儀、逆布三奇，陰遁九局逆布六儀、順布三奇，柯南緒再怎樣才智高絕，也要應合此數。眼前甲子戊位居震三宮，由此可推斷其他八宮分布，便得此陣為陽遁三局。王妃可知他為何要用此局？」

卿塵抬眸以問：「請先生賜教。」

左原孫道：「奇門定局是按二十四天時迴圈，相配八卦、洛書而成。依洛書數，冬至居坎勢數一，則冬至上元便為陽遁一局，冬至小寒及大寒，天地人元一二三，此時正是大寒上元。」

「所以柯南緒用的便是陽遁三局，那麼接下來上元將盡，中元如何？」

「上元一定，局數推進六宮即得中元，陽遁順推，陰遁逆推，大寒、春分三九六。」

「依此而推，大寒中元便為陽遁九局，先生的意思是柯南緒下一步的陣勢將是陽遁九局？」

左原孫微微點頭：「就如花開花落四季交替，桃花不可能開在冬季，寒梅也不可能綻於夏時，柯南緒無法在大寒中元維持這陽遁三局。」

卿塵眸光一亮：「如此說來，大寒中元時甲子戊將由震三宮移往離九宮，移宮換位的間隙便是破陣之機。」

左原孫道：「正是如此，但柯南緒不會輕易將弱處示人。若我所料不錯，他必過中宮而寄坤二宮，用以惑敵。」

卿塵依左原孫方才所說，正將奇門遁甲十八局一一推算，頓覺豁然開朗，有如走入了一個奇妙的天地，聞言抬頭道：「先生對柯南緒可謂知之甚深。」

左原孫深深一笑，淡然道：「越是深交的朋友變成敵人便越可怕，柯南緒對我也一樣瞭若指掌。」

＊

一節三元，每元五天，隔日便是大寒中元。軍中暗中布置兵馬，左原孫與鞏思呈參詳商議指揮若定，靜候佳機。如此難得的機會卿塵自然不想錯過，趁夜天凌不在便溜出軍帳。

冥執擔任守衛職責，一見她出來，頓時一臉苦相：「鳳主，讓殿下知道，屬下定受責罰。」

卿塵側首看他，眉眼彎彎地一笑，做個悄聲的手勢：「他一時也回不來，就算回來，我人好好的，他還能軍法處置了你？」

冥執苦笑道：「神機營和冥衣樓不同，殿下一句軍法下來，屬下便得挨著。」

卿塵笑道：「你這次就當沒看見，他問起來有我。」轉身又遞了樣東西給他，「這個陣局我是剛跟左先生學的，你用心仔細琢磨透了，他以後行軍打仗還要倚重你，哪裡還能罰你？」

冥執繼續一臉苦笑，卿塵施施然沿著軍營一側往高處走去，沒走多遠，便遇上十一在前面凝神看著雪地上什麼東西，一柄長劍斜斜指著，兀自出神。

卿塵悄悄上前一看，卻是地上畫著幅八卦圖，她笑問道：「想什麼呢？你何時也對這五行八卦感興趣了？」

十一聽腳步便知道是她，也不回頭，道：「我在想這八卦之中，一則至陰，一則至陽，相輔相融渾然天成，無往不利。若一旦各為其政，便孤陽不長，獨陰難盛，終究會有所偏失，妳說可是這個道理？」

卿塵聞聲知意，遲疑道：「他們是不是又起了爭執？你夾在中間為難了吧？」

十一此時回頭一笑：「沒有，四哥還是四哥，雖山崩而色不變，七哥也還是七哥，溫文爾雅勝春風，只是越看著如此，反教人心裡越不安。」

「你從來不說這些的，今天怎麼了？」卿塵緩步走到他身邊。

「倦了。」十一仍笑著，青影一閃長劍入鞘，拿起金弓，遙遙瞄準百步以外的箭靶，「兄弟雖還是兄弟，卻和從前都不一樣了。」

十一微微眯著眼，抬頭看向晴冷的天空。天色極好，萬里無雲的湛藍連著茫茫千山的雪，映得人眼底心底盡是乾淨的晴朗。也不過幾日的時間，風雪嚴寒似乎都沒有了先前的強勁，從西蜀到北疆，一晃冬季將盡，偶爾從空氣中感覺到一絲回暖的微風，山川間撲面而來的已是別樣的氣息。

奔流而下的三川河穿過南良峪，遠遠地湧向燕州城。此時冰濤雪浪封蓋著寬闊的河面，兩岸掛著冰凌的密林層層錯錯不斷伸展，彷佛一幅靜止的羊脂白玉畫，卻偏教人感覺到枝頭積雪消融，冰層下水流激緩，滔滔不絕，陽光似透過那冰色映入流水，依稀聽到融冰破雪的輕響。

卿塵站在河邊，天仍是冷的，呼吸間一團白霧頓時籠在眼前，她轉頭笑了笑：「十一，我問你一句，都是皇上的兒子，他們想的事情，你難道就沒想過？」

十一似是一愣，旋即露出個英氣逼人的笑，他對卿塵挑了挑眉梢：「這種問題也只有妳會問，也只有妳問我才會答。凡是男人便有雄心壯志，更何況生為皇子，自小聽的看的都非比尋常，心中豈會沒有那般志向？功名富貴莫過天下，處在大正宮中，面對那個萬人仰望的位子，不可能不想那些事情，只是事有所為有所不為。我們這些皇子，都是皇族與士族之間的關鍵，蘇家和鳳家、衛家不同，自來立於朝堂的根本是不爭。母妃性子柔弱，從來不曾想著寵冠後宮，卻二十餘年深受父皇寵愛。十二弟飛揚跋扈，在天都不知惹了多少事端，父皇卻一再縱容，都是因蘇家門庭清高，無黨無私。所以在父皇眼中，在朝堂上，蘇家的每一句話都有分量，沒有人不看重蘇家。」

「那你呢？」卿塵問道，「你又整天和四哥在一起，父皇不也一樣重用你？」

十一想了想，笑道：「妳既這麼問，我不妨告訴妳個祕密，我從小纏著四哥帶我玩，其實是父皇命我去的。」

撲面一陣風來，彷彿大正宮中春日料峭。龍柱飛簷下幼小的十一站在父皇面前，父皇看著遠處四哥修挺的背影，神情複雜：「澈兒，今後不妨和你四哥多親近些。」

雖是答應下來了，心中卻有幾分不情願，四哥那沒勁的脾氣，話都不多說的。然而從此還是總到延熙宮找四哥，很少有人去的蓮池宮也因母妃經常走動多了幾分生氣。

真正敬服四哥是那一年的春獵，四哥沒帶侍衛獨自射殺了一頭白額猛虎。

獵虎時他偷偷跟著，冷不防猛獸撲了過來，他嚇呆了不知道躲，四哥縱身將他護住，自己的手臂卻被傷得鮮血淋漓。

四哥對傷不屑一顧，反手連出三箭，猛虎是死是活不知道，他只被四哥的箭術震住了。

事後是被四哥抱回營地的，四哥傷了手臂、撕爛了袍子一身狼狽，更遭父皇責罰，但父皇訓斥他們時眼中分明是讚賞和驕傲。

那猛虎被侍衛們抬了上來，龐然大物放在諸多山雞獐鹿間如此醒目，少年的崇拜自此萌生。而在猛獸撲來之時四哥捨身救護，那一瞬間的感覺似是就此存留在心底最深的地方，四哥的暖只在這時候。

然而四哥終究還是不苟言笑，隔日去延熙宮，四哥站在後殿披著件修長的白袍，左手握著劍，右手還垂在身側不能動，回頭看見他便淡淡道：「練不好箭術以後便別跟著我，免得麻煩。」

十一懶洋洋地舒展了一下筋骨，抬手挽弓，一箭中的，連續幾射，箭無虛發。他眼中閃過一絲愜意的笑，這麼多年了，每當彎弓射箭，總還感覺四哥在旁看著，百步穿楊，連珠射日，這都是四哥親手教出來的。

卿塵聽了十一的話十分驚訝，天帝這分明是將整個蘇家暗中變成了一方靠山，給了蓮貴妃，亦給了夜天凌。但她心中卻又有一絲不安，忍不住問道：「你和四哥好，難道只是因為父皇吩咐？」

十一抬手點了點她：「妳嫁了四哥真是心裡眼裡只剩他了，什麼事都先替他想。」

卿塵挑挑鳳眸，輕輕一笑，眼底寫的是理所當然。

十一道：「起初算是吧，但後來我是打心底親近四哥。你對四哥有一分好，他表面上不說，卻都記在心裡，他會還你十分、百分甚至更多。四哥不知教了我多少東西，若說從小有什麼人能讓我敬服，就只有他一個。」他說到這裡，看卿塵一臉開心的樣子，不禁失笑：「妳沒救了！」

卿塵坦然：「是啊，你不用救我！難道只准你一個人崇拜四哥？」

十一笑了笑：「自然不光我一個，其實即便是七哥，對四哥也是十分敬重的。」他又搭了枝箭，「妳說父皇重用我，那是因為我凡事不誤國。更何況有些事情雖然妳我心中清楚，但在父皇那裡畢竟都是暗的。」

卿塵招招手讓他把弓箭拿來。她試著引弓搭箭，這金弓剛硬，她手上沒勁，拉得有些吃力：「我也告訴你一個祕密好了，四哥心裡想什麼，他要做的事情，其實皇上都清楚。臨走前陪皇上下的那幾天棋，他將這些都坦誠相告了。」

這次卻是十一大吃了一驚：「怎麼可能？這不是四哥行事的習慣。」

金弓上飛龍的紋路映著陽光微微一閃，卿塵揚眸笑得淡靜：「是我慫恿他這麼做的。你以為所有事情皇上真的看不明白？皇上是過來人，昭昭天日之下黑衣夜行，並非明智。士族門閥、百官擁護、邊關兵權，都沒用，天朝只有一個人能決定事情結果，那便是皇上。祺王以嫡出長子被廢，溟王手握重兵卻一夜之間身敗名裂，便是因為皇上對他們已經大失所望。而湛王，中宮有皇后娘娘，身後有士族門閥，朝野有官民稱賢，行事待人完美無缺，但他的勢力太大了。皇上老了，他寵愛兒子，可也對你們所有的人都警惕著。四哥此時想整頓吏治，想扼制外戚，想充實國庫，想平定邊關，想開疆拓土，都說出來給皇上聽，父子之間，事無不可坦言之。現在皇上眼中看到的四哥，便如年輕時的自己，何況他幾乎連母妃都沒有，他讓皇上放心。」

十一聽卿塵清楚道來，一時出神地看著她，嘆道：「四哥至少有妳。」

卿塵搖頭，神思淡遠：「我也是皇上給他的，就像小時候吩咐你一樣，因為他什麼也沒有，因為皇上疼惜這個兒子。不過有些事情他可以和我說，可他是個男人，很多時候需要兄弟在身邊，我即便與他心心相印，也取代不了你這個弟弟。」

十一道：「說得也是，就像今天這些話，我可以和妳說，但就不會和四哥說。」他見卿塵仍在試著拉那金弓，笑她道：「妳省省力氣吧。」

卿塵不服氣地道：「采倩都能彎弓射箭，為什麼我就不能？」

「采倩用的是什麼弓，我這是什麼弓？」十一繼續笑。

卿塵瞅了他一眼：「采倩？你老實交代，你現在把殷采倩又當什麼人？」

十一悠閒地靠在一旁，笑容晴朗：「她啊，她是個孩子，我們這種人中難得一見的任性到底的那種孩子，只是總有一天她也會變的，天家士族，沒有孩子容身之地。」

「所以你現在覺得她很新奇？」卿塵搭了枝箭，十一道：「沒錯。哎，妳這樣不行，兩手兩臂同時向反方向拉弓，要利用慣力和手臂的自然力，箭靠弦要穩。」他給卿塵糾正，卻看到夜天凌正往這邊走來。

夜天凌一邊走一邊對十一做了個噤聲的手勢，放輕腳步走到卿塵身後，抬手握住她的手。卿塵嚇了一跳，夜天凌低頭對她一笑，輕鬆地幫她將那金弓拉滿，對遠處的箭靶抬了抬眸。

卿塵沿著他的視線，在他手臂的帶動下一箭射出，遙中目標，笑道：「還是四哥厲害！」誰知夜天凌挑眉看著她，神情似笑非笑，她猛地醒悟，急忙道：「四處走動走動能迴圈血液，有助於健康，我出來冥執不知道的。」

夜天凌面無表情地道：「不知道便更該罰，妳不用替他開脫，我已經命他不必再在這裡當差了。」

卿塵明眸圓瞪：「沒有這個道理！」

夜天凌見她這模樣，忍了忍沒忍住，不禁失笑：「怎麼，難道我不能派他去護衛一下左先生？」

卿塵頓時無語。夜天凌看著她，目蘊淡淡笑意：「妳覺得身子好些了，出來走走也無妨。不過我聽說妳要脅冥執，說若是他敢讓我知道妳每天都溜出來的話，就把他和長征私下比試劍法的事告訴我，真有此事？」

卿塵嘟噥了一句：「真沒出息，沒等人問，就自己把這點事都告訴你了。」

十一在旁早已笑不可抑，卿塵修眉一揚瞪他：「笑！你好歹幫我說句話啊！」

十一搖手道：「得了，幫妳對付四哥，一會兒妳想想心疼了再來找我麻煩，我才不自討苦吃呢。」

卿塵沒好氣地轉頭，卻遙見燕州城外敵兵緩緩移動，陣走中宮，她眼中微笑一凜：「柯南緒變陣了！」果然話音未落，夜天湛中軍已傳下軍令，應變而動。

第九十六章　多情自古空餘恨

自南良峪半山之上，可以將軍前形勢盡收眼底。

左原孫將大軍盡數調往陣前，夜天湛親自坐鎮中軍，營中唯有玄甲軍留守。夜天凌似是對左原孫十分有信心，此時身著長袍、腰懸佩劍，攜卿塵居高臨下觀看兩軍交鋒。

卿塵見了左原孫的布置，喟然驚嘆，心忖以夜天凌的魄力恐怕都不會輕易將主營抽空，而左原孫才高膽大、胸有成竹，聚雷霆之勢誓下燕州，竟然傾注千軍盡在一戰。夜天湛對此並無異議，並將指揮權全然交付左原孫，也顯示出他識人度勢的心胸。

燕州軍鐵甲紅袍，劍戟林立，在蒼茫無邊的雪色中望去恍若烈火燎原，帶著觸目驚心濃烈的氣勢，精兵雄盛，不可小覷。

此時四方令旗變幻，陣中中宮似一扇巨大的城門緩緩洞開，東方傷門、西方驚門逐漸橫移，柯南緒帶兵有方，萬人移位進退有序，玄機天成，毫無破綻。

天朝大軍皆是玄甲鐵騎，除夜天湛所在的中軍之外，由大將南宮競、唐初、史仲侯、夏步鋒、柴項、鍾定方、馮常鈞、邵休兵分八路，便如玄鞭長蕩直指八方，陣前肅殺之氣捲起雪塵滾滾，遮天蔽日。

驚雷動地，劃破長疆。

夜天凌和卿塵站在高處，眼看兩軍便如熊熊烈火遇上深海玄潮，在冰雪蒼原之上席捲天日猝然交鋒，一時間風雲交會，縱橫捭闔，當真驚心動魄。

天朝七路兵馬虛晃一槍，勢成合圍，唯有南宮競率領攻往坤二宮的兵馬長驅直入，直搗燕州軍帥位所在。

劍指眉心，氣貫長虹，陽遁九局尚未形成，陣門被制，頓生亂象。

此時日過正午，燕州軍陣中兌七宮突然升起無數銀色盾牌，密密麻麻聚成一面寬闊的明鏡，灼灼日光映於其上，瞬間反射出千百倍的強光，充斥山野。

在此剎那，整個燕州軍便似猝然隱入雪色之中，大地之上烈焰盡熄，八支天朝鐵騎頓時失去目標。但只交睫一瞬，燕州軍身形再現，已化作一個巨大的陰陽八卦，無鋒無稜，無邊無際，帥位深藏不露，更將南宮競所率人馬困於其中。

卿塵心中暗暗喝了聲采，但並不擔憂。柯南緒此陣上應天星，正是七衡六間無極圖，左原孫當年親創此陣，破陣自是易如反掌。

果然只見天朝軍中令旗一揚，南宮競手中長鞭數振，身邊將士迅速以大將為中心分行九方，遠遠看去便如一張巨大的玄網覆落陣中。

九方齊動，倏忽聚散，如水漫地，無孔不入。九隊奇兵以迅雷不及掩耳之勢向西南方迅速突圍，所到之處兩陣交鋒，燕州軍頓時被衝得七零八落，人仰馬翻。

唐初等此時亦隨行變陣，七支鐵騎驟然疾散，仿若萬川入海一般，分別由東、西、東北、西北、東南覆向敵軍。

烈馬如風，驚濺深雪。一隊隊騎兵轉折廝殺，看似全無章法，卻在那漫山赤色之中流轉不休，來去無蹤，便似流水瀉地無孔不入，頃刻間衝開敵軍阻隔。不過片刻，九陣齊發，化作川流不息的鐵潮，在密密層層的敵軍中飄忽聚散，瞬間將燕州軍衝得支離破碎。

小陣匯作大陣，進退無方卻又自成法度，九出陣成，勢如萬川，奇兵馳縱，無人能抗。

卿塵當初在凌王府與左原孫以金箸交陣，事後左原孫也曾詳細為她解說陣理。這九出陣脫胎於兵法十陣，變化靈巧，奧義精妙，正是七衡六間無極圖的剋星。卿塵當初雖曾耳聞，但此時居高臨下看左原孫親自指揮，將此奇陣發揮得淋漓盡致，自是不同昔日紙上談兵，當真令人大開眼界。

燕州軍逐漸不敵，眼見陣腳生亂。忽然，中軍處響起一聲高亮的號角聲，八方令旗變幻。

已成亂象的燕州軍聞聲一振，原本潰散的陣勢就此穩住，形如長軛，變成嚴密的防守陣勢，抵住天朝軍隊諸面進攻。稍後號角再次長鳴，大軍向中緩緩聚攏，好似不敵天軍攻勢，往朝陽川撤退而去。

左原孫毫不猶豫，抬手一揮，下令全軍追擊。

朝陽川山谷深遠、地勢險要，極易設兵伏擊，冥執在旁提醒道：「左先生，敵軍多有破綻，會不會是誘敵之計？」

左原孫沉著鎮定，一雙眼中透著深沉的銳利：「利用對手疑心多慮玩弄虛實，柯南緒慣用此伎倆，他正是要我們心生顧慮不敢冒進，全力追擊，絕不會錯。」

追近朝陽川，南宮競與史仲侯率軍在前，突然下令勒馬停步。

寬闊的山谷當中，有一人負手立於軍前，燕州軍於其身後密密陣列。天高地遠間，這人從容面對天朝鐵騎，遙遙問道：「請問可是左原孫左兄在軍中？小弟柯南緒求見！」

瞬息之後，天朝大軍往兩旁整齊分開，左原孫自戰車上緩步而下，行至軍前，輕輕一抬手，大軍整列後退，於谷口結成九宮陣形。

兩軍對峙，萬劍出鞘，往昔知交，今日仇敵。

南良峪上已看不見谷中情形，突如其來的安靜教人不免心生猜測，卿塵對夜天凌道：「四哥，我想去看看。」

夜天凌略一思索，道：「也好。」

三川河的激流在朝陽川瀉入深谷，寬逾數十丈的瀑布結冰凝雪，冰封在青黛色的山崖一側，形成層疊錯落的冰瀑奇景。日光毫不吝嗇地照射在冰流之上，逐漸有融化的水流滴下，發出淅淅瀝瀝如雨的響聲。雙方軍隊軍紀嚴明令人咋舌，列陣處千萬人馬不聞一絲聲響，唯有獨屬戰場的殺氣，鮮明而肅穆地彌漫在山間。

望不見邊際的兵甲，探不見盡頭的靜，一滴滴冰水墜入空谷，發出通透的空響，遠遠傳來竟格外清晰。

柯南緒青袍綸巾，面容清臞，當年名震江左的文士風範盡顯於一身傲氣，與左原孫的平淡沖和形成鮮明對比。他本應比左原孫年輕數歲，但在風神懾人的背後卻有一種歷盡經年的蒼涼，讓他看起來和左原孫差不多年紀。他此時拱手深深一揖：「果然是左兄，一別多年，不想竟在此相見，請先受小弟一拜。」

左原孫面無表情，側身一讓：「我左原孫何敢受你大禮，更不敢當你以兄相稱，你我多年的恩怨今日也該做個了斷了。」

柯南緒眼中閃過難以明說的複雜：「小弟一生自恃不凡，唯一佩服的便是左兄。當年江心聽琴，西山論棋，小弟常以左兄為平生知己，左兄於我唯有恩，絕無怨。」

左原孫冷冷一笑：「不錯，你柯南緒確實不凡。風儀卓然，才識高絕，精詩詞，慣簫琴，通奇數，博古今。師從西陵，學遊四方，遊蹤遍布中原；躍馬揚劍，長歌嘯吟，俠名冠譽江東。昔日登臺迎風，釃酒臨江，談鋒一起驚四座；揮毫潑墨，賦詩論文，提筆千言入萬方；東極於海，南至五嶺，縱觀天下誰人能及你柯南緒？今日你揮軍南下，西連邊陲，北盡山河，天下誰人又在你柯南緒眼中？我左原孫不過區區村野之士，見識粗陋，有眼無珠，怎敢與你稱兄道弟？」說到此處，他目光一利，言詞忽然犀銳：「更何況，你欺主公，叛君王，背忠義，賣朋友，豺狼以成性，虺蜮以為心，人神之所共憤，天地之所不容，我左原孫一朝錯看，與君為友，實乃平生之大恥！」

隨著左原孫深惡痛絕的責罵，柯南緒臉上血色盡失，漸漸青白。他突然手撫胸口猛烈咳嗽，身子搖搖欲墜，似是用了全身力氣才能站穩，良久，慘然一笑：「左兄罵得好，我此生的確做盡惡事，於君主不忠，於蒼生不仁，上愧對天地，下慚見祖宗，但我從不言悔！唯辜負朋友之義，令我多年來耿耿於懷。當初我故意接近左兄，利用左兄的引薦陷害瑞王，事後更連累左兄蒙受三年牢獄之災，天下人不能罵我柯南緒，左兄罵得！天下人不能殺我柯南緒，左兄殺得！」

左原孫絲毫不為所動，反手一揮，長劍出鞘，一道寒光劃下，半邊襟袍揚上半空，劍光刺目、利芒閃現，將衣襟從中斷裂，兩幅殘片飄落雪中。

「我左原孫早在十年之前，便已與你恩斷義絕！今日不取汝命，當同此衣！」

柯南緒看著地上兩片殘衣，忽而仰天長笑，笑後又是一陣劇烈的咳嗽，神情似悲似痛：「左兄割袍斷義，是不屑與我相交，我也自認不配與左兄為友。」他抬手猛力一扯，撕裂袖袍，「我當成全左兄！但左兄要取我性命以慰舊主，卻怎又不問我當初為何要陷害瑞王？」

左原孫眼中寒意不曾有片刻消退，此時更添一分譏諷：「以你的才智，但凡要做一件事，豈會沒有理由？」

柯南緒面上卻不期然閃過一抹參雜著哀傷的柔和：「不知左兄可還記得瑞王府中曾有一個名叫品月的侍妾？」

左原孫微微一怔，道：「當然記得。」

瑞王府侍妾眾多，左原孫對多數女子並無印象，之所以記得這個品月，是因她當初在瑞王府引起了一場不小的風波。

品月是被瑞王強行娶回府的。若說美，她似乎並不是很美，真正出色之處是一手琵琶彈得驚豔，亦填得好詞好曲，在瑞王的一干妻妾中左原孫倒對她有幾分欣賞。

瑞王對女子向來喜新厭舊，納了品月回府不過三兩個月便不再覺得新鮮，將她冷落府中。有一天宴請至天都面聖的北晏侯世子虞呈，偶然想起命她上前彈曲助興。席間虞呈看中了品月，瑞王自然不在乎這一個侍妾，便將品月大方相送。

不料品月平日看似柔弱，此時竟拒不從虞呈之辱，堅決不事二夫，被逼迫之下摔裂琵琶當庭撞柱求死。旁邊侍從救得及時，並未鬧出人命，虞呈卻大掃興致。

瑞王有失顏面，自然遷怒於品月，因她以死求節，竟命家奴當眾輪番凌辱她，並以鞭笞加身，將她打得遍體鱗傷。

左原孫當日並不在府中，從外面回來正好遇上這一幕，甚不以為然，在他的規勸之下瑞王才放過此事。

然而第二天品月便投井自盡，瑞王聞報，雖也覺得事情做得有些過分，但並未放在心上，只吩咐葬了便罷。倒是左原孫深憐其遭遇，私下命人厚葬，並將品月曾填過的數十首詞曲保存了下來。此後事過，他便也漸漸淡忘了這個人，直到今天柯南緒突然提起。

柯南緒仰望長空，眼中柔和過後盡是森寒的恨意，對左原孫道：「左兄並不知道，那品月乃是與我自幼青梅竹馬的女子，我二人兩心相許，並早有婚約在先。我弱冠之年離家遊學，本打算那一年回天都迎娶品月，誰知卻只見到一座孤墳，數闋哀詞。試問左兄若在當時，心中做何感想？我早存心志，欲遊天下而求治國之學，少不更事，自誤姻緣，品月既嫁入王府，是我與她有緣無分，我亦不能怨怪他人。可瑞王非但不善待於她，反而將她折辱至死。不殺瑞王，難消我心頭之恨，無情薄倖至此，左兄以為瑞王堪為天下之主乎？」

瑞王禮賢下士、善用才能是真，但視女子如無物，暴虐冷酷亦是實情。左原孫略一思忖，正色道：「主有失德，臣當盡心規勸，豈可因此而叛之？我深受瑞王知遇之恩，當報之以終生，不想竟引狼入室，實在愧對瑞王！」

柯南緒神情中微帶冷然：「左兄事主之高義，待友之胸懷，為我所不及。但我從未當瑞王為主，叛之無愧！我殺瑞王，了卻了一段恨事，卻又欺摯友而平添深憾，如今瑞王、虞呈皆已伏誅，我負左兄之情今日便一併償還。無論恩怨，左兄都是我柯南緒有幸結交，唯一敬佩之人，此命此身，以酬知己！左兄欲取燕州，我絕不會再設陣阻攔，城內有薊州布防的詳細紀錄，亦盡數奉上為兄所用。在此之前，小弟唯有一事相求，還請成全。」

左原孫沉默片刻：「你說。」

柯南緒道：「我想請問那日在橫梁渡，是何人與湛王琴笛合奏、破我軍陣？可否有幸一見？」

左原孫回頭，見卿塵與夜天凌不知何時已至軍前，卿塵對他一笑示意，他道：「王妃便在此處，你有何事？」

卿塵向柯南緒微微頷首，柯南緒笑中深帶感慨：「無怪乎琴笛如魚水，心有靈犀，原來竟是王妃。一曲〈比目〉，湛王之笛情深意濃，風華清雅，王妃之琴玉骨冰髓，柔情坦蕩，堪為天作之合！琴心驚醒夢中人，那日聞此一曲，此生渾然困頓之心豁朗開解，柯南緒在此謝過，願王妃與殿下深情永在，白首此生！」

誤會來得突然，卿塵下意識轉頭看去。一旁夜天凌脣鋒深抿，冷色淡淡，夜天湛溫文如舊，俊面不波，兩個人竟都一言不發目視前方，似是根本沒有聽到任何話語。

解釋的機會在一愣中稍縱即逝，柯南緒已灑脫對左原孫笑道：「當年左兄據古曲而作〈高山〉，小弟今日亦以一曲別兄！」

左原孫完全恢復了平日淡定，在柯南緒轉身的一刻忽然道：「你若今日放手與我一戰，是生是死，你我不枉知交一場。」

柯南緒身形微微一震，並未回頭，襟袍飄然，沒入燕州軍中。

風揚殘雪，飄灑空谷；七弦琴前，清音高曠。

巍巍乎高山，泱泱乎流水。

青山之壯闊，絕峰入雲；長流之浩湯，滔滔東去！

弦音所至，燕州軍同時發出一聲驚天動地的震喝，兵馬催動，發起最後的進攻。

柯南緒的琴音似不曾被鐵蹄威猛所掩蓋，行雲流水陡然高起，迴盪峰巒，響徹入雲。

面對震動山谷的敵兵，四周戰馬躁動不安地揚蹄嘶鳴，千軍候命，蓄勢待發。左原孫脣角微微抽動，片刻之後，目中精光驟現，抬手揮下。

隨著身後驟然洶湧的喊殺，兩軍之間那片平靜的雪地迅速縮小，直至完全淹沒在紅甲玄袍、鮮血冷鐵的被蓋之下，天地瞬息無聲。

山水清琴，縈繞於耳，久久不絕。

千軍萬馬之後，左原孫仰首長空，殘風處，頭飛雪，淚滿面，鬢如霜。

*

燕州行轅內，夜天凌緩緩收起破城後取獲的薊州布防圖，抬眸看了卿塵一眼。

卿塵側首對左原孫道：「先生執意要走，我們也不能阻攔先生閒遊山野的意願，只是此去一別，相忘於江湖，先生讓我們如何能捨得？」

燕州城破，柯南緒咳血冰弦，喪命亂軍之中。左原孫似乎不見絲毫喜色，眉宇間反而帶著幾分落寞和失意，此時極淡地一笑，道：「殿下如今文有陸遷、杜君述等少年才俊，武有南宮競、唐初等智勇驍將，外得莫不平相助，內有王妃輔佐，我此時即便留在殿下身邊，亦不過是錦上添花而已。何況燕州既破，虞夙孤立薊州，山窮水盡，已非殿下對手，我也確實無事可為殿下做了。」

夜天凌道：「當年先生來天機府時我便說過，你我並非主臣，乃是朋友相交，來去皆由先生。只是先生要走也不急在這一時，不妨再小留幾日，等攻下薊州，我還想和先生對飲幾杯，請教些事情。」

左原孫道：「殿下可是想問有關鞏思呈這個人？也好，左右我並無急事，便再留些時日也無妨。」

卿塵道：「那這幾天我可要煩擾先生多教我些奇門遁甲之術，先生不如今日索性收了我這個徒弟吧。」

左原孫笑道：「王妃若有問題我們一併參詳便是，師徒一說未免嚴重。」

誰知卿塵起身在他身前拜下：「先生胸中所學貫通古今，我是誠意拜先生為師，先生若不是嫌我頑愚不可教，便請成全。」

左原孫起身道：「王妃……」

夜天凌淡淡抬手阻止：「左先生請坐，便受她一拜又如何？」

左原孫短暫的愣愕之後恢復常態，繼而無奈一笑，安然落座：「殿下和王妃真是厲害啊！」他不再推辭，卿塵便鄭重行了拜師的禮。但左原孫依舊決定先行離開，鞏思呈與他彼此深知底細，此時已有了提防之心，他也不宜在軍中久待。

左原孫告辭出去，卿塵親自送至門外，轉回身見夜天凌倚在案前，看著前方似是陷入沉思。

卿塵略覺無奈，這人真是什麼事都悶在心底。左原孫突然告別，分明教人一陣空落，他面上卻若無其事，甚至連挽留也只說延緩幾天，想到這裡她忍不住莞爾輕笑，卻一抬頭，撞上夜天凌幽深的黑瞳。

「高興什麼？」夜天凌問道，「想讓左先生留下的那點心思得逞了？」

卿塵坐到他身邊：「我才沒你那麼深的城府呢，不過想拜個師父，免得日後給人欺負了，沒有靠山。左先生要走，我們難道真攔得住？」

夜天凌輕笑道：「奇怪了，誰敢欺負妳？」

卿塵道：「難說你就不會？」

夜天凌眼中興味一閃，似乎有燈火的光澤在他眼中跳動，深深盯著她：「欺負倒未必，只是有事想問問。」

「什麼事？」卿塵問。

夜天凌沉聲道：「怎麼沒人告訴我，妳和七弟合奏的那曲子叫什麼〈比目〉？如魚得水，心有靈犀，天作之合，情深意濃？」

卿塵斜斜地挑眉看他，琉璃燈下抬眸，星光瀅澈，碎波點點，唇間淡笑隱現，就只是不言不語靜靜看著他。

夜天凌深邃的瞳仁微微一收，那純粹的墨色帶著蠱惑，教人看得要陷進去，「嗯？」他探進那原本幽靜的星波深處，緩慢地攪動起一點點細微的漩渦，越來越深，越來越急，直要侵吞她整個人。

卿塵卻突然往後一靠，眸光流轉，嫵媚裡閃動著慧黠。燈色在她的側臉上淡淡覆了一層誘人的清柔，她慵然靠在長案前以手支頤，一邊閒閒地去挑那燈芯，一邊慢條斯理地道：「都曾經滄海了，什麼魚水進了裡面，還不沒了影子？」

夜天凌明顯愣了一愣，在卿塵促狹地看過來時忽然伸手將她拖到懷中，俯視她樂得沒心沒肺，卻如鮮花般綻放在眼前的笑顏：「現在不管教以後就沒法收拾了，看妳再得意！」

卿塵來不及躲閃，輕輕掙扎：「外面有人呢！」

夜天凌直起身子，似笑非笑地在門口和她之間看了看，稍一用力就將她自身前抱了起來，大步邁往內室。

卿塵急道：「幹什麼？」

「不幹什麼。」夜天凌不急不忙擁了她坐在榻上，「明天一早我和十一弟率玄甲軍先攻漠城，恐怕要幾日見不到妳了。」

漠城和雁涼是現在唯一還與薊州通連的兩郡，玄甲鐵騎擅長突襲，將以快襲戰術先行孤立薊州，隨後大軍圍城，一舉決戰。

卿塵用手撐開他：「你要我隨中軍走？」

隔著淡青色的長袍，夜天凌緩慢而有力的心跳就在她掌心處，他將她在懷中攬緊：「別想著逞能，玄甲軍可以人馬不休地攻城掠地，但不適合女人。妳跟著中軍會輕鬆很多，不過……」尾音一長，他的氣息略帶絲霸道的不滿，吹得卿塵耳邊碎髮輕拂臉頰：「我不想再聽到什麼〈比目〉。」

卿塵輕輕笑出聲來，卻冷不防被他反身壓在身下，身旁的帷帳一晃飄落，帶得榻前那盞白玉對枝燈綺色紛飛，似灑了一脈柔光旖旎如水。

卿塵靜靜地看著夜天凌墨色醉人的深眸，主動吻上他的脣，再多的話都融化在這纏綿的溫柔中。

得成比目何辭死，願作鴛鴦不羨仙。

第九十七章　黑雲壓城城欲摧

清晨夜天凌離開的時候，卿塵睡得很沉，竟沒聽到一點聲響。她醒來後心裡一陣空落，卻在手邊觸到樣溫涼的東西，一看之下，是那枚玄玉龍符。

倒不是他忘了帶，是特意留給她保管的。龍符是至關重要的東西，此時夜天凌把這個留給她，就像是丈夫出門前囑咐一句「家裡便交給妳照看了」，卿塵手撫那飄飛的紋路微微一笑。

大軍簡單休整隨後出發，再次紮營已入薊州邊界。先前已有軍報，玄甲軍順利攻下漠陽，最遲兩日便可配合大軍形成合圍之勢。

因為仍在軍中，卿塵平日還是長衫束髮的打扮。殷采倩百般央求夜天湛，終於得以留下，卻整日連鎧甲都不脫，騎馬射箭不輸男子，有事沒事就來卿塵帳中，倒真正和卿塵越發熟稔了。

黃昏時分，帳中早點了燈，殷采倩在卿塵這裡待了一會兒突然想起什麼事，丟下句「我去下湛哥哥那裡」便沒了人影。

卿塵搖頭笑了笑，左右無事，便拿了根竹枝在地上隨手演化左原孫教習的陣法。帳外不時有風吹得簾帳晃動，忽然一陣旋風捲著什麼東西撞上軍帳，案前燈火猛地閃晃。卿塵手中無意用力，竹枝啪地輕響，竟意外折斷在眼前。

她心頭突地一跳，沒來由地有些心緒不寧，微蹙著眉心瞅了一會兒地上縱橫的陣局，起身走出營帳。

天邊長河落日，殘陽似血，朔風撲面，漠原如織。大軍沿河駐紮，數萬軍帳連綿起伏，長旗獵獵，盡在暮色下若隱若現。

她駐足帳前放眼眺望，耳邊忽然飄來一陣遼遠的笛聲。

笛聲飛揚在北疆寥廓的大地上，卻不見醉臥沙場、埋骨他鄉的悲涼，於朔風長沙的高遠處轉折，飛起彈指千關，笑破強虜的揮灑，更帶著號令三軍、飛劍長歌的豪邁。卿塵側首凝神聽著，一時竟忘了天寒風冷，月白色的玉帶隨風飄揚，不時拂上臉龐，落日最後一絲餘暉也緩緩退入了大地深處。

笛聲漸行漸遠，慢慢安寂下來，卿塵望向大軍帥營，一抹微笑透過輕暗的暮色漾開在脣角。

營帳前有人在說話，卿塵轉頭看去，見衛長征與什麼人一起過來。

衛長征到了近前，微微一欠身：「王妃，中軍那邊派了兩隊侍衛過來加強防衛。」

卿塵已看到營前多了兩隊披甲佩劍的侍衛，眼前那人手撫劍柄，躬身道：「末將吳召見過王妃！」

卿塵認得他是夜天湛身邊的侍衛副統領，再看那些侍衛的服色，也都是夜天湛近衛中的人，微笑道：「我這裡其實也用不著這麼多人。」

吳召恭聲道：「此處離薊州太近，只怕會突發戰事，四殿下的侍衛目前只有半數在此，所以末將奉命來保護王妃。外面風大，王妃還是進帳歇息吧。」

卿塵也不再說什麼，便道聲「有勞」回到帳中。

夜色已濃，一時間四處安靜，帳前沒有閒雜人等隨意走動，幾乎可以聽見外面營火舔著木柴劈啪作響。卿塵靜了靜心，隨手翻了卷書來看，一邊撫摸著趴在身上的雪戰。

雪戰乖巧地伏在卿塵膝頭，本來微微往後貼著耳朵十分愜意，忽然間卻撐起身子，豎耳傾聽。

卿塵抬起頭來，外面傳來腳步聲，她依稀聽到有人喝斥了一句：「吳召你好大膽！連我也敢攔！」

聲音隔著營帳尚遠，聽上去像是殷采倩。夜天湛的近衛都認得這位殷家小姐，自然知道她刁蠻的脾氣，又哪裡敢真的攔她？果然緊接著垂簾一掀，殷采倩進了帳來。

帳中被她帶進一陣冷風，卿塵笑道：「這時候過來，不是又想賴在我這兒睡吧？」

殷采倩將披風的帽子往下一掀，露出的臉龐因著了幾分寒氣微帶紅潤，燈下明豔照人的眉眼間卻流露出匆忙而驚慌的神色。她幾步走到案前：「妳還有心思和我說笑，四殿下那邊出事了！」

卿塵心中一驚，笑容凝固：「怎麼了？」

殷采倩匆匆道：「他們遇到了突厥大軍！虞夙知道大勢已去，居然勾結了突厥人，暗中放突厥三十萬大軍入關反攻漠陽，他們只有一萬玄甲軍……」

殷采倩話未說完，卿塵便猛地站了起來。雪戰被嚇得從旁邊狼狽跳開，燈影一陣亂晃，她的心似狠狠地往下一墜，生出陡然踏落空谷的驚懼，三十萬突厥大軍！

那慌亂的感覺一瞬在心頭襲過：「什麼時候的事？誰來報的？」卿塵立刻問道。

她眼中驟然銳利的清光嚇了殷采倩一跳：「應該是入夜前便接到急報了，我從湛哥哥那兒出來，無意聽到了他們說話。他們將人關了起來，要瞞下此事，借突厥之手置四殿下於死地！」她的聲音微微有些顫抖，不知是驚還是怕。

這一消息比前者更加令人震駭，卿塵緊緊攥著手中的書，只覺得渾身冰冷：「難道已經拖了半夜，中軍按兵不動？」她將書卷擲於案上，疾步向外走去，卻被殷采倩攔住。「妳去哪兒？這樣出不去的！吳召他們奉命借著安全的幌子分別將妳和左先生困在營中，若不是他們不敢放肆，我也進不來。妳先換我的衣服出去再說，妳別怪湛哥哥，不是他派人來的。」

難怪中軍突然要增派防守，找了這樣冠冕堂皇的理由，教人不疑有他。卿塵一手接過殷采倩遞來的披風，卻不穿上，心中念頭飛轉：「湛王究竟知不知道此事？是誰下的命令？」她沉聲問道，語氣中已是近乎冰冷的鎮靜。

殷采倩搖頭：「我不知道湛哥哥是不是接到急報了，好像並沒有，他們是……」她猶豫了一下，似乎並不想將那人說出來，卿塵冷聲道：「鞏思呈！」

殷采倩只是沉默，鞏思呈畢竟是殷家之人，她也不能不顧忌，卿塵緊接著問道：「妳為何要來告訴我？」

她沉著而幽深的目光在殷采倩眼中和某個人的重合，何其相似的眼神，冷光深藏，洞穿肺腑，殷采倩似乎感覺到一股無聲的壓力，讓人無法抗拒，回答道：「我不想四殿下，還有……還有十一殿下出事。妳快想辦法吧，突厥三十萬的兵力，再晚就來不及了。」

卿塵盯了她一瞬，將手中披風重新遞給她：「妳現在去湛王那裡，設法讓他知道此事。」

殷采倩卻猶豫不前，說了一句她原本極不想說的話：「若是他根本就知道呢？」

卿塵微微閉目，呼吸了一口冰冷的空氣，睜開眼睛：「若所有的命令都是他下的，妳便盡力將事情鬧大，至少鬧到驚動史仲侯和夏步鋒。」

殷采倩低頭想了想，微微一咬嘴脣：「好！我聽妳的，那妳怎麼辦？」

「我們分頭行事，外面的人攔不住我。」

卿塵在殷采倩離開後迅速回憶了一下已看了千百遍的軍機圖，薊州附近的形勢從未像此刻一樣清晰明瞭，城池地形歷歷在目。

片刻之後她起身出帳叫道：「長征！」衛長征不料她這時候竟要出去，詫異道：「王妃可是有事吩咐？」

營帳近旁依舊是凌王府的玄甲侍衛，吳召帶來的人都在周邊，也正因此，他們可以遠遠將來營帳的人先行攔下，令衛長征等人一時也難以察覺異樣。

卿塵往闃黑的夜色深處掃了一眼：「帶上人跟我走！」

衛長征只聽口氣便知道出了事，不再多問，即刻率人跟上。

卿塵此時心中如火煎油烹，萬分焦慮，戰場勝負往往只在瞬間，或許現在根本已經遲了。

誰也沒有想到虞夙窮途末路之下竟走此險棋，突厥得此千載難逢的機會，定是想先除夜天凌而後兵犯中原。而對於夜天湛，卿塵不敢賭，也沒時間去猜測他究竟是不是已經下了清除對手的決心。

她輸不起，他是閒玉湖前翩翩如玉多情人，也是志比天高心機似海的湛王。

她已無暇去琢磨任何人的角色和目的，整個心間只餘了一個人的影子，那個人生，她生，那個人死，她死。

千般計策翻滾心頭，她緊緊握住手中的那塊玄玉龍符，無論夜天湛是何態度，她已決定在最短的時間內不惜一切代價調軍馳援，只盼望夜天凌和十一能借助玄甲軍的驍勇支撐到那一刻。

果然沒走多遠吳召便帶人迎上前來：「這麼晚了，王妃要去哪裡？」他依舊是那種恭敬的語調，垂眸立著，卻將去路擋下，言語中終究還是露出了些許異樣。

卿塵冷冷一笑，臉色在營火下明暗不清：「我去哪裡是不是還要經吳統領准許？」

面對這突如其來的責問，吳召暗中微驚，但依舊擋在前面：「末將是覺得外面太過危險，王妃還是請回吧。」

「你是請我，還是命令我呢？」卿塵足下不停地往前走去，「讓開！」

吳召再上前一步，攔住去路：「王妃萬一有什麼差池，末將不好交代！」

「用不著你交代，你既然是來保護我的，不放心可以跟著！」卿塵徑直前行。吳召立在她身前，盔甲的遮掩下神色驚疑不定，忽然間視野中闖入一雙月白靴子。如水似蘭的清香拂面而至，駭得他匆忙抬頭，卻正逢營火一閃，卿塵那雙微吊的鳳眸在火光盛亮處如一刃浮光劃過他的眼底，直逼心頭，澈寒如秋水，冷凝如刀鋒。

吳召幾乎是狼狽地大退了幾步，才避免和她撞上。卿塵視他如無物，步步前行。吳召無奈，倉皇再退，四周其他侍衛被卿塵的目光一掃，無一人敢抬頭對視，遑論冒犯阻擋，紛紛退到一旁。

卿塵眼中瀲瀲寒意逼著吳召：「長征，若有人膽敢放肆，無須客氣！」衛長征及所率玄甲侍衛手按劍柄隨護身後，吳召不得已終於側身讓開。卿塵袍袖一拂，揚長而去，消失在黑夜中的白衣飛揚奪目，似一道利鞭狠狠地抽在吳召眼前。他背後風過一陣寒涼，竟已是渾身冷汗。

眼見卿塵帶人直奔南宮競營帳，吳召氣憤地砸了一下劍柄，喝道：「去報鞏先生知道！」

＊

營帳中，鍾定方、馮常鈞、邵休兵這幾名親近殷家的大將此時都坐在案前，反倒一向鎮定的鞏思呈反剪著雙手不住踱步，似是滿腹心事。

自從那日因李步引發爭執之後，鞏思呈心裡便一直存著擔憂。天帝既連龍符都交付凌王，此後難說是不是會有更多的東西。他與左原孫同窗多年，深知左原孫此人心性高傲且極重舊情，自瑞王遇事後便心灰意冷退隱江湖，極少與人交往。此番左原孫雖說是為柯南緒而來，卻顯然與凌王關係非同一般，這兩件事令他隱約察覺幾分不尋常，北疆一戰奪的是軍權，現在想起來竟沒有絲毫的把握。

「鞏先生！」馮常鈞出言問道，「你可是在擔心什麼事？」

馮常鈞他們這些大將與南宮競等人不同，爵位都是一門世襲，身分和皇親貴胄的御林軍倒是有幾分相似。此時鍾定方把玩著劍上精緻的佩飾，抬頭道：「今晚的事畢竟還瞞著殿下，先生擔心，也有道理。」話雖這麼說，可他口氣中卻沒有絲毫覺得不妥的意思，反倒帶出幾分滿不在乎。

鞏思呈停下腳步：「我並非擔心殿下知道，此事即便是報至帥營，殿下也自然清楚其中利害，借我們之手反而還讓殿下免了為難。」

「那先生究竟顧慮些什麼？」

鞏思呈靜默片刻，長吁了口氣：「凌王的手段非同常人，此次若不能成功，日後恐怕就再沒有這樣的機會了。」

「哼！」一直沒作聲的邵休兵冷哼道，「不過是那個狐媚的女人弄出些麻煩，先帝被她禍害得盛年早逝，也不知皇上怎麼就也迷上了那女人。凌王再厲害也是一半異族的血統，他有什麼資格和殿下爭？」

「邵將軍慎言！」馮常鈞在幾人中較為穩重，雖然邵休兵所言也是他的想法，可禍從口出，這樣犯忌諱的事還是不說的好。

鞏思呈亦對邵休兵遞去一個謹慎的眼神，卻不由自主又嘆了口氣。話雖如此，但皇上卻未必這麼想啊！

他正蹙眉沉思，忽然吳召掀了帳簾匆匆進來，顯然是有急事，連在座幾位將軍都沒顧上招呼：「鞏先生，那邊出事了！」

鞏思呈一驚：「何事？」

「凌王妃知道了前方的急報，帶人離開了營帳！」

「什麼？」鞏思呈聲音忍不住略微一高，「去了哪兒？」

「看方向是南宮競的大帳。」

鞏思呈極懊惱：「我早便說過，南宮競此人當初就不該留！」

鍾定方站起來：「馬上去阻止他們，別將事情鬧出去！」

邵休兵將原本握在手中的玉佩一擲：「我帶人封了出路，不信他們還能硬闖！」

鞏思呈抬手阻止：「犯不著這麼大張旗鼓，就只一個字便可：拖！已經過了半夜，玄甲軍縱有通天之能，又能在三十萬突厥大軍前抵擋多久？」

第九十八章 但使此心能蔽日

卿塵與衛長征不期而至讓南宮競頗為意外，而卿塵在他帳中竟見到史仲侯和夏步鋒則一陣驚喜。

她也不及細說，只將事情大略言明。夏步鋒脾氣急躁，幾乎是自案前跳起來便吼道：「這幫狗娘養的竟敢……」

「步鋒！」南宮競及時喝止他信口粗言，「王妃，我們即刻點兵動身，但原先十萬先鋒軍已整歸中軍指揮，恐怕兵力不足。」

夏步鋒道：「只要一聲令下，神禦軍兄弟們哪個不為殿下效命？怕他什麼兵力不足！」

卿塵道：「龍符現在在我這裡，我們可以此調遣神禦軍。」

史仲侯一直未曾表態，此時卻道：「來不及了，即便有龍符，調遣大軍也需時間，更何況能不能過湛王那一關尚未知。眼下我們三人手中能用之兵大概也有三萬，事情緊迫，唯有先行增援！」

「就先調這三萬。」卿塵略一思索，「立刻動身。」

南宮競等人向來在夜天凌的要求之下帶兵嚴格，不過半刻功夫，三萬兵馬齊集，當即毫不停留直奔轅門。不料轅門處卻早已有重兵把守，兩列並不明朗的火把下，邵休兵與鍾定方緩騎而出，攔住去路。

鞏思呈身在兩人之前，對卿塵拱手行禮，問道：「時值深夜，敢問王妃要去何處？」

卿塵以前也曾有恨過、怨過的人，但此生至今，卻從未覺得有人如鞏思呈這般可恨可殺。迫於勢態無暇與他囉唆，只冷冷道：「鞏先生還請讓開，我要去何處你心知肚明。」

鞏思呈道：「王妃的行動我等也不能干涉，但王妃帶兵出營卻似乎不妥，今晚並未聽說有軍令如此布置。」

卿塵聽他說話不急不慢，又尋事糾纏，立刻明白了他的意圖。時間流逝一分，希望便沉沒一分，她當即取出龍符，揚聲道：「龍符在此，如聖上親臨，調兵遣將，三軍皆須聽令，還不讓開！」

鞏思呈沒料到卿塵手中竟有龍符，自是震驚，但心念一轉已有了對策：「我朝調軍龍符向來由聖上交予領兵帥將以節制兵馬，從未聽說任何一府的王妃可憑此調遣大軍。王妃手中的龍符是真是假我們無法分辨，當由監軍營校驗此符，以確保萬一。若龍符真偽無誤，自然無人敢再阻攔王妃。」

卿塵眼中銳光驟現，面籠寒霜，已是動了真怒。如此拖延下去，便是到時給她這三十萬大軍又有何用！她修眉微挑，冷聲叱道：「放肆！鞏思呈，你不過是殷相府中一名幕僚，憑什麼要求校驗龍符？這營中大軍是我天朝的，是皇族的，還是你殷家的？便是我朝沒有王妃持符調兵的先例，難道南宮將軍他們你也有權利過問？再不讓開，莫怪我不客氣！」

鞏思呈不想平日沉靜柔和的女子一旦發作，竟處處犀利，一連串質問言詞鋒銳，令他一時也無法反駁。卻見邵休兵帶馬上前：「鞏先生雖無軍銜，但我們皆是軍中大將，難道也沒資格過問此事？」

南宮競看了他一眼：「邵將軍，你我同為御封的三品領軍將軍，我奉龍符調兵如何還要向你交代？」

邵休兵道：「南宮將軍莫要忘了，此時大軍的主帥是湛王殿下。我奉命巡護營中安全，眼前這麼多兵馬調動豈有不問清楚的道理？既有龍符便拿來驗明真偽，否則沒有中軍軍令，誰也不能出大營！」

南宮競等靠軍功提拔起來的將領與邵休兵這些門閥貴胄向來互有成見，嫌隙頗深，此時各為其主，話中都帶了十足的火藥味。

卿塵與南宮競對視一眼，心中一横，他們即便校驗過龍符也不難尋出其他理由阻擋，時間如何耽擱得起，說不得就只有硬闖了！

夏步鋒可沒有那般耐性，拔劍喝道：「誰再敢攔路囉唆，我先取他性命！」

嗆啷數聲響動，轅門前諸兵將先後拔劍出鞘，邵休兵等人也鐵了心不計後果，一時間劍拔弩張。南宮競眼中精光閃過，抬手剛要下令，只聽有人喝道：「住手！」

橐橐靴聲震地，全副武裝的侍衛迅速插入即將兵刃相見的雙方之間，另有兩隊侍衛雁翅狀分立開來，其後源源不斷的士兵片刻便將所有人包圍一處，劍甲分明，肅然而立。

玄色披風一閃，夜天湛已到近前，火光映在他湛然如水的雙眸中似柔和的一抹波光，卻教人絲毫探不見情緒，他眼光一掠掃過身旁，鞏思呈等紛紛下馬：「殿下！」

夜天湛目光未在他們面前停留，卻直接落在了卿塵身上。

不知為何，卿塵見到他的那一剎那竟有一股澀楚的淚水直衝眼底。夜天湛見她一動不動地看著自己，卻又似穿透了他望向未知的遙遠地方。她明澈的眸波深處似喜似悲，似憂似急，甚至難以察覺地帶了一絲哀求的意味。那是他從未見過的一種眼神，驀然便在心頭掀起天裂地陷的漩渦，幾乎要將呼吸都抽空。

夜天湛垂在披風之內的手下意識地握緊，落在眾人眼中的卻還是瀟灑的神情，道：「王章。」

隨著他潤雅平和的聲音，中軍長史王章卻撲跪在面前，聲音竟微微有些顫抖：「下官……下官在。」

「今晚可有收到前方軍報？」夜天湛淡淡問道。

王章身子猛地顫了下，猶豫抬頭，夜天湛靜視前方根本就不曾望向他，他又轉而看了看鞏思呈，卻聽那溫和的聲音中帶了一絲漠然：「如實道來。」

「回殿下，有……有……」王章俯身回道。

「為何不報本王？」夜天湛此時才看了他一眼。

「當時……收到軍報……已……已報入中軍帥營。」

「報知何人？」

「報知……報知……」王章此時不知是因緊張驚駭，還是不欲直言，竟結結巴巴一時說不出個所以然。

「報知何人？」夜天湛再問了一遍，他身後的吳召和另一位副統領上前一步，撫劍跪倒，「回殿下，當時是我二人當值。」

夜天湛目光一動，移至吳召身上。王章只覺得渾身的壓迫感一鬆，幾乎就要癱軟在地上。

夜天湛見吳召如此回話，淡笑著點了點頭：「你們報知本王了嗎？」

吳召叩了個頭，道：「末將一時疏忽，請殿下責罰。」

夜天湛緩聲道：「你們跟隨我多年，該清楚規矩。」

四周侍衛及諸將心底皆是一驚，立刻跪了一地，卻無人敢開口求情，唯有鞏思呈硬著頭皮道：「殿下……」

「嗯？」夜天湛清淡的一聲，鞏思呈到了嘴邊的話再說不出來。

「軍法處置。」夜天湛淡淡說了句，立刻有執行官上前，將吳召兩人押至空地，手起刀落，不過半息功夫，提了兩顆人頭回身覆命。

王章則被拖下去，將嘴一封，施以杖責，八十軍棍打完，怕也是性命難保。

四周將士一片死寂。鐵血軍營，不是沒見過斬首杖責，但見湛王淡噙微笑，溫雅如月，舉手間便處斬了兩名隨身多年的侍衛統領，只比雷霆震怒更教人心悸。

千萬人的目光中，夜天湛看了一眼呈至身前的人頭：「厚待家人。」說罷望向卿塵，「妳這是幹什麼？」

卿塵雖見夜天湛一連處置了數人，但仍不敢確定他是否會即刻發兵救援，畢竟他要拖延調軍簡直易如反掌。方才一番手段，也沒有人敢再懷疑他會從中作梗，一切將不會留下絲毫痕跡。

一息息時間過去，就像是把她的生命絲絲在抽空，卿塵道：「急報已過了半夜，不能再耽擱，讓我們先行增援。」

夜天湛神情淡然：「就這麼點兵力去對抗突厥三十萬大軍，豈不是胡鬧？先回營帳去，我自有安排。」

卿塵聽不出他的心意，換作任何事，她都有放手一試的膽量，但此時她卻無論如何也不敢拿夜天凌和十一的性命做賭注，她在夜天湛的注視下堅持道：「我要先行增援！」

夜天湛眸底漾出深暗的複雜，卿塵話中的不信任他如何感覺不到？他緩緩問道：「若我絕不准妳去呢？」

這一句話，可以翻雲成雨，換日為月。

卿塵默默地看了他片刻，忽然抬手抽出馬上一柄短劍，劍光一閃，對準自己心口，夜天湛駭然驚喝：「卿塵！」

衛長征、南宮競等亦大驚失色：「王妃不可！」

卿塵平靜地看著夜天湛，一字一句道：「去與不去，我生死隨他。」

那一柄利劍握在卿塵蒼白的指間對準她的心窩，卻恰如懸在夜天湛心頭。寒氣沿著劍尖寸寸浸入，使他整顆心臟逐漸變得堅硬而冰冷，在隨後那短短數字的碰撞之下驟然碎成粉末，每一顆粉末都如尖銳的冰凌毫不留情地散入血液，竟帶來椎心刺骨的痛。

夜天湛站在原地看著卿塵眼中的決絕，臉色一分分變得鐵青，終於自齒間擲出數字：「讓他們走！」

卿塵聞言渾身一鬆，她賭贏了！然而心中沒有絲毫的高興，她用以一搏的所有籌碼都是夜天湛給的，她賭上了他對她的所有，也用自己的全勝贏了他的所有。

「殿下！」鞏思呈等尚欲挽回局面，各自想說的話卻都被夜天湛一聲「放行」壓了回去。

南宮競等人立刻率軍馳出轅門，塵雪滾滾的夜色下卿塵手中劍刃的冷光輕微閃動，她怔怔地看著夜天湛，夜天湛亦立在不遠處，幽深的眼底全是她握劍在前的影子。

三萬兵馬漸漸沒入遠處深夜，卿塵顫聲對夜天湛道：「……多謝。」言罷反手一鞭，雲騁快如輕光，向援軍方向疾馳追去，遺下身後黑夜茫茫。

煙塵盡落，滿眼滿心，一人一馬即將消失的時候，夜天湛緩緩閉上雙眼，那抹白色的身影卻越發變得清晰，深深地印入他眼前的黑暗中。

夜天湛平復了一下情緒，睜開眼睛掃視一周，片言不發，轉身離去。鞏思呈和邵休兵等人疾步跟上。

待入了帥帳，夜天湛停步帳中，他背對著眾人，披風垂覆身後紋絲不動，冷冷淡淡，極盡疏離。

身後幾人對視一眼，心中忐忑。他們深知夜天湛的脾氣，平日有何行差言錯，最多不過當面幾句訓責，若真正怒極了反不見動靜。他這麼久不說話，是多少年沒有的事，一時間無人敢出一言，都垂首立著。

也不知過了多長時間，夜天湛以一種平靜到冷然的語調道：「你們都聽清楚了，凌王可以死在任何人手裡，包括本王的劍下，但絕不能死在突厥人手中。」他緩緩轉身，「你們這是誤國！」

如此簡單一句話，聽在眾人耳中已是極重的斥責，自鞏思呈而下無不在心頭驚起一陣惶恐。夜天湛見他們僵立著，淡淡哼了一聲：「怎麼，都站在這裡等什麼？難道現在該怎麼做還要本王教你們？」

鍾定方醒悟得快，立刻暗中一拖邵休兵，跪下領命：「末將等這就去安排！」

三人尚未退出帥帳，卻聽夜天湛突然道：「慢著，還有一句話你們記住，本王只說一遍：你們的主子是夜氏皇族。」

此言一出，鞏思呈瞳孔微微收緊，話的後半句夜天湛沒有說出來，但其中警告已再清楚不過：你們的主子是夜氏皇族，不是殷家。

夜天湛淡聲對他道：「鞏先生，玄甲軍派回來的人，你也應該知道怎麼處置，速去辦吧，免留後患。」

此時鞏思呈著實有些摸不透夜天湛心中究竟如何打算，事到如今，不便多言，只得躬了躬身，也退出了帥帳。

眾人走後，夜天湛強壓著的怒氣再難抑制，脣角那抹輕緩的笑容瞬間拉下，手中下意識地握住案前什麼東西，只聽砰的一聲，一只雪色玉盞便在他手底碎成了數片，鮮血立刻隨著殘片滴落，他卻渾然不覺。

「湛哥哥！」

突如其來的叫聲讓夜天湛一驚，才記起殷采倩一直在內帳等他回來。

殷采倩急忙上前看他的手，想說什麼卻又躊躇，半晌，小聲問道：「湛哥哥，你會殺了鞏先生嗎？」

夜天湛微怔：「我為何要殺鞏先生？」

殷采倩拿絹帕替他裹著手：「你方才進帳時，看鞏先生的眼神太可怕了，鞏先生今晚做的是不對，但也是為你好。」

「嚇著妳了？」夜天湛勉強一笑，「鞏先生沒做錯，我何必要他性命？」

殷采倩卻愣住：「鞏先生沒做錯？那……難道是我錯了？」

夜天湛溫言道：「妳也沒錯，我還要謝謝妳，否則，她不知會鬧出什麼事來。」他極輕微地嘆了口氣，掌心的疼痛此時絲絲傳入心間，逐漸化作浸透心神的疲憊。

殷采倩微蹙著眉，神情間有些迷惑：「湛哥哥，你在說什麼？鞏先生沒錯，我也沒錯，你說的話我越來越聽不懂了。」

夜天湛眸心的光澤微微斂了下去，淡淡道：「此事妳不要再管。這世上很多事不只有單純的對錯，對的事也有不能做的，錯的事有時卻必須做，妳以後就會明白。」

殷采倩想了想，問道：「這就奇怪了，那你告訴我什麼事對卻不能做，錯卻必須做？」

夜天湛微微搖頭：「我沒法子告訴妳。」

殷采倩看著他，低聲道：「湛哥哥，你怎麼和以前不一樣了，我……有些怕你。」

夜天湛沉默了一會兒，脣角浮現出往日溫潤的笑，難得殷采倩還會直言怕他。他溺愛地拍了拍殷采倩的肩頭：「妳從天都到這裡來，不也慢慢變得和以前不同了嗎？若一直那麼調皮任性，我倒還要怕妳呢。」

殷采倩聽他語氣中略微輕鬆起來，說話間的疼愛似與兒時一般無二，她不由得抬頭對他一笑。夜天湛望著她明妍的笑容，心底卻無法避免地掠過陰霾。

方才他斷然處死兩名侍衛統領，卻不僅僅是因延誤軍情的罪，殷家連跟隨他多年的人也能指使，今後還有什麼事情不能做？外戚，門閥，他要用，也要防啊！

第九十九章　百丈原前百丈冰

雲騁速度極快，不過片刻，卿塵已趕上前面軍隊。南宮競道：「王妃，若全速行軍，大概天亮前能找到殿下他們。」

卿塵卻下令停止前進，略作思索，道：「南宮將軍，我們在這裡分頭行事，你帶一半人馬去雁涼。」

「去雁涼？」

「對，給你一萬五千人，兩個時辰，不惜一切代價攻下雁涼城。」

南宮競隨即明白，即便加上玄甲軍，他們這幾萬人面對突厥大軍也無異是以卵擊石。雁涼雖是北疆小城，但可以做為屏障，只要玄甲軍尚未全軍覆沒，兩面會合後退守雁涼，無論如何也能多抵擋一陣。

南宮競翻身下馬，撫劍而跪：「末將遵命！定在天亮前拿下雁涼！」卿塵心中微微一震，南宮競對她行的是軍禮，這便是立下了軍令狀。

兩路人馬分道揚鑣，卿塵他們一路疾馳北行。月色漸淡，天空緩緩呈現出一種暗青色，昭示著黎明即將到來。沿途路過一座邊城，所過之處斷瓦殘垣、荒蕪滿目，顯然是曾歷戰火，幾乎已經廢棄，想必原本居住在此的百姓不是喪命戰亂便是背井離鄉。穿過此城，卿塵驟然一愣，眼前是一個三岔路口，分別通往不同的方向。夏步鋒在身旁急躁地罵了一聲，問道：「王妃，走哪邊？」

卿塵修眉深鎖，這次冥衣樓隨行的部屬都熟悉北疆地形，但冥執帶他們盡數跟隨夜天凌，此時竟一個也不在身邊，而玄甲軍派回來的人早已生死不明，他們如何能找到玄甲軍所在？她之前曾推斷，玄甲軍定是在離開漠陽轉攻雁涼的途中遭遇突厥大軍，那最大的可能便是兩郡之間的百丈原，但眼前哪條路能通往那裡？她緊抿的嘴唇透露著焦慮，轉頭看往衛長征和史仲侯等人：「你們有誰清楚去百丈原的路？」

幾人都有些猶豫，史仲侯想了想，馬鞭前指：「若是百丈原，或許該走這邊。」

卿塵看著前路，不知為何卻有些遲疑：「有幾分把握？」

史仲侯道：「我也只是按方向猜測。」

夏步鋒道：「總不能待在這裡不走！」

卿塵微一咬牙：「好，就走這邊！」提韁帶馬方要前行，雲騁忽然驚嘶一聲揚蹄立起，冷不防有個人影撲在前面。

卿塵吃了一驚，衛長征喝道：「什麼人！」借著微薄的天光，卿塵看到一個衣衫襤褸的乞丐正攔在她馬前，這人剛剛靠在半截傾頹的城牆邊上，眾人急著趕路，竟都沒看到他。

那乞丐像是要攔卿塵的去路，伸手欲拽她馬韁，嘴中嗚嗚亂喊，卻原來是個啞巴，根本說不出話。

卿塵在他抬頭時仔細一看，心下駭然。這人面目極為醜陋，整個頭臉幾乎全是疤痕，像是曾被一桶滾油自頂澆下，沒有一處完好的皮膚，一隻眼睛已然失明，另一隻半睜著直直看著她，不停地搖頭擺手。

衛長征護在卿塵身旁，叱道：「大膽！竟敢驚擾王妃！」說著便欲揚鞭清路。

卿塵見那乞丐總是搖手指向路口，心中一動：「長征，別傷他！」她問那乞丐，「你可是有話要跟我說？」

那乞丐一邊點頭，一邊再指著先前他們要走的路，繼而又指另一條路。

卿塵問道：「你是這城中百姓嗎？是不是認得去百丈原的路？」

那乞丐急忙點頭，口中嗚哦不清，一直指另外的路。

卿塵再問：「難道那邊才通往百丈原？」

那乞丐拚命點頭，夏步鋒不耐煩地道：「從哪裡冒出個乞丐？王妃莫要和他囉唆，趕路要緊！」

史仲侯亦道：「此人舉止怪異，恐不可信，王妃慎重。」

卿塵心中極難下決斷，只覺這乞丐出現得離奇。此時那乞丐突然往前走了幾步，面對著衛長征做了個手勢，衛長征尚未有反應，卿塵卻目露詫異。

這個手勢她曾經見夜天凌做過，那是夜天凌少年時在軍中用過的一個暗記，早已多年棄之不用，唯有自少跟隨他諸如衛長征這樣的人才知道，就連夏步鋒、史仲侯等亦不曾見過。卿塵閒時總喜歡央求夜天凌講些他在軍中的瑣事，因覺得好玩，便將這手勢學了來。這時她無法確定之前的路是否正確，也無法分辨這乞丐是否可信，唯有一種直覺盤繞在心底：當理智和現實不能給予幫助的時候，所餘的唯有直覺，那種天生獨屬女人的直覺。

那乞丐望著卿塵的一隻獨目中似透露出與其身分相異的光芒，卿塵靜了靜心，沉聲問道：「你是否能帶我們從最近的路去百丈原？」

那乞丐一面點頭，對著卿塵單膝跪下，卿塵這時注意到，雖一條腿行動不便，他行的卻是一個標準的軍禮。

衛長征見了那個手勢，心中正驚詫，不由打量那乞丐。夏步鋒是個直腸子，一時想不了那麼多，兩人都等卿塵示下，唯有史仲侯皺眉道：「王妃，此時豈可相信這個來歷不明的乞丐？萬一誤了大事如何是好？」

「我相信的是我自己。」曾經多少次，在天機府中與左原孫將那軍機圖寸寸描繪，北疆大地的山川城池似乎歷歷在目，卿塵抬頭，朦朧的天光之下北方有一顆星極亮地耀於天際，在她沉著的眼底映出奪目的清澈一閃而過，彷彿劃破暗夜深寂，乍現明光。「給他一匹馬。」她吩咐下去，身後立刻有士兵挪了馬出來，那乞丐似是極激動，竟對卿塵深深磕了個頭，吃力地翻上馬背。

卿塵冷眼看去，他在馬上的姿勢帶著曾經嚴格訓練的痕跡，這些蛛絲馬跡都不曾漏過她的眼睛。她無視隨行諸人懷疑的神情，下令前行。

那乞丐帶他們沿左邊那條路往南，再岔入山中，走的盡是平常不易發現的山路。約過了小半個時辰進入一道山谷，剛剛穿過山谷，眾人便聽到模糊卻又嘈雜的人馬廝殺、刀槍交擊的聲音，似乎已距離不遠，不由都是一喜。

那乞丐回身示意他們快走，率先奔上一道低丘，山陵起伏的百丈原立刻出現在面前。

將明還暗的天色下，百丈原上盡是突厥騎兵，密密麻麻的大軍前仆後繼，不斷向西北方為數不多的一批玄甲戰士發起進攻。

卿塵乍見玄甲軍，一時無法看清，急問衛長征：「見到殿下了嗎？」未等回答，她復又驚喜，「他在陣中！」

突厥大軍的包圍下，玄甲軍雖占劣勢，卻陣形穩固，分占諸方，正是當初左原孫在朝陽川大敗柯南緒時所用的九出陣。

數千玄甲戰士在突厥大軍之中飄忽不定，勢如川流，好似鋒銳的漩渦將靠近的突厥軍隊席捲粉碎，時而前突後擊，刺透重圍，時而舒捲開闔，毫無破綻，殺得四周突厥士兵七零八落，人仰馬翻，突厥人數雖眾，卻一時也奈何不了他們。

玄甲軍中能將此陣運用得如此出神入化之人，除夜天凌外不做他想。卿塵大喜過望，迅速看清百丈原上形勢，回身道：「夏將軍，你帶七千人自正東與突厥交鋒，一旦衝亂敵軍陣腳即刻往西北方撤退，切記不要戀戰，不可硬拚。」她怕夏步鋒一個不慎反而自陷重圍，特地加以囑咐。

夏步鋒領命：「王妃放心，我曉得利害。」言罷率兵而去。

卿塵再對衛長征道：「你可記得左先生所說的九出陣？」

衛長征近日跟隨卿塵身邊，左原孫所傳的陣法卿塵常常與他演練，早已爛熟於胸，當即答道：「末將記得！」

卿塵道：「好，你也率七千人，兵取西方，以此陣之水象青鋒陣勢突入敵軍，與玄甲軍會合後一起退往雁涼！」

「末將遵命！」衛長征帶馬轉身，忽然又猶豫，「王妃這裡……」

卿塵修眉一挑：「還不快去！南宮競若攻下雁涼，必然會來接應，告訴殿下我們在雁涼見！」

衛長征不敢抗命，長鞭一振，七千騎兵急速馳向百丈原。

卿塵對史仲侯道：「史將軍，命剩下的人就地砍伐樹枝縛在馬尾上，我們沿高丘往西急行。」

史仲侯眼中一亮：「王妃是要用惑敵之計？」

卿塵微微笑道：「對，突厥人若誤以為援軍大隊已殺至，必心存顧忌，如此我們就有機可乘。」

史仲侯親自帶人去布置，卿塵見那乞丐自到了此處後便呆呆地看著百丈原前的大軍，此時一側頭，疤痕猙獰的臉上卻顯露出不能抑制的激動。她柔聲問道：「你究竟是什麼人，可是以前便認識凌王？我是他的王妃，你今天幫了玄甲軍的大忙，我先替他謝謝你。」

那乞丐滾下馬背，俯身在地，只是苦不能言，抬起頭來，看向卿塵的殘目中已隱有濁淚。

＊

玄甲軍與突厥大軍抗衡至此，雖一路借助各方地勢巧妙周旋，未呈敗象，但面對突厥漫山遍野的攻勢已是人馬疲憊，僅憑陣勢精妙苦苦支撐，一邊拚死血戰，一邊設法離開百丈原這樣開闊的平原，往西北方突圍。

突厥大軍稍事整頓，又一輪攻勢接踵而來。

夜天凌看著一起征戰多年的將士逐漸在身邊倒下，刀劍飛寒，血染戰袍，他此時心中唯有一個念頭，定要將這些兄弟活著帶出百丈原。

劍氣襲人，勢如驚電，他手中長劍所到之處幻起層層光影，橫空出世，碎金裂石，亂軍之中似有急雨寒光縱橫飛瀉，突厥士兵無一人堪為一合之將，當者披靡。

一道奪目的冷光之下，身前的突厥士兵喉間濺血，頹然倒地。劍如流星，斜掠偏鋒，一陣血雨飛落，再斬一敵。

十一在夜天凌身後，一杆銀槍出神入化，如飛龍穿雲，長蛟出海，所到之處敵軍跌撞拋飛，接連斃命。他挑飛一敵，忽然覺得身前壓力一鬆，東方敵人似乎陣腳大亂，緊接著西方廝殺聲起，敵後有軍隊破陣而入，兵鋒迅猛，急速往這邊殺來。

長槍勁抖洞穿雙人，十一長聲笑道：「四哥，九百七十三！」

援軍殺至！玄甲軍士氣大振！「殺出敵陣再算不遲！」夜天凌回他一句，反手替他劈飛身旁一個敵人，振劍長嘯。玄甲軍兵走龍蟠，瞬間變作突擊陣形，且戰且行，不久便與西方援軍會合。

雙陣合一，威力大增，突厥大軍雖悍猛卻也一時難敵。

玄甲軍如虎添翼，衝殺敵陣鋒芒難擋，不過瞬息功夫，便在突厥大軍中殺出一條血路，如潛龍出淵，沖天凌雲，頓時逸出重圍。

突厥大軍方欲堵截，西邊山坡的密林處揚起滾滾煙塵，蹄聲震地，似有千軍萬馬遠遠馳來，聲勢驚人。

突厥人驟然摸不清援軍情勢，不敢冒進，過了一會兒卻未見天朝兵馬，方才察知有異，立時調集所有兵力，全力追擊。

此時夏步鋒所率人馬也已殺至。夜天凌何等人物，一朝脫困，豈會再容敵軍重布羅網？戰機千變，唯在一瞬，玄甲軍虎歸山林，龍入大海，縱千軍在前也再難阻擋。

百丈原離雁涼只有二十餘里路程，半路南宮競增援的一萬兵馬趕至，他們已於半個時辰前攻下雁涼。原本的劣勢豁然逆轉，三方會合進入雁涼城，城門緩緩閉闔，突厥大軍隨後追到，已被阻在城外。

破局而出，重圍脫困，真正是快意人心！

玄甲軍戰士寒衣浴血，飛馬揚塵，齊聲揮劍高呼，雁涼城中一片豪氣干雲！

南宮競、衛長征、夏步鋒翻身下馬，跪至夜天凌身前，南宮競叫了聲：「殿下！」聲音中隱含著一絲激動，「末將等來遲！」

夜天凌見雁涼城中早已布防得當，各處嚴謹有度，點頭讚道：「做得好！」

十一站在他身邊，銀槍隨意搭於肩頭，一身戰袍血跡斑斑，也不知是他的血還是敵人的血，臉上卻笑得瀟灑無比，英氣逼人。他朗聲對夜天凌道：「四哥，我比你先殺過一千突厥人，這次你可輸了我一陣！」

夜天凌脣角一挑，劍眉微揚：「讓你一次又何妨？」他雖和十一說笑，心中卻不知為何總有些異樣的感覺，似乎有什麼地方不妥，卻偏偏又說不出來。

他回頭審視追隨他的諸將士，這次雖是玄甲軍從未遭逢的一次重創，損傷近乎過半，但戰士們橫劍立馬，豪情飛揚，此時依舊佇列整齊，並不見鬆弛下來的頹廢。他隨即吩咐唐初，清點傷亡人數，迅速就地休整。

此時卻聽夏步鋒在旁對南宮競道：「你們都殺得痛快，王妃卻單命我不准硬拚，當真是不解氣！」

夜天凌心頭忽地一動，轉身問道：「王妃也來了嗎？她人在何處？」

夏步鋒愣住，看向衛長征，衛長征怔了怔，又看南宮競，南宮競見狀道：「王妃不是和你們在一起嗎？」

衛長征愕然：「王妃和史將軍一路，說是先與你會合再到雁涼，你難道沒有遇到他們？」

一種莫名的沉落感襲過夜天凌心底，他蹙眉道：「他們多少人？」

衛長征道：「只有……不足三千。」

夜天凌本還以為卿塵是和天朝大軍在一起，聞言臉色陡然一變：「不足三千！」

十一亦吃了一驚：「他們現在何處？」

此話卻無人回答。眾人都從方才的輕鬆中驚醒過來，冥執更是一把抓住衛長征衣領質問：「我帶兄弟們跟隨殿下，不是說了讓你保護好王妃嗎？怎麼現在不見了人！」

當時情況緊急，衛長征奉命離開卿塵身邊是迫不得已，現在心中懊悔至極：「殿下……我……」

夜天凌眸底盡是驚怒，不及多言，反身便撈馬韁，十一及時阻止他：「四哥！你去哪裡？」

夜天凌被他一攔，心中驀然冷靜下來，立在風馳之前片刻，狠狠地將馬韁一摔，一時沉默。大軍未至，突厥重兵壓城，雙方兵力懸殊，此時雁涼城單是防守已然吃力，遑論其他。

十一道：「四哥先別著急，史仲侯身經百戰，不是魯莽之人，他必不會帶三千人去和敵人衝突。卿塵既和他在一起，未必會出什麼事。」

夜天凌關心則亂，此刻強自壓下心中莫名的焦躁，沉聲吩咐：「長征，你與冥執帶身手好的兄弟們設法暗中出城，給你們兩個時辰，務必找到王妃他們人在何處！」

突厥大軍因尚未摸清雁涼城中情況，只是屯兵圍城，暫時未發起進攻。

夜天凌與十一登上城頭。長天萬里，烏雲欲墜，破曙的天光壓抑在陰雲之後，力不從心地透露出些許亮色，放眼望去，平原上盡是密密列陣的突厥鐵騎，黑壓壓旌旗遍野。

虞夙與東突厥始羅可汗、西突厥射護可汗一起親臨陣前，正遙遙指點雁涼，商討該如何行事。

此時的雁涼城看起來防守鬆懈，似乎唾手可得，但突厥與虞夙都對夜天凌顧慮甚深，一時間不敢貪功冒進。

夜天凌冷眼看著突厥大軍，長風揚起玄色披風襯得他身形清拔如劍，不動聲色的冷然中，隱約散發出一種懾人的倨傲。他與眼前幾人並非第一次交鋒，深知對方稟性，此時故意示弱，反虛為實，算準了他們不敢輕易發起進攻，從容布置。但虞夙竟能籠絡分裂多年的東、西突厥，借得大軍，不知是用了什麼手段，或是許了突厥什麼條件，想至此處，夜天凌深邃的眼中掠過一道無聲的鋒芒。

十一臉上亦透出幾分凝重，卻出言寬慰道：「四哥且先寬心，卿塵是個聰明人，當知如何自保。」話雖如此，心裡總惴惴不安，倘真有萬一，後果不堪設想。

「她是糊塗！」夜天凌的聲音一時帶著絲怒意，「竟敢如此冒險，她若有意外，我……」一句話斷在眼前，她若有意外，只要一想，那分沉如淵海的冷靜便蕩然無存，再說什麼也無益。

一個多時辰過去，幾個隨衛長征出城的侍衛先行回城，幾人匆匆趕至夜天凌身後，互相看了看，躊躇不言。

夜天凌回頭看去，十一問道：「怎樣了？可找到他們？」

其中一人顫聲道：「回殿下，屬下等探查清楚，王妃……被擄到突厥軍中去了！」

一句話不啻晴天霹靂、裂破長空，夜天凌渾身一震，厲聲喝問：「你說什麼！」

身前侍衛驚得跪了一地：「王妃……王妃與史將軍遇上了東突厥統達王爺，被擄到突厥軍中去了。」

第一〇〇章　滿目山河空念遠

二十餘年，發怒也是有過，十一卻從未見到夜天凌如此聲色俱厲的模樣。

整個雁涼城似乎在那一刹那陷入了令人顫慄的死寂，躁動的戰場中心彌漫出絕對的安靜。夜天凌緊握成拳的手竟在微微顫抖，有猩紅的血浸出鎧甲，沿著他手背滴下，是用力過猛迸裂了臂上一道傷口，他卻渾然不覺。

「四哥……」十一試探著叫了一聲。

夜天凌恍如未聞，過了良久，他將目光轉向了城外陣列的敵軍，緩緩問道：「除此之外，還有何消息？」他聲音中的沉冷似帶著一股壓迫力，逐漸散布開來，眸底幽深，如噬人的黑夜。

侍衛答道：「我們一得到消息，便奉衛統領之命護送幾個倖存的弟兄回城稟報，並不知道現在的情形。」

「他們人呢？」

「衛統領他們設法潛入了突厥軍中。」

夜天凌再不說話，方要揮手遣退侍衛，有個人自兩個玄甲戰士的攙扶下掙扎滾落在他身前，悶哼了一聲後便再也動彈不得，半邊身子鮮血淋漓，只是喉間發出嘶啞的聲音，艱難喘息。

「什麼人？」夜天凌俯身看時，饒是他定力非常，見到那人滿臉血汙和疤痕的猙獰模樣也吃了一驚。

一名戰士答道：「這乞丐先前帶我們抄近路到了百丈原，幫了大忙。但他身受重傷，王妃吩咐我們趁敵軍主力被吸引時設法離開，無論如何也要將他送至雁涼城。」

那乞丐躺在夜天凌腳邊，一隻眼睛死命睜著，教人感覺有無數話想說卻又苦不能言。他彷彿凝聚了全身的力量，彎曲食指吃力地點地，緩緩的三下，似在對夜天凌叩首行禮，夜天凌掠起披風在他身旁蹲下：「你是何人？」

那乞丐緊緊盯著夜天凌，他的一個僵硬的手勢落在夜天凌眼中，夜天凌驀地一愣，目光犀銳掃過他眼底，片刻沉思之後，忽而問道：「你是……遲戍？」

聽到這話，那乞丐原本毫無生氣的眼中驟然亮起一層微光，伴著粗重而急促的呼吸，他幾乎微不可察地點了下頭。

這教眾人都甚為意外，身邊扶著他的一個玄甲戰士吃驚道：「叛投突厥的遲戍？」

「不得胡言！」夜天凌冷聲喝止，「無論何人叛我，遲戍絕不會，他不可能投靠突厥！」

聽到此話，遲戍身子顫抖，一顆渾濁的眼淚自他殘廢的眼中滑落，沖開汙穢的泥血，洗出一道清白的痕跡。

夜天凌幾乎無法相信眼前奄奄一息之人便是自幼追隨他出生入死的大將，痛心問道：「究竟發生何事？是誰下此狠手，將你折磨成這樣？」

遲戍的呼吸越來越急，卻越來越弱，他胸前挨的一刀已然致命，此時便是大羅金仙也回天乏術。他說不出話，只看著夜天凌，手底拚著殘存的力量，一點點在地上劃出扭曲的字跡：「小……心……」

待寫到第三個字，只寫了一道歪曲的「一」，他忽然渾身一顫，手指無力地鬆弛下來，就此停在那裡，大睜著眼睛，再也不動。

一隻殘目，飽含不甘與憤恨，定格在夜天凌面前。夜天凌慢慢伸手，將他難以瞑闔的眼睛拂上，起身道：「將他厚葬。」

＊

陰雲壓頂，不時絲絲墜下冷雨，眼見天氣越發惡劣。

城外飛箭如雨，戰車隆隆，突厥大軍終於向雁涼城發起進攻。

風中彌漫著殺戮的氣息，戰場之上從來不見遲疑或悲憫，血的炙熱與鐵的冰冷，在交錯的瞬間翻覆生死，渲染大地。

玄甲戰士輪番死守，以一擋百，如同一道銅牆鐵壁幾番重挫敵軍。對方損兵折將，卻未因此放棄攻城，一時間戰況極為慘烈。

衛長征與冥執冒死潛入突厥軍中，終於探明卿塵與史仲侯都被囚禁在統達的大營。因有重兵把守無法靠近，他們只得設法回到雁涼，再議對策。

夜天凌問清詳情，立即吩咐：「傳我軍令，神機營所有人即刻撤下各處防守，休整待命。」

十一上前道：「四哥，讓我去。」

夜天凌看他一眼，並不同意：「不行。」

十一道：「一旦不見你人影，突厥便會知道我們襲營救人，他們現在多方顧忌都是懾於你在，你若一走，雁涼誰人能夠鎮守？卿塵要救，雁涼也要守，最好是你能設法吸引大軍的注意力，我帶神機營救人。」

夜天凌略一沉思，眉心微鎖，稍後道：「不管誰去，都要等到入夜方能行事。」

卿塵多在敵人手中一刻，便多一分危險。十一心中亦是憂急，但此時唯有耐心等待最有利的時機。城下突厥軍隊再次受挫，整兵暫時後退，十一道：「只怕他們攻城不下，以卿塵性命要脅，到時候便難辦了。」

夜天凌何嘗不曾想到此處，眸底深色更濃，零亂冷雨打上盔甲，透身冰涼。

此番敵軍後退，卻不像先前幾次稍事整頓後輪番攻城，竟然久無動靜。過了些時候，突厥軍中戰鼓再響，遙遙望去，千百軍陣數萬鐵騎，於城外密密布列。

始羅可汗等來到陣前，幾名士兵將一個女子押上戰車，以繩索縛於長柱之上，十一面色一凜：「四哥，是卿塵！」

那女子散亂的髮絲如同一幅墨黑色的長緞，被風吹得紛飛飄零，遮住模糊的容顏，纖弱的身影在一襲白衣中更顯單薄，似乎搖搖欲墜。灰暗的天穹下這抹蒼白的顏色如一道帶刺的鋼鞭，狠狠抽上夜天凌心頭。統達縱馬出陣，向雁涼城喊話，其意不言而喻，自是要逼夜天凌開城投降。

統達此次有人質在手，十分囂張，策馬在陣前洋洋得意，卻忽然見城頭之上夜天凌手中挽起金弓，引弦搭箭，弓如滿月，箭光一閃，遙指此處。

統達雖自恃夜天凌有所顧忌不敢輕舉妄動，但那弓箭的鋒銳似芒刺在背、如影隨形，凜然一股殺氣隔著飄飛的雨霧迎頭而來，令他不由自主地勒馬後退了幾步。他對夜天凌的箭術畏懼甚深，慌忙喝令左右護衛。盾牌手上前密密列成一排，夜天凌卻未發箭。統達避於鐵盾之後，心頭惱怒，索性拔劍指向戰車上的女子：「夜天凌，你若再頑抗下去，便等著給你的王妃收屍！」

那女子被統達的劍尖指在喉間，淒然喊道：「殿下！救我……」呼救聲惻然，似乎還未及傳到城頭便在急風中四散消失。夜天凌眼底冷芒驟盛，長箭倏地對準了戰車上女子的心口。

十一大驚失色，一把攔住：「四哥！你要幹什麼！」

夜天凌手中弓箭穩定而有力，緊緊鎖定那女子，冷聲道：「她不是卿塵。」

十一回頭看了一眼，急道：「你怎能如此肯定？」

夜天凌斷然道：「絕對不是。」

話音甫落，金弓微微一震，避開十一的阻攔。一道利光嘯聲凌厲，似將天地間的雨霧都吸入四周，帶得烏雲翻湧，直墜而去。那女子的呼救聲未再出口，便血濺三尺，殞命軍前。

夜天凌連珠箭發，箭箭不離統達。統達仗著四周鐵盾保護，幾乎是連滾帶爬地退回中軍，狼狽至極。突厥怎也未料到如此情形，軍前譁然大亂，而雁涼城中的將士們卻陷入了一片不能置信的沉默。

急風狂肆，唯有城頭戰旗獵獵作響。夜天凌凝視前方，神情清冷如霜。半晌之後，冥執從震驚中回過神來。他是冥衣樓的人，終究與其他將士不同，只道卿塵已喪命在夜天凌箭下，急怒之下，衝上前喊道：「即便與他們硬碰硬也未必救不出鳳主！你為何要這麼做！」

夜天凌單手一揮便將冥執震開數步：「我說過她不是卿塵。」

衛長征見狀忙將冥執攔著，冥執被衛長征阻擋，吼了一句：「她若是呢！」

夜天凌微微仰頭，陰暗的蒼穹下風雨蕭蕭，洗出他輪廓堅冷，他淡淡道：「若是，她生我生，她死我死。」

*

夜天凌長箭射出的剎那，一抹清淡的微笑勾起在卿塵脣邊。

微雨撲面，長風吹得衣衫飄搖，那道箭光耀目清晰，四周萬馬千軍的聲息皆退卻，她的笑寧靜如玉。

「不想夜天凌連自己的王妃都下得了手，都說他生性涼薄，冷面無情，果然傳言非虛。我本以為妳與別人不同，現在看來也並無區別。」身後說話的人似是頗含感慨，平原一側不高的山崖上，十餘名士兵散布在不遠處。卿塵便立在山崖之前，回身看了說話的人一眼，淡淡道：「你小看我們夫妻了。」

她身後之人腰佩寬刀，一身突厥將軍服飾，黑髮攏於腦後露出寬闊的前額和一雙略帶野性的眼睛，裝扮雖截然不同，卻正是那日曾在橫嶺與夜天凌交手的異族人，這時聽了卿塵的話問道：「哦？此話怎講？」

卿塵舉目遙望雁涼城，那個熟悉的身影在濛濛風雨下依稀可見，修挺如山。目所能及的距離卻如隔千山重嶺，她的心似被一根細絲緊緊地牽著，那一端連著他。

「你們以為讓別人換上我的衣服，裝作我的模樣便是凌王妃了嗎？真正的凌王妃縱使利劍加身，也絕不會在兩軍對壘的陣前求他放棄數萬名將士的安危來換取性命。我若如此，便不配是他的妻子；他若屈服於你們，也不配做我的丈夫。」

那人神情微有愕愕，隨即再道：「若真被押上陣前，那妳又如何？」

卿塵唇角漾起一絲微不可察的笑：「我不會給你那樣的機會，你也不會那麼做。」

那人道：「妳敢如此肯定？」

卿塵靜靜注視他：「我現在身陷敵營，與其說是在百丈原遭遇統達的軍隊，不如說是因你用兵出奇，截斷了我回雁涼的唯一退路。統達在營中對我心存不軌，你便設法令他打消念頭。他們想以我為要脅，你便尋理由令他們用別人代替。你這樣做，必然是要從我身上得到更大的益處，在此之前，豈會要我輕易送命？你想要什麼，不妨現在說出來。」

那人道：「兩軍對敵，我還能要什麼？」

「不，」卿塵搖頭道，「你並不想攻克雁涼，亦非想要他的性命。」

那人眼底精光微微一盛：「願聞其詳。」

卿塵垂眸思量，她已經暗中琢磨這人很久，心中早存了不少疑問：「你在突厥國中雖身居高位，深受統達的重用，可一旦不必在統達面前做戲，你的眼神根本是另外一個人。你在營中所說的那些對策，包括令人代替我去陣前，看似處處幫著突厥，實際上模棱兩可，你不過是在利用統達。」她看向不遠處的那些士兵，「而且，你對手下的突厥士兵極為殘忍，絲毫不將他們的性命放在眼中，唯有這幾個人能得你另眼相看，你究竟是什麼人，意欲何為？現在可以不必遮掩了。」

那人哈哈笑道：「王妃果然心思細密。妳如今命懸我手，若能猜出我的身分，便算有資格和我談條件。否則，便只能聽命於我。」

卿塵沉默不語，那人等了一會兒，見她始終遲疑，道：「看來妳得遵從我的命令行事了。」

他剛剛邁步準備離去，卿塵脣間輕輕吐出一個名字：「萬俟朔風。」

那人倏地轉過身來，眼中利芒迸現：「妳怎知道這個名字？」

卿塵一瞬不瞬地盯著他的眼睛，將他震動的神情看得分明，她優美的脣線挑起一道淺淺的月弧：「現在有資格了嗎？」

萬俟朔風回頭將她審視，手指叩在刀柄上輕輕作響，忽然朗聲笑道：「不想夜天凌竟有這麼個聰明的王妃，妳是如何想到的？」

卿塵微微一笑：「我們曾在橫嶺山脈相遇，若我沒有猜錯，你是落在我們後面趕去綠谷埋葬石棺。歸離劍法傳自柔然一族，你的刀法與之相生相剋，顯然同出一宗。那日之後我便曾猜測過你的身分，你此時處處掩飾得天衣無縫，但方才望著突厥大軍時卻流露出極深的恨意。萬俟是柔然的王姓，你應該是柔然王族的遺脈，我的說法可有道理？」

萬俟朔風銳利的眼睛微瞇，點頭道：「妳能想到這些，省了我不少口舌，那妳自然也該想到我需要妳做什麼。」

卿塵眸光落於他的眼底，如清水一痕微浮：「我勸你不要拿我做賭注，他不是個喜歡受人脅迫的人。」

萬俟朔風道：「喜不喜歡未必由得他選擇。」

卿塵道：「你可以試試看，但定會後悔就此錯過與他合作的唯一機會。」

萬俟朔風道：「我與他尚談不到合作，此話未免言之過早。」

卿塵道：「你想對突厥復仇，復興柔然，就必然已經想過現在誰最有可能助你做到這些。」萬俟朔風神情一動，卿塵看著他：「現在你沒有這個力量，而他有。你可以選擇與他為敵，或者為友。」

萬俟朔風冷聲笑道：「他是天朝的皇子，連自己的母妃都仇恨的人，憑什麼心甘情願助我柔然復國？」

卿塵輕嘆了口氣：「不會有兒子真正仇視自己的母親，他身上畢竟流著一半柔然的血脈，柔然永遠是他的母族。」

萬俟朔風道：「但憑這點血脈感情便相助柔然，這話無人會信，妳勸我與他聯手，又是做何打算？」

卿塵抬眸：「至少現在，我不會放過任何自救的機會。而將來，漠北大地歸屬天朝，必要有人統管，柔然對於我們是最好的選擇。」她輕輕一笑，「你要用我來脅迫他，不也正是想借助他的力量嗎？」

萬俟朔風道：「漠北歸屬天朝，此話未免言之過早。」

卿塵只笑了笑，也不與他分辯：「以柔然族所餘的力量，根本無力對抗突厥，你竟能隱藏身分，混取突厥右將軍的高位，此等手段我十分佩服。你甘冒奇險，蟄伏於突厥軍中，看來是想打統達的主意。統達此人子不類父，是個十足的草包，你左右他容易，但若想他登上突厥汗位、統一漠北則難。即便你做到了，離柔然復國也遙遙無期，這其中即便不出任何意外，亦至少需要三代人的經營。但若我們肯助你，柔然一族重領漠北，不過指日可待，你不妨好好考慮。」

萬俟朔風濃眉深蹙，似在思量卿塵的話，稍後道：「妳說的話，並不代表夜天凌的想法。」

卿塵道：「如此大事，我即便代他給你絕對的承諾，你也不會輕易相信。我能說的唯有這些，他最終的決定取決於你。」

萬俟朔風道：「與他合作，我亦要冒同樣的風險。」

卿塵道：「險中方可求勝。」

懸崖前一陣急風掃過，揚起秀髮拂面，卿塵一雙鳳眸淡淡地掠向鬢角，絲毫不曾放過萬俟朔風臉上細微的表情。萬俟朔風心機深沉，自不會即刻做出什麼決定，當下不置可否，命人將卿塵押下山崖。

接近突厥駐軍的山道中，一隊突厥士兵迎面而來，見到萬俟朔風後奔上前來：「將軍，小王爺正派人尋你！」

萬俟朔風面無表情，點頭道：「前面帶路。」

走不過多遠，萬俟朔風卻越行越慢。卿塵忽然見他對身側親衛使了個眼色，那幾人幾乎同時一步上前，前面的突厥士兵尚未有所反應，便被一人一刀結束了性命。有人未立時氣絕，摀著冒血的頸部瞪大眼睛，聲音嘶啞地指著萬俟朔風：「你……你……」

一刃刀光亮起，說話的人已變成一具屍體，一個年紀略大的柔然人對萬俟朔風一躬身：「主上！」

眼前數人斃命，血染凍土，立刻散發出一股濃重的腥氣，萬俟朔風絲毫不為所動，卻對卿塵笑道：「我萬俟朔風向來喜歡冒險，今晚入夜，我陪王妃入雁涼城一遊。」

第一〇一章 人生長恨水長東

冷雨如星，一道漆黑的繩索在薄暮的遮掩下輕輕一晃，悄無聲息地搭上雁涼城頭。

萬俟朔風手上稍微用力，試了試繩索是否牢靠。絲絲點點的細雨將他的眉眼洗得閃亮，黑衣貼身，勾勒出他充滿力度的身形，微明的光線下看起來如一頭蓄勢待發的豹子。

卿塵打量四周，此處正是雁涼城一個死角，大軍攻城雖難，但對萬俟朔風來說，帶一個人入城卻不算什麼。

「可以了。」萬俟朔風低聲道，轉頭見卿塵凝神看著城頭，便露出個似笑非笑的神情，「這麼著急？」

卿塵收回目光，輕聲道：「他在等我回去。」

萬俟朔風方要說話，臉上忽然出現一絲凝重，轉頭往雁涼城中看去，繼而眼底浮起十分明顯的不解。

卿塵捕捉到他神情的變化，問道：「怎麼了？」

萬俟朔風蹙眉道：「夜天凌怎麼回事？竟主動引誘突厥大軍攻城。」

卿塵聞言微微一凜，此時隔著若隱若現的細雨已能聽清大戰廝殺的聲音，她心中竟莫名地湧起一股不祥的感覺。她和萬俟朔風突然同時抬頭看向對方，各自的眼神表明他們想到了同一件事。

「夜天凌竟為了妳鋌而走險，稍有不慎，他將毫無優勢可言。」萬俟朔風單手纏上繩索輕輕一抖，不慌不忙地道。

卿塵心底焦慮燒灼，臉上卻平靜無波：「你反悔的話，現在還來得及。」

萬俟朔風哈哈大笑：「妳不必用激將法，我說過我向來喜歡冒險，我決定了的事，便無反悔之言。」

「我並無意激將於你。」卿塵不似與他玩笑，「你若心志不堅，必然連累於他。如果你對此事有絲毫動搖，便現在回頭，否則對雙方都無任何好處。」

萬俟朔風劍眉高挑，再次重新將她審視：「妳倒替他打算得周詳，我若回頭，帶妳一起回突厥嗎？」

卿塵淡淡道：「悉聽尊便。」話未落音，萬俟朔風有力的手臂已經圈上她的腰間，狂肆的笑容近在咫尺：「我將這麼個難得的王妃送還，夜天凌怎麼也該心存感激吧。」說罷卿塵只覺身子一輕，萬俟朔風借了繩索之力，幾個起落便登上雁涼城頭。

「什麼人！」此處雖僻靜，但亦有將士巡守，萬俟朔風並未刻意隱藏形跡，立刻便被發現。

兩道長槍破空襲來，萬俟朔風腳踏奇步，身形一動，鏘的一聲刺耳的摩擦，寬刀並不出鞘，看似平淡無奇地穿入兩槍空隙，卻借力打力將凌厲夾擊化解於無形。兩名士兵只覺得有種怪異的真力沿槍而上，長槍幾乎拿捏不穩，大退了幾步方站定，卿塵疾聲喝道：「住手！是我！」

帶兵的將領借著微弱的雨色看清竟是凌王妃，大喜過望，趨前拜倒：「王妃！」

刀槍交鋒與戰馬嘶鳴的聲音此時越發清楚，卿塵急急問道：「殿下呢？」

「殿下在前城。」

卿塵得知夜天凌尚在城中，心裡如重石落地：「快帶我去！」

＊

半空頻頻有冷箭飆射，陰雨遮斷暮空，不斷沖洗著戰火與血腥，深夜裡濃重的殺伐之氣，舔噬著早已裂痕斑駁的城牆。

城頭接連不斷地墜落死傷的士兵，巨大的青石被層層鮮血染透，又被急落的雨水洗刷。

斷劍殘矢，橫屍遍地。突厥人剽悍凶殘，兵力甚眾，守城將士已然殺紅了眼，有你無我。

綿綿陰沉的雨幕之中，夜天凌脣角一刃鋒冷半隱半現，刻出難以動搖的沉著。即便這一日斬殺千軍，對戰激烈，他身上戰甲卻似不曾沾染半分血腥，冷冷帶著一種天生的清貴之氣，恰似他眼眸中一波不起的從容。

腳下城牆每一次震動都代表著一波硬撼交鋒，因是主動出擊，誘敵卻敵都落在他的掌握中，分毫不亂地按著某種既定的軌跡進行。玄甲軍平日非人的訓練此時發揮出不可思議的韌性，突厥大軍攻守之間處處掣肘，似乎極為被動。

入夜之前，十一帶神機營五百戰士與冥衣樓此次隨軍而來的兄弟早已分批出城，夜天凌將戰況越牽越雜，幾乎使大半敵軍都捲入混亂中，只要突厥後營有一絲空虛，十一他們便有機可乘。

居高將黝黑的原野盡收眼底，夜天凌目光始終注視著大軍之後。不過多時，透過冷雨紛飛，可以看到戰場遠處突然升起一股濃烈的黑煙。他脣角微不可察地一掠，除了神機營的玄甲火雷，還有什麼能在陰雨中引火作亂？

腰間佩劍輕輕響動，他無意中轉頭，眼角突然捕捉到一個白色的身影，心中似被一根細絲抽過，驀地轉身。相隔不遠的夜色下，赫然竟是卿塵向這邊跑來。

「四哥！」卿塵遠遠喊他。夜天凌幾疑自己眼花，片刻愕然之後，快步向前趕去，待到身前，他猛地伸手將卿塵帶入了懷中。觸手可及的溫軟這般切實，淡淡如水的清香如此熟悉，懷中的人伏在他身前，隔著微涼的戰甲他能感覺到她輕微的呼吸，急促地起伏。他微微垂眸看去，卿塵抬頭迎上他的目光，這一望似已經歷幾世生死，隔了數度陰陽。

夜天凌眼中似驚似喜，一絲佯怒瞬間沒入卿塵眸心綻開的欣喜中，蕩然無存。

卿塵顫聲道：「四哥，我回來了。」

夜天凌手臂越發收緊，他忽然抬頭長笑：「太好了，不想十一弟竟能這麼快救妳出來！」

卿塵聞言詫異，急忙問道：「我沒有見到十一，他做什麼去了？」

夜天凌眉心一鎖：「十一弟襲營救人，妳怎會沒見到他？」

卿塵眸底驚起駭意：「我根本就沒有在突厥營中！」

此言一出，夜天凌面色微變，他回頭看往烽煙彌漫的戰場中心，已知不妙：「不好！十一危險！」他立刻傳令調兵，轉身握住卿塵肩頭：「我需親自增援。」

卿塵乾脆地道：「雁涼有我。」

夜天凌深深看她，她一點頭，他轉身舉步。

此時萬俟朔風突然在旁道：「突厥營中布置我最為熟悉，可陪殿下走一趟。」

夜天凌先前便見到他與卿塵一路而來，只是沒有來得及理會，聽到此話，目光掃視過去。萬俟朔風抱拳道：「在下萬俟朔風，先父乃是柔然國六王子，茉蓮公主的同胞兄弟。殿下，有幸再會。」

卿塵道：「四哥，是他幫我擺脫突厥的。」

夜天凌乍聽到母妃曾在柔然族的封號，萬俟朔風的身分令他心中微微一震。情勢急迫，無論萬俟朔風是誰，卿塵已肯定了他可信，這便足夠。他亦抬手還了一禮：「如此有勞。」

＊

城深夜重，冷雨激濺如飛。

刀光劍影、人吼馬嘶，傳到城頭只是些紛亂交雜的聲音與光影。卿塵抬手扶上城牆，觸手青石硬冷，冰雨刺骨。她靜靜站在那裡，注視著兩軍交戰，激烈的殺伐在這一隅似乎退回平定，彌漫著清冷的鎮靜。

南宮競匆匆步上城頭：「王妃，城中箭矢已全部備好。」

卿塵點頭道：「一旦他們率軍回城，即刻傾全力以勁矢壓制敵軍，萬勿有失。」

南宮競躬身道：「末將遵命，王妃……」

卿塵見他欲言又止，問道：「還有何事？」

南宮競面帶隱憂：「將士們多已疲憊不堪，一旦城中箭矢用盡，我們恐怕支撐不了多久。末將斗膽，請王妃勸兩位殿下先行離開。」

卿塵眸色清透：「你跟了殿下這麼多年，如何說出這樣的話？」她聲音微帶肅穆，令南宮競一時沉默下來。她回頭淡淡一笑：「只要撐得過今晚，援軍便也就到了。」

南宮競道：「援軍是否能到，尚未可知，湛王那裡怎敢說是不是按兵不動？」

卿塵望著面前無垠的黑夜，黛眉微蹙：「殿下若在北疆有失，天朝將會是何等情況，你可想得到？」

南宮競摸不清她為何這樣問，只如實答道：「我朝自聖武十五年以來，四境邊疆的擔子幾乎都在殿下一人肩上。如今內患當前，外敵壓境，殿下若有萬一，何人能再擔得起疆國安危？此事天朝上下怕是人人都看得到，末將對這點也從不懷疑。」

卿塵依舊目視著遙遠而墨黑的天際：「那你認為，湛王比殿下如何？」

南宮競一愣：「末將不敢妄加評論。」

卿塵唇角無聲輕抿：「但說無妨。」

南宮競抬眼向她看過去，略作思忖，答道：「平心而論，湛王之才智手段並不輸於殿下，甚至在朝中聲望，有過之而無不及。」

「那眾人都看得到的事，他又豈會不知？」卿塵極輕地嘆了口氣，「他縱有千番打算，也絕不是個糊塗誤國之人，其實這一點我早該想到的。」她恍然記起在軍營前，她用短劍對準自己胸口時夜天湛眼中的撕痛，山崩地裂般席捲他春水般的笑。那裡面除了突如其來的驚急，還有因她的質疑而激起的怒氣。只是那一刻，無論有多麼了解夜天湛，她也不敢孤注一擲，她並不是無所畏懼，她只是一個女人。

南宮競突然想到現在情勢有所不同，王妃亦在雁涼，湛王或許當真不會袖手旁觀。但這話是不能說的，只在他脣邊打了個轉，又落回肚中。

「湛王會發兵的，突厥雖未必那麼容易讓他增援，但也該到了。」卿塵自遠處收回目光，雨絲染黑了秀髮如縷，一片晶瑩。

便在此時，眼前突厥軍中忽有一隊人馬殺出，直奔雁涼，其後黑壓壓的突厥騎兵銜尾急追。

馬上有兩人回身出箭，突厥軍中頓時便有數人中箭，紛紛落馬。

南宮競見狀喝道：「是兩位殿下！還有史將軍！」

卿塵上前數步：「弓箭掩護！」

隨著夜天凌和十一等人越來越近雁涼城，待到一定射程之內，南宮競一聲令下，城頭萬箭齊發，勁矢如雨，突厥追兵縱多，亦被這密集的箭勢阻得一滯。

此刻早有數條繩索急速墜下城外，夜天凌等趁此空隙棄馬登城。但隨後數十名戰士卻不約而同反身殺入敵陣，以血肉之軀拚死阻下追兵。

眼前如此良機，突厥豈會輕易放棄，一面緊追不捨，一面調集弓箭手，一時間流箭紛飛，勁襲城頭，直取眾人要害。

夜天凌身如飄羽，半空借力，手中長劍化作密不透風的光盾，敵軍冷箭被劍氣紛紛激落，難近其身。

十一與萬俟朔風、史仲侯、冥執等人緊隨左右，施展身法擋避箭雨，幾個起落便已接近城頭。

四周利箭疾似飛星，忽聽異響大作，一箭飛來，箭上勁道非凡，迥異於尋常箭矢。夜天凌手中暴起一團光雨，劍鋒斜掠，擋飛此箭，手臂竟覺一陣微麻。

一箭過後，勁矢接連而來，箭箭不離夜天凌和十一周身。射箭之人似是認準他兩人，必要取其性命。

萬俟朔風聽得風聲便知不妙，認出是始羅可汗帳下第一勇士木頞沙。此人武藝箭術都十分厲害，平時即便是他也不輕易招惹。

幾人之中當屬冥執輕功最佳，一道黑影疾如輕煙，率先落上城頭，反身便幫身邊士兵拽拉繩索，誰知方一入手，原本緊繃的繩索猛地一鬆，竟被木頞沙當中射斷。

冥執不能控制地大退了幾步，震驚之下匆忙撲回城頭，只見十一身形急墜，城外潮水般的敵兵湧近，已見刀光凜冽。

此時夜天凌幾乎與萬俟朔風同時一鬆手，下墜之勢直追十一。

夜天凌與十一相隔最近，長劍橫空到處，十一凌空一轉，點上劍尖，身子陡然拔起。

就這稍縱即逝的空隙，半空中亂箭逼身，已近眼前。

萬俟朔風單手牽著繩索迅速盪起，刀光急閃，將射向夜天凌的長箭多數擋下，但那最為凌厲的一箭破空而至，帶出急風般的尖嘯，直奔夜天凌心口，卻已避無可避。

眾人看得分明，卿塵只覺渾身血液瞬間被抽空，眼前天旋地轉：「四哥！」千鈞一髮之際，十一原本上掠的身形忽然急速翻落，半空順勢而下，便已擋在夜天凌身前。

一箭透胸，鮮血飛濺滿襟。

夜天凌厲喝一聲：「十一弟！」接住十一下墜身子的同時，人已翻上城頭。萬俟朔風等陸續落地，卿塵顧不得其他，撲上前來察看十一傷勢，一見之下，心神透涼。

夜天凌抱著十一半靠在懷中，急道：「怎麼樣？」

觸手處鮮血橫流，卿塵手指不能抑制地顫抖，幾乎答不出話來。

長箭穿胸而過，正中心口。十一脣角不斷嗆出血來，呼吸急促，戰甲之上已不知是雨還是血，一絲溫熱也無，冷冷淌了一地。

卿塵反手一把撕裂衣襟，壓著十一的傷口抬頭四處尋找，什麼也沒有，她所知的器械、藥劑，一無所有！

不是不能救，她知道該怎麼救，卻偏偏束手無策！只能眼睜睜地看著十一的血漫過手掌，染透衣衫，在城頭急雨洗過的青石之上蜿蜒而下，彷彿帶走了鮮活的生命，消失在黑冷的夜中。

那箭橫在眼前，只要一動便致命。卿塵跪在夜天凌身旁，不停地將手邊唯一能找到的傷藥敷在傷口四周。十一一陣猛烈的咳嗽，勉力抬手制止了她，艱難道：「別……別費勁了……」

卿塵死咬著嘴唇搖頭，淚水瞬間急如雨下，劈里啪啦落在十一手上。

十一看著她淚流滿面的樣子竟輕輕一笑：「我答應……妳的……都做到了……妳記得也答應過我……」

卿塵心痛如絞：「我知道，我都記得！十一，你撐住，我想辦法……」

夜天凌手掌貼在十一背心，將真氣源源不斷地輸入，護住他的心脈。十一似是振作了一下，他臉上始終帶著英氣俊朗的淡笑，抬頭看向夜天凌：「四哥……你……欠我一醉……」

夜天凌雙目赤紅，點頭表示他知道，卻只覺輸入的真氣如泥牛入海，而十一的呼吸越來越弱。他啞聲道：「別說話……」

十一果然不再說話，笑著閉上眼睛，身側的手卻緩緩垂下。

卿塵從他身上再也感覺不到一絲生機，失聲哭道：「十一！我會有辦法的……你別睡過去！」

然而十一再也沒有回答她。

夜天凌緊緊將十一護在臂彎，許久一言不發，忽然間仰天長聲悲嘯，震徹雲霄。

黑如深淵的原野上此時響起驚天動地的喊殺聲，漫山遍野風雨，天邊似有一道滾滾的烏雲掩向突厥大軍，戰火獵獵，席捲大地，冷雨瀟瀟。

山野疊翠，綠林枝頭陽光透亮如水，湛藍的天空劃過雲影淡淡，瀟灑如男兒清澈的笑。

清風已無痕。

第一〇二章 重來回首已三秋

雁涼城白幡如海，一夜冷雨成冰，早已回暖的日子居然又紛紛揚揚落雪滿天。

飛雪靜謐，飄落人間，原野上連綿數十里的硝煙戰火，血流成河，都被這悄然降臨的白雪無聲覆蓋。廣袤大地白茫茫一片，靜悄悄，連風聲也無，只是無窮無盡的白，寧靜而祥和。

默默無聲的雪簾，長垂於天地。卿塵輕輕邁入雪中，漠然望著遍布城中的白幡，蒼白的容顏似比這雪色更淡。

一戰全勝，天朝援軍殺至，叛首虞夙戰死亂軍之中，突厥兵退四十餘里……這一切似乎都是匆匆一夢，空惹啼笑。

眼前揮之不去濃稠如血的感覺，糾纏凝滯在胸間，她緩緩抬手壓上心口，仰頭任冷雪落了滿身。

彈指間，今非昨，人空去，血如花。

眼前再也不會有人回頭一笑，連萬里陽光都壓下，空茫處，只見雪影連天。

痛如毒蛇，噬人骨髓，幾乎要用盡全身的力量去抵擋。當厚重的棺木要把十一的笑容永遠遮擋在黑暗中時，她衝上去用了全身的力量想要阻擋，內心深處覺得只要那棺蓋不落，十一便不會離開，一切就都是假的。

只是噩夢，夢總會醒，只要棺蓋不落，十一就還在。

不知是誰將她帶離了靈堂，無盡的昏暗淹來，那一瞬間，是深無邊際的哀傷。醒來這一望無際的白，瓊枝瑤林，美奐絕倫，然而有什麼東西永遠失去了，再也尋不回來。

輕雪散落肩頭，卿塵站了許久，慢慢向前走去，到了離靈堂不遠的地方，卻終究還是停下腳步。眼前的景象似已模糊一片，她黯然垂眸，駐足不前，卻在此時聽到夜天凌的聲音從裡面傳來：「你終於心滿意足了。」

她微微一愣，一段凝重的沉默後，有人道：「四哥定要怪我，我也無話可說。」這熟悉的聲音溫雅，淡若微風，此時卻似風中雪冷，蕭瑟萬分。

短短的兩句話後，再無聲息，四周一陣逼人的死寂。

打破死寂的是一聲銳利的清鳴，突然間冷風捲雪，安靜的空間內殺氣陡盛，金玉相交之聲連串迸射。卿塵猛然驚醒，快步上前。

激雪橫飛，亂影叢生，面前雪地之上白衣青衫交錯，劍光笛影縱橫零亂，原本安靜的雪幕化作旋風肆虐，眼見竟都是毫不留情的打法。

卿塵一時呆在當場。劍氣之間，夜天凌眼中的殺機清晰如冰刃，澹澹冷意，逼人奪命。

夜天湛一身白衣飄忽進退，看似瀟脫，手中玉笛穿風過雪，攻守從容，面上卻如籠嚴霜。不知為何，數招之後他忽然頻頻後退，漸落下風。

夜天凌手中劍光暴漲，四周冰雪似都化作灼目寒芒，遽然罩向身前。夜天湛面色微變，劍笛碰撞，一聲喑啞金鳴，玉笛竟脫手而出。

夜天凌攻勢不減，長劍嘯吟，如流星飛墜，直襲對手。

卿塵心下震駭，急喊一聲：「四哥不可！」不及細想，人已撲往兩人之間。

夜天凌劍勢何等厲害，風雨雷霆，一發難收。忽然見卿塵隻身撲來，場中兩人同時大驚失色！

夜天凌劍勢急收，夜天湛飛身錯步，單掌掠出，不偏不斜正擊在他劍鋒之上，一道鮮血飛出，長劍自卿塵眼前錯身而過。饒是如此，劍氣凌厲，仍哧的一聲利響，將她半幅衣襟裂開長長的口子。

回劍之勢如巨浪反撲，夜天凌踉蹌數步方穩住身形，胸中氣血翻湧，幾難自持。夜天湛手上鮮血長流，滴滴濺落雪中，瞬間便將白雪染紅一片：「卿塵！妳沒事吧？」他一把抓住卿塵問道。

驚險過後，卿塵方知竟在生死之間走了一遭，她愣在原處，稍後才微微轉頭：「四哥……」

夜天凌手中長劍凝結在半空，斜指身前，驚怒萬分。那神情便如這千里冰雪都落於眼中，無底的冷厲，鋪天蓋地的雪在他身後落下，襯著他青衫孤寂，一時天地無聲。

許久的沉默，一陣微風起，枝頭積雪啪地墜落。夜天凌劍身一震，冷冷道：「讓開。」

語中深寒，透骨生冷，卿塵知他確實動了真怒，一旦無法阻攔，後果不堪設想，她搖頭道：「四哥，你不能……」

「讓開。」短短兩字自齒縫迸出，夜天凌越過她，冷然看著夜天湛。

卿塵上前一步：「你要殺他，便先殺我！」

夜天凌目光猛地掃視過來，直刺眼底。卿塵手掌微微顫抖，卻沒有退讓：「你不能殺他。」

夜天湛將卿塵攔住，聲音同樣冰冷：「卿塵，妳讓開。」

卿塵迅速轉頭，她一句話不說，只用一種難以名狀的目光盯著夜天湛。

夜天湛眼梢傲然一挑，方要說話，忽然見她清澈的眼底浮起一層若隱若現的霧氣，那深處濃重的哀傷幾近淒烈，揪得人心頭劇痛。他劍眉緊蹙：「卿塵……」

夜天凌冷冷注視著這一切，面若寒霜：「妳是鐵了心要護著他？」他面對卿塵，深黑的眸底是怒，更是滔天的傷痛。

卿塵道：「四哥，你冷靜點……」

不等她說完，夜天凌慢慢點頭：「好，好，好！」他連說了三個「好」字，反手狠狠一擲，三尺長劍沒柄而入，深深摜入雪地。他再看了卿塵一眼，決然拂袖而去，頃刻之間，身影便消失在茫茫雪中。

卿塵痴立在原地，冰冷的雪墜落滿襟，她似渾然不覺。一段時間的沉默後，夜天湛緩緩開口道：「妳不必這樣做。」

卿塵看向他：「兄弟三人領兵出征，若只有一人活著回去，無論那個人是你還是他，都無法跟皇上交代。」

夜天湛目光落在她臉上，忽而一笑，像是明白了些什麼，那笑如飛雪，極輕又極暗。他突然以手撫胸，壓抑地嗆咳出聲，傷口鮮血淋漓染透衣襟，在雪白的長衫上觸目驚心地蜿蜒而下。

卿塵見他面色分外蒼白，蹙眉問道：「你怎麼了？」

夜天湛微微搖了搖頭，暗中調理呼吸，稍後啞聲道：「妳恨我嗎？」

卿塵眸色漸漸暗下，一抹幽涼如殘秋月影，悄然浮上：「這條路是我們自己選的，你、我、四哥、十一，誰也沒有資格恨誰。」她淒然抬頭，仰望飄雪紛飛，眸中是難言的寂寞：「無論是恨，還是怨，十一再也回不來了。」

如此平緩的語氣，如此清冷的神情，夜天湛卻如遭雷擊，身形微晃，幾乎站立不穩。他似用了極大的力氣才支撐著自己，許久，方道：「不錯，再也回不來了，一旦走上這條路，我們誰又能再回頭？」字字如針，冷風刺骨，涼透身心。

卿塵幽幽地看著他：「所以我誰也不怨。」

夜天湛道：「我已盡力了。」

卿塵點了點頭：「我知道。」

夜天湛望向她的目光漸漸泛起柔和的暖意，他脣角淡淡勾起，無聲地一笑，再也未說一句話，轉身離開。

＊

薄薄急風掠過眼前平曠的空地，雪光刺目，逼得眼中酸楚奪眶而出。

一行清淚，零落辛酸，卿塵孑然獨立於連綿不絕的雪幕之中，亂風吹得髮巾輕舞，白衣寂寥。

兩隻青鳥自枝頭振翅飛起，驚落碎雪片片，遙遙而去，相攜投入茫茫雪林中。不期然身後有人輕咳一聲，卿塵抬手拭過微溼的臉龐，轉身看去。

出乎她的意料，身後之人竟是萬俟朔風，一身墨黑勁袍負手身後，他眼中是頗含興味的打量。

卿塵沒有說話，萬俟朔風悠然踱步上前，挑眉一笑：「妳方才其實沒必要去擋那一劍。」

他話中別有意味，卿塵靜靜抬眸望去：「何以見得？」

萬俟朔風目光移向不遠處的雪地，白底之上新鮮的血跡似紅梅輕綻，薄薄已添一層新雪，他道：「再一招，夜天凌便會發現對手身上有傷，我想以他的性子，恐怕不會在此時下殺手。」

卿塵眼前閃過夜天湛極為蒼白的臉色，細思之下確實不同平常，只是剛才無心顧及，竟完全沒有察覺，她眉心輕輕蹙起：「怪不得，原來他受了傷。」

萬俟朔風道：「說起來，我倒是很佩服你們這位湛王殿下，他竟這時候便趕到了雁涼。我原先以為以射護可汗的十萬大軍，怎麼也能攔他兩日。」

卿塵道：「射護可汗人在雁涼，重兵圍城，哪裡又來十萬大軍？」

萬俟朔風道：「射護可汗是在雁涼不錯，但西突厥右賢王赫爾薩暗中率精兵十萬阻擊天朝援軍，其中不乏數一數二的高手，又豈是那麼容易應付？即便沒有這十萬大軍，自薊州至雁涼也頗費時間。不過比起這個，其實我更有興趣知道，你當時為何能這麼快便帶兵趕到百丈原？」

若非當日路遇暹戍，趕抄捷徑，卿塵與南宮競等亦無法及時增援。暹戍一事乃是軍中禁忌，卿塵只道：「自薊州到百丈原，不是只有一條路。」

萬俟朔風並未追問，看似漫不經心地道：「湛王非同一般對手，他們兩人早晚還會有衝突，妳攔得了一時，難道還能攔這一世？」

卿塵道：「若論漠北的形勢，我自問不如你熟知，但天帝的心思，你卻不會比我更清楚。這件事，我不能不管。」

萬俟朔風道：「願聞其詳。」

卿塵輕輕伸手，一片飛雪飄落指尖，轉而化作一滴晶瑩的水珠。她薄薄一笑，道：「天帝心中最忌諱的便是手足相殘、兄弟鬩牆，他可以容忍任何事情，卻絕不會允許此事發生。他們兄弟若有任何一人死在對方手中，另外一個也必將難容於天帝，所以他那一劍，我是一定要攔的。」

萬俟朔風神情似笑非笑，語出微冷：「有些事不必親自動手一樣能夠達到目的，我想夜天凌應該比妳更明白這個道理。」

卿塵心中一驚，鳳眸輕掠，白玉般的容顏卻靜然，不見異樣：「你能這麼說，看來我絲毫不必懷疑你的誠意了。」

萬俟朔風點頭：「不錯，我踏入雁涼城後，越發覺得此次冒險值得。」

卿塵抬眸以問，萬俟朔風繼續道：「夜天凌能用那樣的眼神看他心愛的女人，能為兄弟浴血拔劍，我相信妳說的話，柔然永遠是他的母族，而對我來說，他應該也是……兄弟。」他話語間略有一絲蒼涼的意味，似殘冬平原落日，茫茫無際。柔然僅存的一脈孤血，舉目世間，唯有血仇滿身，恨滿心，「兄弟」兩字說出來，陌生中帶著異樣的感覺。

卿塵似被他不期流露的情緒感染，微微輕嘆，稍後道：「我只勸你一句，不要算計他，不要和他以硬碰硬，你待他如兄弟，他自會視你如兄弟。」

萬俟朔風笑道：「多謝提點。」話音方落，他眼角瞥見一個白點自城中飛起，極小的一點白色，落雪之下略一疏忽便會錯過，但卻沒有逃過他銳利的目光。他眉心驟緊，口中一聲呼哨過後，隨身那隻金雕不知自何處沖天而起，破開雪影，直追而去。

不過須臾，那金雕在高空一個盤旋，俯衝回來，爪下牢牢擒著一隻白色鴿子，正拚命掙扎。

萬俟朔風將鴿子取在手中，金雕振翅落上他肩頭。他隨手將鴿子雙翅別開，自牠腿上取下一個小筒，裡面是一張極小的薄紙，打開一看，他和卿塵同時一驚，這竟是一張雁涼城布防圖。

卿塵沉聲道：「有人和突厥通風報信。」

萬俟朔風若無其事地將手中的鴿子反覆看了看，道：「這正是我想告訴你們的，天朝軍中一直有人和東突厥暗中連繫。當初玄甲軍攻漠城，轉雁涼，之前便有人將行軍路線透露出去，所以突厥大軍才能這麼順利地阻擊玄甲軍。那日在百丈原，我能分毫不差地堵截你和史仲侯的軍隊，也是相同的原因。」

卿塵眸底漸生清寒，冷聲道：「是什麼人？」

萬俟朔風卻搖頭：「究竟是什麼人連統達都不清楚，唯有始羅可汗一人知道。我也設法查過，但此人十分謹慎，我只知道他用鴿子傳信，所以剛才看到有信鴿從城中飛出，便知有異。」

卿塵手中緩緩握起一把冰雪，難怪玄甲軍如此輕易便被截擊，難怪她百般周旋仍迎頭遇上突厥大軍，風雪冷意壓不下心中一點怒火，幽幽燃起。她深吸了口氣，對萬俟朔風道：「要查明此人唯有從雁涼城中入手，煩你將鴿子和信帶給四殿下。」

萬俟朔風抬眼看了看她：「妳為何不自己去？」

卿塵擰眉與他對視，片刻之後道：「這是你取得他信任的最好機會。」

萬俟朔風果然愣了愣，繼而笑出聲來：「若說妳痴，妳處處冰雪剔透；若說妳聰明，妳又真是不可救藥，不知妳到底是聰明還是痴！」

卿塵微微轉身，清淺眉目，浮光淡遠，望著細細密密的飛雪，默然不語。

第一〇三章　邊城縱馬單衣薄

雁涼行營，萬俟朔風入內見到夜天凌，頓時有些後悔挑了這個時候。漠北三千里冰雪，壓不過周圍逼人的靜。夜天凌負手獨立窗前，一襲清冷籠於周身，寒意深深，望過來的目光隱帶犀利，饒是萬俟朔風這般狠戾的人物，與他雙眸一觸，亦從心底泛起十足冷意。

萬俟朔風與夜天凌對視了片刻，索性將手中的鴿子往前一擲：「殿下請看！」那鴿子在夜天凌面前一個撲騰，展翅便飛，卻哪裡逃得出去，青衫微晃，白鴿入手。萬俟朔風抬手一指：「腿上。」說罷逕自跪坐於案前，看著夜天凌的反應。

出乎他的意料，夜天凌將鴿子身上的密函取出，就那麼淡淡瞄了一眼，臉上風平浪靜，然後將密函恢復原樣，重新繫回鴿子腿上，推窗將手一鬆。鴿子掙扎一下，向前飛起，很快便消失在雁涼城外。

夜天凌目送鴿子遠去，微雪穿窗飄過身畔，零星幾點寒氣。他回身看了萬俟朔風一眼，萬俟朔風不由擰眉，不得其解，一時未言。

片刻停頓，夜天凌吩咐道：「來人，傳南宮競。」

外面侍衛應了一聲，不過須臾，南宮競入內求見。緊接著半炷香的功夫，夏步鋒、唐初、史仲侯，包括冥執在內，玄甲軍大將先後聞召，夜天凌分別做出不同的吩咐。

諸將對突然換防都有些意外，但無人表示異議，接連領命退下。

萬俟朔風在旁聽著，暗生欽佩。寥寥數語，軍中布置乾坤顛倒，調整得天衣無縫。難得的是表面看來，各將領受命之處都可能成為防守的唯一弱點，他們要找的人若在其中，就必然會再次冒險通知突厥，以免放過如此良機。

夜天凌不動聲色地看著最後一人離開，眼底冷然寂靜，眸心一縷利芒稍縱即逝，如烈陽光灼，洞穿一切。指掌間，一張無形的網，已悄然籠向雁涼城。

萬俟朔風轉頭道：「大軍幾十萬人，殿下如何這麼肯定叛徒就在玄甲軍中？」

夜天凌淡然抬眸：「領兵對敵，若連自己所用之人都不清楚，仗便不必打了，能做到此事的，也不過數人而已。」

萬俟朔風道：「殿下對我倒似信得過，竟不怕這人原本便是我？」夜天凌尚未說話，卻聽他又道：「難道就是因為王妃信我，殿下便對我毫無懷疑之心？」

話方出口，便見夜天凌臉色一沉，冷冷說了句：「是又如何？」

萬俟朔風卻似不怕死的樣子，道：「方才與王妃發現此事，王妃有句話，不是衛長征，看來殿下也這樣認為。」

夜天凌雖面色不善，還是道：「有些人至死也不會背叛我，衛長征便是其中一個。」

萬俟朔風眉梢挑了挑：「殿下與王妃當真心有靈犀。」在夜天凌壓抑的不滿即將發作時，他忽然正色道：「突厥退兵不過是暫時的，當務之急，應該盡快攻克薊州，萬不能讓薊州落入突厥手中。」

夜天凌深吸一口氣，壓下心頭怒意，淡淡道：「薊州之後，過離侯山，先滅東突厥。」

「好！」萬俟朔風拍案道，「不妨先取左玉，繼而蘇圖海、四合城。」

夜天凌情緒冷淡的眼中出現了一絲激賞，道：「所見略同。」

萬俟朔風目光炯炯懾人：「虞夙前夜命喪湛王手中，東西突厥難再聯手，如今三城之中，蘇圖海是漠北重鎮，最難攻克。」

夜天凌自案前站起來，徐徐踱了數步：「你有何想法？」

萬俟朔風面上含笑，眼中卻有一抹嗜血的殺氣逐漸升騰：「給我三萬騎兵，一日時間，我可兵破蘇圖海。」

「哦？」夜天凌軒眉略揚，「三萬騎兵，一日時間？」

萬俟朔風道：「我曾以突厥右將軍的身分駐守蘇圖海，柔然有人在城中。」

夜天凌點了點頭：「我怎也未想到，柔然王族居然一脈尚存，而且是在突厥軍中。」

萬俟朔風神色漠然：「我能活下來，不過是因為突厥在血屠日郭城的時候忽略了一個被藏在枯井中的孩子，他們就在那井外奸殺了我的母親。」隨著這話，他深眸微細，便泛出陰寒與森冷，「而我至今都沒有找到父親的頭顱。」

「日郭城。」夜天凌道，「離此也不遠了。」

「不錯！」萬俟朔風長身而起，道，「殿下，我有個不情之請。」

「說。」

「破城之後，請殿下將城中所有的突厥人交給我處置。」萬俟朔風語中的狠辣，令這原本平靜的室內驀然一冷。

「唔。」夜天凌毫不在意地應了聲，看著窗外連綿不斷撲進室內的雪，「你可以一個不留，我只要木頦沙一人。」

「一言為定！」

夜天凌不急不緩轉身：「你還想要什麼？」

雪落無聲，夜天凌的目光亦平定，他彷彿只看著對方眼睛，卻教人覺得渾身上下無一不在他眼中，清冷後是無從捉摸的深邃。相互間的試探，如一道無形之刃，鋒芒於暗處，微亮。

終於還是萬俟朔風開了口：「漠南、漠北本是柔然國的領土。」

夜天凌點頭，目光仍舊鎖定萬俟朔風：「柔然不過是天朝境內一族。」

萬俟朔風霍地抬眼，似有話到了脣邊，又硬生生壓回。夜天凌看在眼中，聲色不動。

卿塵的忠告在此時浮上萬俟朔風心頭，他略一思量，道：「殿下身上本就流著天朝與柔然兩國王族的血脈，這樣說，我並無異議。但若要讓柔然臣服天朝，我要一個保證。」

夜天凌道：「你憑什麼和我談條件？」

萬俟朔風道：「憑此時我能令殿下攻城掠地事半功倍，亦憑此後橫嶺以北長治久安。」

夜天凌掃過他眼底，一停：「你的條件。」

萬俟朔風道：「柔然絕不會臣服外族，但卻可以臣服殿下。我的條件很簡單，只要殿下能入主大正宮，柔然一族便是天朝的臣民。」

夜天凌語中帶出了一絲冷傲：「此事不必你操心。」

話雖冷然，但萬俟朔風已會意，躬身一退，微微拜下，再抬頭時從懷中取出一件東西，叫了聲：「四弟，請你將這個帶給茉蓮姑母。」

這一聲「四弟」顯然令夜天凌頗為意外，他愣了片刻，將東西接過來，原來是個雪玉雕成的蓮花墜。

萬俟朔風暗中看著他的反應，繼續道：「茉蓮姑母與我父親自幼感情深厚，她遠嫁中原前將這朵玉蓮花送給了父親，我當日便是憑此物確認父親屍首的，如今留在我這裡，不如物歸原主，請替柔然族人問候姑母。」

雪玉晶瑩，每一瓣蓮花都如月光般瑩潤，似凝結了昆侖山畔寒冰剔透，微微一點渺遠的涼意。夜天凌手掌握起，道：「我會的。」

萬俟朔風感覺到他身上那種迫人的氣勢和若隱若現的疏離似乎悄然淡去，不由承認卿塵的提醒極為正確：你待他如兄弟，他自會視你如兄弟。

＊

冷月半灑，入夜的雁涼城靜然，人馬安寂。

風過中庭，茫茫白淨的雪地中，殷采倩低頭緩步而行，一行足印蜿蜒殘留，身影暗長。

推門而入，她將風帽抬手撥下。夜天湛靠在軟榻上閉目養神，幾簇燈焰之下他看上去臉色極蒼白，卻襯得那丹鳳眼線墨玉般斜挑入鬢，燈影深淺，將他俊雅的面容勾勒得分明。

聽到有人進來，他未有絲毫動作，似乎連看也不想去看，始終半闔雙目。殷采倩走上前去，將兩個小瓷瓶放在案前：「湛哥哥，大瓶外敷，小瓶內服，忌怒、忌寒，尤忌勞心。」

瓷瓶無意碰撞，一絲極輕的響聲，落於耳中。夜天湛仍未睜開眼睛，眉間淡淡掠過一絲輕痕。不必看，冰瓷玉聲，蕭山越窯有名的製作，僅供宮裡及各王府使用，當初延熙宮尤常用。月弧般的瓶身，偶也有八菱形的，她喜歡用雪色的綾絹墊了靈芝木封口，薄絹有時沿瓶身垂下，半遮著瓶上手繪的蘭花。

*

「為何只畫蘭花？」

「……因為我只會畫蘭花。」答話時她微揚著眉，神情略有些無奈，又帶著誘人的俏皮，輕抿著脣，耳畔秀髮微拂。

「妳若喜歡別的，改日我幫妳畫。」

「出水清蓮，你畫得極好。或者，梨花怎樣？」她側目看來，眸光似水，清清蕩漾。

「白瓷梨花，太素淨了。」

她失笑，眉眼輕彎，羽睫細密：「巴掌都不夠的小瓶，你總不能畫國色天香牡丹圖吧？」

他輕抱了雙臂，微微搖頭：「牡丹雖美，我卻不覺得國色天香。」

她眸中帶了好奇，廊前風過，衣袂輕飄，太液池微波輕泛，帶來她身上淡淡藥草的芬芳，午後暖陽融融，安神靜氣。

他溫柔笑說：「國色天香，仍是蘭花。」

人如畫，岸芷汀蘭，臨水娉婷。

她明眸剔透，卻只轉出一笑，舉步向前走去，稍後回頭：「畫梅花，照水或紫蒂，花色都極好，襯這冰瓷，一枝梅先天下春。」

他閒步隨後，含笑道：「寒梅襯這冰瓷，是妙手回春。」

＊

張開眼睛，雪色的底子上仍是一株素蘭，柔靜而清秀，三兩點纖蕊，修葉雋然。燈下看去，三分風骨似攜了冰魂雪魄，幽幽一抹蘭芝清香浮動，穿插如幻。

「她知道了？」夜天湛徐徐開口，眉宇間帶著難掩的倦色。

殷采倩點了點頭，應了聲。

夜天湛眉心益緊：「我不是吩咐過不准說嗎？」

殷采倩道：「你傷得不輕，難道瞞得了她？昨天便將藥給了黃文尚，誰知你根本不召醫正。你何苦這麼逞強，便是那天和四殿下，難道不能好好解釋，非要兵刃相見嗎？」

夜天湛溫朗的眸子微微一抬，眸光卻十分冷淡：「解釋什麼？」

殷采倩道：「你親自領兵，突圍增援，有些事即便要怪，也不能全怪在你頭上。」

夜天湛唇角極輕地帶出一笑，卻不同往日瀟灑，七分傲氣，三分漠然：「妳讓我和他解釋這些？告訴他我盡力了，請他息怒？還是告訴他我恨自己沒早趕到一刻，鑄成大錯？」

殷采倩道：「難道不是嗎？你也是澈王殿下的哥哥，心裡不也一樣難過？」

「既然早晚要發生的事，何必用解釋去拖延。」夜天湛重新闔上眼睛，似是不願再多說。

只差了一刻，彈指剎那，九天黃泉。怒氣總要有人來承擔，那一刻雪飛影濺、金玉交震，是各自無法再用理智掌控的情緒，相同的哀痛，相同的恨怒，相同的苛責。

他扶在案上的手不自覺地輕叩，極緩極細的聲音，卻異常沉重。自作主張，欺上瞞下，此時此刻，那些人教他如何再容得？

殷采倩只覺得心中壓了千言萬語，卻無從說，無人說。怔怔站了片刻，她聽到夜天湛長嘆一聲：「采倩，什麼都不要管，妳誰也管不了，過幾日，我派人送妳回天都。」

殷采倩看著燈影幢幢，低聲道：「湛哥哥，走過這趟漠北，即便回去，天都也不是那個花團錦簇、琴瑟風流的天都了。」說完這話，她默然轉身離開。風晴雪霽的夜色下只見自己來時的足跡，她走出去，漫無目的地踩著鬆軟的雪，月半彎，雪色清冷。

突然間她停住了腳步，數步之遙，是今日落葬的新墳，因日後要遷回天都，且依軍制暫留雁涼，入土為安。如今四周落了一層輕雪，月夜下，孑然空曠。

冰雪地裡，有道頎長的人影獨立著，青衫一角冷風微過，飄飄搖搖。

他似乎已經站了很久，枯枝蕭瑟，風捲薄雪，墳前祭著烈酒一壺。

他手中亦拎著酒，此時仰首飲下，飲盡鬆手，酒壺噗地落入深雪：「十一弟，待替你報了仇，四哥回來陪你一醉！」

言罷，他霍然轉身舉步，不料竟見到殷采倩立於身後，月光清影下，她已淚流滿面。

他停步：「是妳。」

殷采倩面上淚痕未乾，目光越過他的肩頭，看向前面，幽幽道：「再也見不到這個人了，卻發現妳竟然會為他流淚；原以為喜歡的那個人，妳竟然開始恨他。」她自夜天凌身邊輕輕走過，來到十一墳前，靜立在那裡：「就像飲過烈酒之後，所有的一切，都變得荒謬無比。醉了能醒，卻只怕醒來，物是人非。」

夜天凌未曾答話，殷采倩轉身道：「殿下，原來我真的無法像她一樣懂你，我不知道你是不是個好王爺、好將軍，我只知道你不是一個好哥哥。兩個弟弟，一死一傷，你有什麼資格責備別人？」

夜天凌猛然轉頭，眸中映雪一抹寒光驟現，殷采倩卻揚眸與他對視，隔著夜色，淚眼矇矓。

夜天凌似是被她激怒，卻在回首那一瞬間目光落於她身後，神情微涼。片刻的沉默，他抬頭望向月色難及的一方虛空，墨玉似的天幕深處孤星遙掛，冷芒鋒亮，逼得月痕無光，他啞聲道：「妳說得對，我的確不是個好哥哥。」說罷，他頭也不回地大步離開。

殷采倩看著夜天凌的背影消失在夜色深處，將地上的酒拿在手中，也不管雪中石冷，就那麼坐在十一墳前。

她喝了一口酒，舉壺向前空敬，將酒傾灑在地上：「我借四殿下的酒陪你喝一壺，可能你並不在乎我來陪你，但有人一起喝酒總不是壞事對吧？我其實一直有件事想告訴你，你前些日子笑我箭射得花哨，現在想想，你的箭法確實比我好，我服了。但是有件事我想問問你，你欠我的人情，現在怎麼還？」她仰頭又灌了兩口酒，「對了，你總說我是個孩子，我是比你小些不錯，可你怎麼就不給人一個長大的機會？我說四殿下心冷，其實你也不差，你不過是笑起來比他好一點罷了，嗯，你笑起來有時候還真教人生氣……」

不遠處略高的地方，月光透過積雪的枝葉灑下斑駁光影，一襲石青色的斗篷籠著纖瘦的身子，卿塵悄然立在月痕影下，安靜看著前方的新墳，看著夜天凌祭墳，看著殷采倩灌酒。

她比夜天凌來得還早，夜天凌離開時，冥執在她身後小心翼翼地提醒：「鳳主……」

「嗯。」卿塵應了一聲，回身，「走吧。」

冥執隨她舉步，發現她並沒有去夜天凌那邊的意思，忍不住再道：「鳳主，殿下像是去行營了。」

卿塵停了下腳步，冥執的意思她豈會不明白，然而她只問了一句：「我吩咐你的事辦了嗎？」

冥執答道：「鍾定方、馮常鈞、邵休兵他們的人脈過往，大小事宜都已有人著手翻查，一個月內便會有消息送來。」

卿塵微微點頭，淡靜的眸中泛起一層雪玉般的冷色。在朝為官，沒有人是乾乾淨淨的，十一的血不會白流，她一點一滴都記在心裡，鞏思呈、鍾定方、馮常鈞、邵休兵，他們每一個人都要為此付出代價。她清楚地知道，夜天凌也絕不會放過出賣玄甲軍的人，更不會放過，突厥。

她輕輕攏了攏身上的斗篷，抬頭望著遙遠而清晰無比的那顆天星，那灼目的鋒芒在她深潭般的眼底化作秋水一痕，靜冷微瀾，綻開星光。

第一〇四章 青山何處埋忠骨

一連三日，夜天凌召隨軍醫正黃文尚問話。

第一日，黃文尚答：「王妃說不必下官診脈，湛王殿下不曾召下官診脈。」

第二日，黃文尚答：「下官請脈，王妃說安好，不必。湛王殿下說，不需要。」

夜天凌不言語，冷眼掃過去，黃文尚汗透衣背。

第三日，黃文尚走到行營外便躊躇，料峭春寒，額前微汗。

衛長征看在眼裡，頗替他為難，上前提點幾句，黃文尚有些醒悟，入內求見。

夜天凌坐在案前未抬頭，擲下一字：「說。」

黃文尚答：「王妃身子略有些倦，但精神不錯，常用的藥換了方子。這幾日飯用得清淡，夜裡睡得遲，早晨醒得亦遲些。湛王殿下氣色尚好，想來無大恙。」

說完了站在案前，心裡忐忑，夜天凌終於抬了抬頭：「為何換方子？」

黃文尚張了張嘴，再躊躇，稍後回道：「王妃醫術遠在下官之上，下官著實不敢妄言，但看藥效，應該是無礙的。」

夜天凌蹙了眉，一揮手，黃文尚如蒙大赦，走出行營擦了把汗，對衛長征道：「多謝衛統領！」

衛長征笑道：「何必客氣，黃醫正辛苦了。」

冥執在旁看著黃文尚，嘆了口氣，於他的處境心有戚戚焉，這幾天他也很是頭疼。

前日在王妃面前回：「殿下在行營一夜，燈燃至天亮，酒飲了數瓶。」王妃點頭，輕緊了緊眉。

昨日在王妃面前回：「殿下在行營處理軍務，召見了幾人，未睡。」王妃倦靠在軟椅上，半闔眼眸，眉心淡痕益深。

方才在王妃面前回：「昨夜萬俟朔風又帶了隻鴿子見殿下，兩個人行營議事，到天亮。」

王妃清淡淡的眸子微抬，問了一句：「衛長征怎麼回事，不知道勸嗎？」

冥執極無奈，衛長征苦笑。

兩人在行營前發愁，衛長征看著將化未化的雪，不由感慨：「若是十一殿下在，便沒事了。」

＊

清晨時分，突厥整軍攻城，乘勢而來，鎩羽而歸，損兵折將數千。

一日將盡，夜天凌安坐行營，玄甲軍一兵不發，盡數待命，城外戰事便似陽光下的輕雪，無關痛癢。

此時陣前一個校尉趕來對衛長征傳了句口信，衛長征即刻入內在夜天凌身旁低聲稟報。夜天凌聽完，起身道：「傳我軍令，玄甲軍所有將士到穆嶺集合待命。」

衛長征一怔，隨口問了句：「穆嶺？」

百丈原一役，單玄甲軍一萬人中便折損了四千八百七十三人。因當時戰況慘烈，其後接連數日激戰再逢大雪，雁涼城外屍骨如山，殘肢斷骸遍布荒野，早已分不清敵我。無奈之下，夜天凌只得吩咐盡力收拾將士們的骸骨，所獲遺骨在雁涼城郊的穆嶺山坡合葬一處，立墳刻碑。

夜天凌聽到衛長征這一問，肅容道：「不錯，今日我要親自祭奠陣亡將士的英魂。」

*

穆嶺黃昏，西風烈，蒼山如海，殘陽似血。

荒原漠漠，一馬平川。坦蕩天際，風沙殘雪呼嘯而過，玄色蟠龍大旗在風中獵獵飄揚，數千玄甲軍戰士肅立於山坡，面對著眼前忠骨英魂，人人臉上都掛著肅穆與沉痛，平野空曠，只聞風聲。

南宮競等大將清一色面無表情，雖不明白夜天凌為何一反常態親行祭奠，卻人人都察覺今日將有不尋常的事情發生。

夜天凌玄甲墨袍登上祭臺，以酒祭天，傾灑入地。

千萬男兒，天地為墓，硝煙漫天，血如濤，都化作酒一杯。

祭臺之下，眾將士依次舉酒，半灑半飲。酒勁劇烈，激起豪情悲愴，熱血沸騰。西山下，飛沙蔽日，叱吒風雲的錚錚男兒，眼前一片煙嵐模糊。

夜天凌轉身看著這些跟隨他南征北戰的玄甲戰士，徐徐道：「聖武十四年，本王自軍中挑選將士組建玄甲軍，次年以一萬精兵大敗西突厥，一戰成名，迄今已整整十三年。這十三年裡，平南疆，定西陲，戰漠北，玄甲軍生死勝敗，皆是一萬兄弟，萬人一心。」他頓了頓，深夜般的眸子緩緩掃視。雖隔著不近的距離，眾人卻不約而同地感覺被他的目光洞穿心腑，那幽邃精光，如冷雪，似寒星，透過漠原蒼茫，直逼眼前。

只聽夜天凌繼續道：「一將功成萬骨枯，男兒從軍，人人都是刀劍浴血，九死一生。我玄甲軍戰死沙場的兒郎無數，為國捐軀，死得其所，但是，絕容不得有冤死的將士，更容不得有出賣兄弟的人。可是眼前，卻有人偏偏要犯這個大忌。」

此話一出，如重石落湖，激起巨浪，眼前譁然一片驚詫，但礙於軍紀約束，片刻又恢復了絕對的安靜。

夜天凌深眸一抬，落至幾員大將身前。隨著他的視線，數千人目光皆聚焦在南宮競等人身上。

死一般的靜，山嶺間只聞獵獵風聲。夜天凌負手身後，天邊落日殘血遍塗蒼穹，他的聲音似隨這斜陽千里，遙遙沉入西山，然而卻清晰地傳遍場中：「是誰，本王給你一個機會自行認罪，如若不然，便莫怪本王不念舊情。」

長風掀起玄氅翻飛，他周身似散發出迫人的威嚴，場中靜可聞針，人人都在這氣勢下屏聲靜氣，暗中猜度。

諸將中似乎掠過極輕的一絲波動，但人人目視前方，無人作聲。

稍後，夜天凌冷聲道：「好，你既不肯承認，本王便請人幫你說。萬俟朔風，當日在百丈原，突厥是如何得知玄甲軍行蹤的？」

萬俟朔風便在近旁，見他問來，拱手道：「當日突厥能夠準確截擊玄甲軍，是因有人透露了玄甲軍的行軍路線，此人與突厥連繫，用的是飛鴿傳書。」

夜天凌微微點頭，再叫一人，那人乃是玄甲軍神機營中部屬，近前捧上一個籠子，掀開黑布，裡面是兩隻體型小巧的信鴿。

夜天凌道：「告訴大家，這鴿子來自何處？」

那人躬身答道：「屬下奉命暗中搜查，在史將軍住處發現了這兩隻鴿子。」

四周空氣赫然一滯，緊接著夏步鋒猛地揪住史仲侯大聲吼道：「史仲侯！你竟然出賣兄弟！」

夏步鋒本來嗓門就大，這一吼當真震耳欲聾，眼前山風似都被激盪，一陣旋風亂舞。

事關重大，身後士卒列陣肅立，反而無一人喧譁。夏步鋒一聲大吼之後，場面竟安靜得近乎詭異，一種悲憤的情緒卻不能壓抑地漫布全場。

南宮競將夏步鋒攔住：「殿下面前，莫要胡來！」

史仲侯抬手一讓，避開了夏步鋒的喝問，他深思般地看向萬俟朔風，上前對夜天凌躬身：「末將追隨殿下征戰多年，從來忠心耿耿，亦與眾兄弟情同手足。單憑此人數句言語，兩隻鴿子，豈能說末將出賣玄甲軍？何況此人原本效命突厥，百丈原上便是他親自率突厥軍隊劫持王妃，現在莫名其妙投靠我軍，十分可疑，他的話是否可信，望殿下明察！」

他一番言語並非沒有道理，南宮競和唐初不像夏步鋒那般魯莽，道：「殿下，玄甲軍自建軍始從未出過背叛之事，唯有遲戍也是遭人陷害，此事還請殿下慎重！」

萬俟朔風將他們的話聽在耳中，並無爭辯的意思，只在旁冷笑看著，眼底深處隱隱泛起一絲不耐與凶狠。

夜天凌沒有立刻說話，薄暮下眾人看不清他的神色，唯見他脣角輕輕下彎，形成一個峻冷的弧度。他似是在考慮史仲侯的話，稍後只聽他緩緩道：「聖武十七年，西域諸國以于闐為首不服我天朝統治，意欲自立，本王率軍平亂，那時候你是鎮守西寧的統護偏將，本王可有記錯？」他說著看向史仲侯。史仲侯突然聽他提起多年前的舊事，微微一怔，與他目光一觸，竟似不敢對視，垂首低聲道：「回殿下，是。」

夜天凌點了點頭，再道：「西域平叛，你領兵橫穿沙漠，逐敵千里，大破鄯善、高昌、精絕、小宛、且末五國聯軍，而後率一百死士夜襲鄯善王城，不但取了鄯善王性命，還生擒其大王子回營。剩餘幾國潰成散沙，無力再戰，紛紛獻表臣服，西陲平定，你厥功至偉。」

西域一戰，史仲侯得夜天凌賞識，從一個邊陲偏將連晉數級，之後在玄甲軍中屢建奇功，名揚天下。這時想來心底不免百味雜陳，他默然片刻，低頭道：「末將不敢居功。」

夜天凌徐徐的語氣中似帶上了一絲沉重：「你很好，論勇論謀，都是難得之才。千軍易得，一將難求，本王將你調入玄甲軍，算來也有十年了。你跟本王征戰十年，想必十分清楚，本王從不打無把握之仗，也絕不會讓身邊任何一人蒙冤受屈。」

他肅靜的目光停在史仲侯身前，似利劍空懸，冷冷迫人。史仲侯雖不抬頭，卻仍感覺到那種壓迫，如同瀚海漩渦的中心，有種無法抗拒的力量逐漸要將人拖入死地，縱然拚命掙扎，亦是無力。他撫在劍柄上的手越攥越緊，終於扛不住，單膝一跪，「殿下……」

夜天凌神情冷然：「本王必定讓你心服口服。長征，帶人來！」

衛長征應命，不過片刻，帶上兩名士兵，一名醫正。

那兩名士兵來自神禦軍營，正是當日跟隨卿塵與史仲侯那三千士兵中的倖存者。兩人都有傷在身，夜天凌命他們免行軍禮，道：「你們將昨日對本王說的話，再對史將軍說一遍。」

其中一名士兵拄著拐杖往前走了一步，他看了看史仲侯，大聲道：「史將軍，那天在百丈原，遲將軍原本引我們走的是山路，萬萬遇不到突厥軍隊，但你後來堅持南入分水嶺，卻與突厥大軍迎頭遇上。三千弟兄，唯有我們七個人僥倖沒有戰死，亦連累王妃落到敵軍手中，此事不知你怎麼解釋？」

另外一名士兵傷得重些，若不是兩名玄甲侍衛攙扶著，幾乎不能站立，神情卻極為憤慨：「史將軍，你沒想到我還活著，更沒想到當時雖然混亂，我卻看到是你下的手吧？」他將身上衣衫一撕，露出胸前層層包紮的傷口，「我身上這一劍拜你所賜，險些便命喪當場！遲將軍又與你有何怨仇，你竟對他暗下殺手？你以為別人都認不出你的手法嗎？將軍的劍法在軍中威名赫赫，誰人不知？卻不想殺的竟是自己兄弟！」

醫正此時上前，雖不像兩人那般激動，卻亦憤憤然：「下官奉命查驗遲將軍的屍首，那致命的一劍是反手劍，劍勢刀痕，不仔細看便真如刀傷一般，實際上卻是寬刃劍所致。」

玄甲軍中史仲侯的反手劍素有威名，回劍穿心，如過長刀，這是眾所周知的。除了夜天凌與萬俟朔風，南宮競、唐初等都被幾人的話震驚，不能置信地看著史仲侯。而史仲侯單膝跪在夜天凌身前，漠然面向前方，嘴脣卻一分分變得煞白。

夜天凌垂眸看著他：「這一筆，是神禦軍三千弟兄的帳。冥執！」

得他傳喚，冥執會意，從旁出列：「屬下那天與澈王殿下率五百弟兄潛入突厥軍中救人，在找到王妃之前先行遇到史將軍，他告訴我們，說王妃被囚在統達營中。我們深入敵營，卻遭伏擊，而實際上王妃早已被帶走，史將軍根本不可能知道她身在何處！我們後來雖得殿下增援突圍，但神機營五百兄弟，甚至澈王殿下，沒有一個能活著回來！」他恨極盯著史仲侯，若不是因夜天凌在場，怕是立刻便要拔劍拚命。

夜天凌待他們都說完，淡淡道：「你還有什麼話說？」

史仲侯臉色慘白，沉默了短暫的時間，將紅纓頭盔緩緩取下，放至身前，俯首道：「末將，無話可說。」

夜天凌深潭般的眸中漸漸湧起噬人的寒意：「十三年來，除了當年可達納城一戰損兵三千，我玄甲軍從未傷亡過百，此次折損近半，卻因遭人出賣，而這個人，竟是你史仲侯。即便本王能饒你，你有何顏面面對戰死的數千弟兄，又有何顏面面對身後曾同生共死的將士們？」

玄甲軍將士們雖不喧譁，卻人人皆目瞪視史仲侯，不少人拳頭攥得咯咯作響，更有人手已握上腰間刀劍，恨不得立時便上前將史仲侯碎屍萬段。

史仲侯面色卻還算平靜，他微微抬頭，但仍垂目不敢看夜天凌的眼睛，道：「我做下此等事情，便早知有一天是這般下場，殿下多年來賞識提拔的恩情，我無以為報了，眼前唯有一死，以謝殿下！」

說話之間，他反手拔劍，便往頸中抹去。

誰知有道劍光比他還快，眼前寒芒暴起，噹的清鳴聲後，史仲侯的劍被擊落在地。飛沙漫漫，夜天凌玄袍飄揚，劍回腰間。

史仲侯臉上顏色落盡，慘然驚道：「殿下！」十多年來，他深知夜天凌的手段，待敵人尚且無情，何況是出賣玄甲軍之人，若連自盡也不能，便是生不如死了。

夜天凌冷玉般的眸中無情無緒：「你沒那個膽量自己背叛本王，不說出何人指使，便想輕輕鬆鬆一死了之嗎？」

史仲侯聞言，嘴唇微微顫抖，心裡似是極度掙扎，突然他往前重重地一叩首：「殿下！此人的母親當年對我一家有救命之恩，我母親的性命現在亦在他手中，我已然不忠不義，豈能再不孝連累老母？還請殿下容我一死！」說罷以頭觸地，額前頓見鮮血。

唐初與史仲侯平素交好，深知他對母親極為孝順，但又恨他如此糊塗，唉了一聲，頓足長嘆，轉過頭去，不忍再看。

夜天凌亦知道史仲侯是個孝子，他負手身後，靜靜看了史仲侯片刻，問道：「那麼你是寧死也不肯說了？」

史仲侯不說話，只接連叩首，七尺男兒死前無懼，此時卻虎目含淚。

夜天凌道：「好，本王只問你一句話，你如實回答。那人的母親，是否曾是含光宮的人？」

含光宮乃是皇后的寢宮，史仲侯渾身一震，抬起頭來。夜天凌只看他神情便知所料不差，淡聲道：「此事到此，生死兩清。你死之後，我會設法保全你母親性命，你去吧。」

史仲侯不想竟得到他如此承諾，心裡悔恨交加，已非言語所能形容。他呆了一會兒，神色逐漸趨於坦然，站起身來斟了兩盞酒，將其中一盞恭恭敬敬地放在夜天凌身前，端著另外一盞重新跪下，深深一拜：「史仲侯已無顏再求殿下飲我敬的酒，若來生有幸，願為牛馬，以報殿下大恩！」

他將手中酒一飲而盡，叩頭。夜天凌目光在他身上略停片刻，對衛長征抬眼示意，衛長征將酒端起奉上。夜天凌仰頭一傾，反手將酒盞倒扣下來，酒盡，十年主從之情，亦就此灰飛煙滅。

玄甲軍幾員大將相互對視，唐初命人倒了兩盞酒，上前對史仲侯道：「你我從軍以來並肩殺敵，歷經生死無數，我一直敬你是條好漢。想當年縱馬西陲，笑取敵首今猶在目，但這一碗酒下去，你我兄弟之情一刀兩斷！」

史仲侯慘然一笑，接過酒來與他對舉一碰，仰首飲盡。

隨後南宮競端酒道：「史兄，當年在南疆，我南宮競這條命是你從死人堆裡背回來的，大恩無以為報，這碗酒我敬你。今日在這漠北，諸多兄弟也因你喪命，酒過之後，我們恩斷義絕。」

史仲侯默然不語，接酒喝盡，南宮競嘆了口氣，轉身離開。

夏步鋒性情粗豪，端著碗酒上前，恨恨道：「史仲侯，你的一身武藝我佩服得緊，但你做出這等卑鄙無恥的事，我就看不起你！從今往後，我沒你這樣的兄弟！」說罷將酒一飲，將碗一擲，呸地吐了口唾沫，轉頭便走。

三人之後，玄甲軍中史仲侯的舊部一一上前，多數人一言不發，與他飲酒一碗，就此作別。亦有心中憤恨難消的將士，如夏步鋒般出言羞辱，史仲侯木然承受。

不多會兒幾罈酒盡，史仲侯仰首獨立，蒼天漠漠，四野蒼蒼，最後一絲光線亦沒落在西山背後。風過如刀，刮得臉龐生疼，玄甲軍獵獵大旗招展眼前，怒龍翻騰，彷彿可見當年逐敵沙場的豪邁，傲嘯千軍的激昂。

暮色逐漸將視線寸寸覆沒，他佇立了片刻，彎腰將方才被夜天凌激飛的劍拾起，鄭重拜倒在地：「史仲侯就此拜別殿下，請殿下日後多加小心！」

言罷，反手一摜，劍入心口，透背而出，一道血箭噴射三尺，染盡身後殘雪，他身子一晃，撲倒在地。

夜天凌凝視了史仲侯的屍體許久，緩緩道：「以陣亡的名義入葬，人去事過，到此為止，若有敢肆意妄論者，軍法處置。」

軍中領命，數千將士舉酒列陣，面對穆嶺肅然祭拜。

酒灑長天，夜天凌負手回身，青山遙去，英魂何在，暮靄萬里，風飛揚。

第一〇五章　一片幽情冷處濃

聖武二十七年春，玄甲軍克薊州，殲北晏侯殘部，靖幽薊十六州叛亂，撤北藩，立北庭、武威都護府。

同月，天帝降旨撤東侯國，設東海都護府。至此，把持天朝四境近百年的諸侯國盡遭裁撤，軍政重權逐步分入州府，四海之內唯皇權獨尊。

夜天凌安定十六州後，即刻以龍符調動諸路兵馬、糧草軍需，集四十萬鐵騎於薊州，揮軍北上。

大軍以唐初、南宮競為左右統軍，兵分兩路，配合萬俟朔風十萬先鋒軍在前，連克左玉、蘇圖海、四合、下沙、日郭、玉門、青木川、甘谷、弋馬九座城池，兵逼可達納。

萬俟朔風率軍每過一城，不納降俘，坑於路者堆骨如山，橫穿漠北大地的玉奴河血染江流，浪濤滾滾，殘骸沉浮，以致數月不清。

大戰過後，九城之內絕突厥人，離侯山以北、瀚海以東多數土地，盡數歸於天朝版圖。

＊

可達納城自聖武十九年遭玄甲軍破城後，始羅可汗一邊與天朝虛與委蛇，一邊苦心經營，在王都四周擴建外城，城牆之間每隔十數步開出洞口，修築了厚逾數寸、半尺見方的金銅炮管，其後設有火油機關，運轉如輪。一旦遇到敵軍攻城，各處機關同時發動，管中便有火油噴出，瞬間即燃，直傾城下，仿若火瀑噴濺不休，傷人無數，名為「劫天龍」。有此機關防守，幾乎沒有軍隊能夠攀牆攻城，數十丈內雲梯戰車一旦靠近便被摧毀，更勿論將士骨肉之軀，可達納從而成為北疆最難攻破的城池之一。

如今天朝兵臨城下，東突厥大將木頦沙率軍堅守此城。劫天龍的殺傷力極大，甫一交鋒，天朝軍隊不曾防備，首戰吃了暗虧。

唐初等人數次率兵強攻，都無法靠近城池。火油噴射範圍之內，入者非死即傷，若被正面擊中，縱使鋼筋鐵骨也立時化為灰燼，以萬俟朔風的身手也險些不能倖免，眾將一時苦無良策。

夜天凌傳令暫時退兵弋馬城，一面補充糧草，一面召諸將商議對策。

這日眾人都已到齊，卻遲遲不見冥執身影。直到時近晌午，冥執方匆匆入內求見。夜天凌從依照可達納城四周地勢仿製而成的沙盤前抬起頭來，南宮競等人都替冥執捏了一把冷汗。

冥執心中雖有計較，但被夜天凌目光一掃，仍覺十分忐忑，急忙趕在夜天凌發作前遞上一樣東西：「殿下，屬下有破城之計，請殿下過目！」

夜天凌淡淡瞥了他一眼，方往他遞來的牛皮卷上看去。唐初站在近旁，隨口道：

「這不是可達納城的地圖嗎？」

冥執點頭道：「是可達納的城池圖沒錯。」

唐初道：「敵城的布置咱們不是不知，只是如今在那劫天龍的壓制下，我們根本無法靠近城池，地形再熟又有何用？如今唯一的辦法恐怕便是等雨雪天氣再行攻城了。」

冥執急道：「萬萬不可，那劫天龍噴出來的乃是產自西北地下的黑油，提煉後加以硫硝等物，經機關噴射化作烈焰，遇水不滅，反而會燃燒更甚，倘若雨天強行攻城，恐怕我軍的損失會更加慘重。」

南宮競奇道：「竟有這等事情？還從未聽說有遇水不熄的火焰。」

冥執道：「我們不曾聽過，卻不是沒有。這配置火油的法子是從域外傳來的，是以中原少有聽聞，尤其水上作戰用以摧毀船隻最是厲害，萬萬不可與之硬抗。」

夏步鋒最是性急，頓時叫道：「照你這麼說，豈不還是無法可施？」

冥執笑道：「我既說了有法子，自不讓你失望。」說著將圖紙放下，指著上面幾處紅點道：「殿下請看。這幾處標記乃是敵城中儲存火油的地方，可達納城中防庫共有十座，掘地為大池，縱橫丈餘，當中全是劫天龍所用的火油。這些火油每隔月餘便要另外築池存放，否則便會遇物成火，自焚屋舍，本身便是十分危險之物。這情報是咱們神機營的兄弟費了不少功夫暗中探出的，所有位置都十分精準，若於此處著手破壞機關，定要他們城中自焚，不戰而亂。」

諸位將領轉頭互視，都還有些不得要領。夜天凌轉回座上道：「繼續說。」

冥執道：「殿下可還記得蜀中那個製作煙花的老工匠？」

夜天凌目光微微一動，似是記起了什麼事情：「自然。」

冥執將牛皮卷拂開呈上，道：「先前神機營在蜀中向那老工匠請教，曾經私下研究出一樣物品，原本不甚完善，這幾日連夜改製，弄出些名堂，或許能派上用場，請殿下過目。」

眾人聚上前來，只見其上繪著個形如飛鳥的圖樣，看去似是以細竹或蘆葦編織而成，鳥翼兩側復有兩只圓筒裝置，鳥腹亦藏一筒，尾部修長設有引信，看去甚是奇特。

夏步鋒圍著圖紙看了兩圈，道：「這是個什麼鳥？不能叫不能吃，畫來做啥？」

冥執道：「你懂什麼？此物名為『神火飛凰』，乃是我神機營特製的飛火機關。」

唐初等不似夏步鋒魯莽，紛紛道：「別打岔，聽他說。」

冥執便指點道：「這飛凰雙翼之上裝有兩只起火，內中火藥經引信點燃，可將飛凰射至空中，此時腹下火藥點燃，再次發力，最遠可達百丈有餘。飛凰腹中裝的是我們的玄甲火雷，並經特殊配置，加以草烏頭、狼毒、巴豆、砒霜等藥物，入城燃爆，光是毒煙便足夠突厥人消受。何況鳥身一旦爆開，火雷貼地流竄，如此滿城火發，必中敵軍藏油池，毀其油料，則劫天龍機關形如廢物，便再無用處，此城可下矣！」

萬俟朔風在旁聽著，點頭道：「如此甚好，只是我們受劫天龍壓制，近不得城池，這機關竟能兩次催發，直至百丈開外？」

冥執笑道：「這有何難？你沒見過蜀中工匠所製的煙花，一次點燃節節升空，層層爆開直入雲霄，那才叫精采。」

南宮競拍案道：「不錯，此法可行！不知這機關製作起來是否麻煩？若要全面攻城，保證燃中對方的藏油池，怕不得有個上百隻才行。」

冥執道：「放心，神機營這兩天都在趕製了，三五日內想必可得百隻。」

眼見困擾大軍的問題立時可解，諸將都是一陣興奮。萬俟朔風抬頭，卻見夜天凌起身步到案前，負手垂眸看著案頭皮卷，似在欣賞上面的圖畫一般，神情淡淡，脣角竟帶著絲若有若無的笑。

他幾疑自己看花了眼，順著夜天凌的目光看去，只見那飛凰機關旁邊一行清雅的小字，飄逸如風，秀穩如蘭，沿著粗糙的皮卷一路書下，卻絲毫無損筆觸之清美，望去賞心悅目。

片刻過後，夜天凌一手自圖卷上輕輕掠過，抬頭往冥執看去：「好法子。」

冥執一直留意夜天凌的神色，頓時鬆了口氣，道：「殿下若覺得此法可行，請移步城郊一看，神機營的兄弟們正在試驗飛凰機關，想必又有些新眉目。」

夜天凌微微頷首，卻道：「欲以火攻，必得將天氣、風向通盤考慮，更兼機關之中設有毒煙，一個不慎恐將誤傷己營，你們可有想過此點？」

冥執隨口便道：「王妃說一定要選北風……呃……」話一出口，頓覺不對，不由得停下來看夜天凌。不料夜天凌脣角微微一揚，只示意他說下去。冥執便繼續道：「這神火飛凰不能逆風發射，唯有順風才能遠達百丈。至於毒煙，王妃自然配得解藥，事先分發至各營，可保萬無一失。」

南宮競等近來都察覺凌王和王妃不知為了何事十分疏離，卻摸不著半點頭緒，在夜天凌面前更是連提也不敢提，因此連日行軍議事都十二萬分小心，免遭池魚之殃。今日冥執一不小心說漏了嘴，眾人不約而同地去看夜天凌的反應，沒人說話，唯有夏步鋒向來直來直往，脫口便道：「原來是王妃的主意，我就說冥執你怎麼又連什麼風向、草葉都懂了……」

話說一半，南宮競轉頭瞪他，夏步鋒愣道：「怎麼，難道我說錯了？」

南宮競極無奈，卻也只好道：「話是沒錯。」

夏步鋒道：「沒錯為何不讓我說？」

唐初在旁有些撐不住，輕咳一聲，忍著笑道：「多思少言，殿下平日囑咐你最多，偏你忘得最快。」

夏步鋒撓頭往夜天凌看去，仍是一臉迷茫。夜天凌起身對冥執道：「去看看吧，若此法可行，功過相抵，免了你今日遲到之罪，否則嚴懲不貸。」

語中平靜，雷聲大雨點小，冥執躬身應聲，臉上忍不住牽起絲微笑。「功過相抵，他不會治你遲到之罪。」王妃還真是料事如神，對凌王的脾氣摸得一清二楚，竟連說詞都一樣。

眾人走了幾步，夏步鋒忽然悄聲問南宮競：「殿下和王妃鬧彆扭了？」

南宮競啼笑皆非：「我就想不通，嫂子當初怎麼會看上你這個一竅不通的老粗？」

不料夏步鋒居然正色道：「老粗咋了，老粗自有老粗的好處。」

這兩句話說得聲大，大家都聽得清楚，紛紛笑起來。夜天凌負手走在前面，薄脣微挑，陽光下冷冽的眼底亦笑意濃濃。

城郊五里外的山坡上，神機營的將士們人來人往，正有條不紊地忙碌著。

夜天凌等人走至近前，見那製成的神火飛凰約有一尺來長，周身以竹篾編織，糊以油紙，前後共裝有四只火箭，腹藏火雷，果然如圖所繪。

眾人正端詳這完成的機關，卻聽遠處轟然數聲巨響，對面山上炸開團團驚人的火光，隨著山石崩裂，濃煙滾滾而起，原來是其他戰士正在試驗飛凰機關的威力，只是為安全起見，不曾加入有毒的火藥。

萬俟朔風看得雙眸一亮，泛起冷光：「可達納指日可破了！」

夜天凌微微點頭，有了劫天龍存放火油的精準位置，再加上致命的毒煙，烈火一起，如焚巨雷，再堅固的城池也抵擋不了幾時。不知是否因了了一樁麻煩事，他看來心情不錯，與諸將仔細看過飛凰機關，商定下攻城的方略後，一路說笑回城。

行至城門，前面大路上兩人雙騎迎面馳來，卻是衛長征帶著一名侍衛，風塵僕僕的樣子，像是剛趕了遠路回來。

衛長征見了夜天凌，下馬行禮。夜天凌問道：「辦妥了？」

衛長征道：「附近城中居然都沒有，屬下去了一趟青木川，總算買到了。」

夜天凌微帶馬韁，交代了一句：「給冥執吧。」便繼續往前走去。

衛長征便從馬上取下兩小包東西，交給冥執：「倒沒想到正好你在。」

冥執問道：「什麼東西？」

衛長征一笑：「看看便知。」接著便策馬隨夜天凌去了。

冥執落在後面，不由得滿心疑問。大戰在即，這時候有什麼重要的東西還要衛長征親自跑一趟青木川？他低頭打開包裹，萬俟朔風在他近旁，轉頭看見，十分奇怪：「麝香？」

冥執低聲笑道：「麝香和白檀香，王妃配藥用的，漠北這邊不太好買，但卻少不得。」

萬俟朔風會意地挑了挑眉。前面衛長征回頭笑看過來，冥執遙遙抱拳，無聲地做了個口型：「辛苦！」

衛長征聳聳肩，一回頭見夜天凌已揚鞭催馬，忙跟了上去。

入城之後，眾人各去操練布置，準備攻城事宜。衛長征隨夜天凌回到行營，未進轅門，忽然夜天凌勒馬止步，轉頭看向一旁。

衛長征順著他的目光看去，發現有團白色的東西窩在幾塊山石旁，蜷成一團，被冷風吹得正瑟瑟發抖。他下馬走到近前去看，原來竟是隻小獸。

那小獸聽到有人過來，耳朵一豎，警覺抬頭，一雙藍色的眼睛如同白雪中兩顆冰水晶石，妖嬈中充滿敵意地看著衛長征，喉間嗚嗚低叫，將身子掙扎著往後蹭了蹭。

衛長征心下稱奇，除了眼睛色澤相異，這小獸簡直與雪戰生得一模一樣，似狐非狐，似貂非貂，說不上是什麼動物。

他正想蹲下去仔細研究，有人從旁伸手，二話不說便將那小獸拎了起來。

那小獸嗚了一聲，在夜天凌手中掙扎，欲拿前爪撓人。夜天凌皺了皺眉，毫不費力便制住那兩隻不老實的爪子，小獸隨即可憐兮兮地吊在半空，大大的尾巴收作一團，身子微微顫抖。衛長征此時才發現原來牠後腿受了傷，雪白的皮毛上血跡斑斑，看來傷勢還不輕。

夜天凌拎著小獸看了一會兒，抬手丟到衛長征懷裡：「給冥執。」

衛長征手忙腳亂地接過來，當場便被小獸撓了一爪子，頗有些哭笑不得，伸手將意圖掙脫的小東西按住，匆匆尋冥執去了。

*

三日後，北風大作，天朝大軍萬事俱備，揮軍攻城。

夜天凌自用萬俟朔風後，已極少親自領兵上陣，只放手讓他大展身手。萬俟朔風生性好戰，兼之對漠北與突厥瞭若指掌，攻城掠地無往不利。唐初、南宮競等人先時對他尚存疑心，幾戰之後，不由已成莫逆之交，稱兄道弟，極為相熟。夜天凌亦常與他把酒長談，談文論武薄古非今，彼此心中都有相見恨晚之嘆。

萬俟朔風嘴上雖不說，心中對夜天凌卻佩服至極。不說別的，單憑夜天凌連可達納城這樣的大戰都放心交給他，他縱然恃才傲物，卻也自問無此氣度膽略。

運籌帷幄，成竹在胸，城外劍戟林立，兵馬如山，夜天凌卻連鎧甲都不著，長袍清淡，閒坐行營。

閉目養了會兒神，近處突然傳來極輕的一聲響動，他睜眼看去，雪戰蹲在窗格處微側著頭，金瞳熠熠，正瞅著他。

他與那小獸對視了片刻，起身往外走去。走至廊前，忽然一愣。清風微涼，瓊光淡淡，有個熟悉的身影正仰頭看著樹上，一臉的無奈。

月色輕裘，衣袂微飄，澄澈的光線穿透漠北細芽初綻的枝葉半灑上她的側顏，一枝羊脂白玉簪輕綰秀髮，因著陽光的色澤通透而明淨。髮如雲，人如玉。他站在這裡可以看到她柔和而優美的下巴微微抬起，露出修長的脖頸，幾縷碎髮自髮簪間悄然滑下，軟軟地垂於她耳側，偶爾春風輕過，漾起幾絲微瀾。

她半側著頭，黛眉輕蹙，柔軟的紅脣微微抿著，帶著一絲俏皮的模樣。這一顰一笑看過千百次也不厭，若即若離的距離，他安靜地站在那裡看著眼前的人，俊眸含笑。

「雪影，傷還沒好就亂跑，居然還敢爬樹，快下來。」

樹枝上，一隻雪白的小獸蹲在那裡，側眼看向樹下有些無奈的卿塵，藍瞳晶亮，倒映著淡雅的身影。

突然間，雪影轉頭看向旁邊，一道白影輕俏閃過，牠已從樹上跳了下去。

卿塵回身，正見夜天凌負手站在廊前，靜靜看著她。淡金色的陽光自萬里無雲的長空投下，落滿他衣襟，修袍俐落、長身玉立，帶著三分峻冷風色，然那深邃的眸底卻浸著無垠的柔和。

卿塵愣住，不曾料到這時候夜天凌竟在行營，凝眸望他，卻見他忽然暖暖一笑，山清水澈，雲淡風輕。

幾度紅塵，幾度回眸，每一次尋找他的身影，他總在離她最近的地方。無聲無言，但是他在，漫漫此生，攜了她的手，終此生生世世，不離亦不棄。

卿塵輕輕揚起脣角，卻不說話，夜天凌笑容益深，淡淡道：「怎麼，不認識了？」

卿塵修眉輕挑，笑道：「似曾相識。」

夜天凌眼底深色微微波動，忽然察覺身邊白影微閃，還沒來得及躲開，雪影已經竄上了他肩頭。他劍眉一蹙，伸手便將那小獸拎了起來，誰知雪影一急，前爪勾住他的衣服，竟說什麼也不鬆開。

卿塵看著一人一獸僵持不下，不由啞然失笑。人人敬畏的凌王殿下豈容一隻小獸蹲在肩頭睥睨四方，平日裡雪戰為此沒少吃虧。再看夜天凌已有些忍無可忍，她忙上前拎起雪影的小爪子將牠從夜天凌手中救出來，一邊笑一邊道：「牠調皮得很，比雪戰還教人頭疼，也不知長征怎麼打仗時還有這番閒情，居然撿了這麼個小東西回來。」說話間清靈靈的鳳眸微抬，笑靨如花。

雪影此時倒老實了，委屈地趴在卿塵懷裡，自她手臂處楚楚可憐地望向夜天凌，目光哀怨，似在控訴夜天凌方才極不溫柔的行徑。

「嗯……哼！」夜天凌盯了牠一眼，愣了愣，冷哼出聲。

卿塵將雪影放下地去，見他面色不善，笑盈盈問道：「你不會是在和這小傢伙計較吧？」

她清泉般的笑容在夜天凌面前嫵媚綻放，幾日不曾細看，那如畫的眉目間竟奇異地多添了幾分溫婉與成熟的風韻。他幾乎已記不清發生過何事，似乎每一次相見都是一個開始，每一次相對都是刻骨銘心，柔情似水。

他的妻子，他尋找了半生的那個人，此時婷婷站在面前，看著他，淺笑寧靜。

他微微嘆了口氣，嘆息中卻是愉悅的神情：「世上唯女人與小獸難養，奈何我身邊怎麼越來越多。」

卿塵眨了眨眼睛：「哦？這麼說來，難道殿下這幾天又納了新人？」

夜天凌沒料到卿塵問出這麼一句，細細將她打量，皺眉道：「本王即便再納新人，妳也不必這麼高興吧？」

卿塵瞅著他的臉色，施施然欲轉身：「那我便逍遙了嘛。」

未等舉步，夜天凌伸手將她挽住，細眸微瞇：「逍遙什麼？是誰當初那麼霸道，偏說我是她一個人的？」

卿塵輕笑，理直氣壯：「我！」

「那妳去哪兒逍遙？」

「凌王府啊！」卿塵笑說，「你是我的，凌王府是你的，自然也是我的，你有什麼新人，還是我的。我府中地方大，看門灑掃有時人不夠用，添幾個也是應該的。」

她側著頭一本正經地打算著，夜天凌聞言失笑。便在此時，遠處猛然傳來一聲巨響，跟著接二連三，似山崩海嘯，聲勢驚人。

卿塵不曾防備，吃了一驚，未及轉身已被夜天凌輕伸手臂，護在了懷中。

城北方向燒起沖天大火，濃煙四起，很快將天空層層遮蔽。硝煙之中戰火隱隱，泛出血染的顏色，整個漠北大地似乎被扯開一個巨大的口子，讓人感覺山峰城池緩緩下陷，天地顛覆。

卿塵下意識地皺了眉頭，夜天凌一手替她掩住耳朵，輕輕將人攬在身前。

久違了如此清淨的氣息，寬闊的懷抱，穩持的臂膀，卿塵靜靜靠在夜天凌懷中，貼著他的胸膛，耳邊一聲一聲是他的心跳，清晰地蓋過一切。突然間動亂的四周緩緩陷入平靜，她像是浮在澄透的湖水中，輕輕漂蕩，波光粼粼，靜謐的夜色下星子滿天，那溫暖教人慵然欲睡。

金戈鐵馬都遙遠，唯有他的擁抱如此真實。

過了許久，爆炸的聲音漸漸低去，夜天凌淡淡道：「可達納城破了。」

卿塵自他懷中輕輕仰首，幽靜的眸光投往遠處，彷彿透過烽煙漫漫的蒼穹看到了青山雲外透澈如水的晴空，她似自言自語，又似在對著緲緲天光輕聲道：「可達納城破了，東突厥亡了。」

城破國亡，又如何呢？

第一〇六章　英雄肝膽笑昆侖

碎石、殘垣、斷劍、敗甲，昔日漠北第一繁華的王都可達納如今一片戰火狼藉，再不復往昔車馬如雲、商賈往來的盛況，儼然已成一座廢城。

漠雲長空，殘煙嫋嫋，日月無光。

城郊古道放眼望去，四處橫屍雜陳，斷石枯木，悲風四起。吹面不寒的楊柳風，夾雜著來自大漠的沙塵，模糊了蒼穹的輪廓，帶來幾分深深的蒼涼。

輕衣縱馬，劍甲鮮明，夜天凌與萬俟朔風並騎入城，一個清峻從容，一個談笑自如，四周戰況慘烈都不入眼中，慣經殺伐的漠然已入骨髓，再多的生死也不過彈指花開，剎那凋零。

卿塵靜靜隨行於夜天凌身側，一路沉默。

整個可達納城在漫天的風沙下分外荒涼，血腥的氣息寸寸瀰漫，如同死寂的深海捲起暗流，悄然將人籠罩。半明半暗的煙霧下，牆腳路旁的突厥人像熟睡一樣躺在冰冷的大地上，幾乎可以看到曾經嬉笑怒罵的眉目，然而再也無聲，再也無息。

天高地遠，生如死域，非是天災，乃是人禍。

到了行營前，卿塵下馬駐足回身，風色在她眉間悄悄籠上了極淡的憂鬱，明淨的翦水雙瞳中浮起的那絲哀傷越來越濃。

夜天凌本來已走出幾步，發覺卿塵沒有跟上來，轉身尋她。只見她扶著雲騁站在原地，纖弱的身影風中看去，竟有幾分悲涼與疲憊，他伸手挽住她：「怎麼了？」

卿塵靜默了片刻，抬頭看他，緩聲道：「四哥，我不想看到萬俟朔風再屠城。」

夜天凌目如寒星，清光一動探入她瀲靜的眸心，稍後，他抬手拂過她被微風揚起的髮絲，道：「好，我知道了。」

卿塵微微一笑，略帶著些倦意。她越過夜天凌肩頭，看向廣袤而寂靜的漠原，輕輕道：「空造殺孽，必折福壽，這一城生靈其實是喪命在我手中。」

夜天凌眉心微蹙：「別胡思亂想，我先送妳去休息。」

他將卿塵送入行營，獨自往帥帳走去，想起卿塵方才的話，心頭竟莫名地有些滯悶。

「殿下！」冥執迎面尋來，躬身施禮，自懷中取出一封密函遞上，「前些日子王妃命我們在天都暗中追查邵休兵等人，現在有些眉目了。」

夜天凌拆開密函抬眼掃過，眼底一刃精光暗掠，冷笑淡淡：「勾結鹽商，借軍需之由販運私鹽，膽子不小。」他將密函遞回給冥執，負手前行，「傳信回去，命褚元敬等人即刻聯名彈劾。」說話間又一頓，心思微轉，褚元敬這些御史還不夠分量，事情揭發出來容易，要扳倒這些門閥貴胄還須費些力氣。他略一沉思，再對冥執道：「還有，轉告莫先生，讓他去拜訪長定侯，告知此事，然後設法讓秦國公得到你們手中的證據。」

老而彌辣的長定侯，生性耿直，嫉惡如仇，一旦得知此事，絕不會坐視不理。而秦國公早年因舊事與邵休兵不和，結怨甚深，若讓他得到這樣的機會，豈會不聞不問？

冥執一一記下，道：「只是現在鞏思呈那裡卻半點把柄都抓不到。」

夜天凌冷冷一笑：「鞏思呈？他自身行事謹慎，滴水不漏，可惜兒子都不爭氣，這幾年不過是殷家回護得周全罷了，此事不足為道。」

冥執便知他已有打算，不再多言，只笑道：「如此王妃便少費神了。」

「嗯，」夜天凌淡淡應了聲，「以後這種事情你直接回我，不必驚動她。」

冥執俯身應下，暗地裡不由微笑，突然又想起什麼事：「殿下，我剛才遇到黃文尚，他說以後不用那麼多麝香和白檀香，王妃囑咐藥中不要再用。」

夜天凌停步回頭，問道：「為何？」

冥執道：「屬下也不是很清楚。」

「唔。」夜天凌劍眉微鎖，目光遙遙看出去，若有所思。

兩人正說著話，萬俟朔風大步過來，渾身殺氣騰騰，見了夜天凌便道：「活捉了木頰沙！哼！若不是你要活口，我定取他性命！」

夜天凌轉身自他身上掃過，淡淡笑道：「怎麼，吃了虧嗎？」

萬俟朔風皺眉冷哼：「不愧為突厥第一勇士，手底果然夠硬，若不是中了毒煙，未必能將他生擒。現在死不低頭，正在前面破口大罵，你看著辦吧！」

「看看去。」夜天凌舉步前行，突然又回頭對冥執道，「過會兒讓黃文尚來帳中見我。」

偌大的校場中央，木頰沙被反綁在一根粗木柱上。此人身形威猛，面色黝黑，身上戰袍雖沾滿血汙，卻無損他渾身剽悍的氣勢，此時因憤怒而鬚髮皆張，更顯得人如鬼神，暴烈似火。

他雙手雙腳都被縛住，高聲叫罵，以示怒意。四周將士因不懂突厥語，即便知道他是在罵人，也不十分清楚罵了什麼。萬俟朔風卻臉色鐵青，手不由自主地按上刀柄，已是忍無可忍，深眸之中殺意冷冷，眼見便要發作。

夜天凌聽到木頰沙言語中盡在怒斥萬俟朔風背叛突厥、忘恩負義，難怪萬俟朔風如此惱怒，轉頭道：「南宮競他們想必已在帥帳等候，你先去吧。」

萬俟朔風知道他一番好意，強忍下心中那股怒火，抬手躬身，話也不說，拂袖而去。

夜天凌緩步走進校場，木頰沙本來正罵得起勁，忽然見有人迎面走來，衣袍似雪，神情如冰，那雙看似清淡的眼睛冷然將他鎖定，竟讓人有種被利箭穿心的感覺，他猛地一愣，到了嘴邊的話就那樣收住。

夜天凌在他面前站定，淡聲道：「你就是木頰沙？」

木頰沙雖從未見過夜天凌，但看這分懾人的氣度亦能猜出他的身分，見他會說突厥語，大聲道：「我就是木頰沙！你用陰險手段將我擒來，不是英雄好漢！我們突厥最看不起這種人！」

他原本料想夜天凌必然大怒，誰知夜天凌冰冷的唇角反而掠起一絲笑意：「不錯，你說得有道理，我即便這樣殺了你，你也不會服氣。」

木頞沙雙目圓睜，瞪著夜天凌：「我自然不服！」

「好，」夜天凌將手一揮，「給他鬆綁，將兵器還給他。」場外玄甲侍衛應命上前，拔劍一挑，斬斷木頞沙身後的繩索，其後便有人將木頞沙的彎刀取來。

木頞沙接過兵器，尚對夜天凌此舉摸不著頭腦。

夜天凌遙望天際漠漠雲沙，片刻之後，轉身再對侍衛吩咐：「取銀槍來。」玄甲侍衛會意，快步離去，不多時，取來一杆雪纓銀槍，恭敬奉上。夜天凌抬手接過來，觸手溫涼的槍桿，光滑如玉，依稀映出熟悉的笑。微銳的鋒芒，似穿透雲霧的光，豪情飛揚，意氣逼人。

挺拔如松，勁氣如霜。

他的手沿著銀槍緩緩撫下，力透之處，銀槍一寸寸沒入腳邊的土地。他鬆開手，面對木頞沙卓然而立，冷冷道：「你若贏得了這杆銀槍，來去任你自由，但若喪命槍下，便只能怪自己無能。本王定會讓你死得心服口服。」

木頞沙久經沙場，在突厥國中更是從無敵手，對兵刃較量毫不放在心上，彎刀半橫，喝道：「你來吧！」

夜天凌傲然道：「你元氣未復，本王讓你三招，三招過後，你自求多福。」說罷負手從容靜立，微風颯颯，吹得他衣角飄搖，一股凌雲霸氣已緩緩散布開來。

木頞沙得獲求生之機，豈會輕易放過，當下大喝一聲，刀光如電，挾著雷霆萬鈞之勢迎面劈向夜天凌。

勁氣撲面，夜天凌負手身後，足下踏出奇步，一瞬間白影晃目，木�沙聲勢驚人的一刀全然落空。

木頞沙不愧為武學高手，竟身不回，頭不轉，刀勢反手而去，第二招又至。

但見電光石火間夜天凌仰身側過，刀光中倏忽飄退，飄然如在閒庭。

木頞沙已然被夜天凌激起凶性，雙手握刀，刀下隱有風雷滾滾之聲，如萬馬奔騰，電閃交集，化作長弧一道，橫劈疾襲。

刀風凜冽，夜天凌遵循三招之約，只守不攻。場中兩人錯身而過，木頞沙刀鋒迅猛，只聽哧地一聲輕響，竟將夜天凌衣襟劃開長痕！

夜天凌眼中異芒精閃，沉聲喝道：「好！」

三招已過！夜天凌忽然單手拍出，化掌為刃，驟然襲向木頞沙胸口。

木頞沙猝不及防，被逼退半步，但隨即猛喝一聲，展開刀勢，勁風烈烈，大開大闔，威猛不可抵擋。

四周玄甲侍衛忍不住紛紛喝采，如此刀法，剛猛無儔，難得一見。

夜天凌空手對敵，意態逍遙，在對手摧肝裂膽的刀風下不急不迫，進退自如。

木頞沙刀下罡風厲嘯，捲得四周飛沙走石擊人眼目。夜天凌身形卻如一葉扁舟逐浪，順勢飄搖，始終於風口浪尖傲然自若。

其身若水，水利萬物而不爭，無形而無處不在，無意而無堅不摧。

木頞沙如此迅猛的刀法原本便極耗內力，與對手纏鬥乃是大忌，他數次搶攻都摸不著夜天凌身法，時間一長，不免心浮氣躁。

便在此時，夜天凌周身忽然像是捲起一個巨大的漩渦，如他寒意幽深的冷眸，一切靠近身邊的東西盡皆被吞噬。

木頹沙心叫不妙，卻為時已晚，夜天凌原本無蹤無跡的勁氣化柔為剛，浩浩然鋪天蓋地，滅頂襲來。

木頹沙的刀便如撞上一堵堅硬的城牆，雙方勁氣相交，木頹沙大退一步。

蛟龍騰空，銀槍入手，隨著夜天凌一聲清嘯，一道白虹直貫天日，黃沙漫天，破雲開霧。

盛亮的陽光自天穹灑照而下，染滿了白衣如風，夜天凌輕輕抬頭，金光刺目，是酸楚的灼痛。

木頹沙彎刀墜地，摀著腹部步步倒退，突然反手將透腹而入的銀槍一把拔出，長聲笑道：「痛快！痛快！」

血箭噴射，橫流身前，四周觀戰的將士們都悚然動容。

夜天凌眸心微波輕翻，緩緩道：「好刀法，好氣魄！」他回頭，木頹沙身子搖搖欲墜，支撐著一晃，撲倒在地，眼見便不能活了。

夜天凌神情漠然，眼底深處卻流露出不易察覺的惋惜，淡聲吩咐道：「傳黃文尚來看看，是否還有救。」

不過片刻，黃文尚匆匆趕來，俯身查看一番，搖頭道：「殿下，傷得太重，已很難救治了。」

夜天凌輕輕揮手，示意玄甲侍衛將木頻沙抬下，卻聽有個清柔的聲音道：「慢著，還有救。」

他轉身看去，見卿塵自眾人身後緩步走出，她低頭靜靜看著木頻沙身前血流滿地，復又抬頭看向夜天凌：「你要救他？」

夜天凌從她眼中看到了一絲冷漠與悲憫錯雜的情緒，似恨非恨，似愁非愁，清利背後偏又帶著柔軟，似一片枯葉，輕輕壓上心頭。方才刀光血影下的那抹凜冽殺氣悄然淡去，夜天凌道：「不必了。」

卿塵凝視他片刻，突然輕嘆一聲，側首道：「黃文尚，你來幫我。」

黃文尚應了一聲，走上前去。

木頻沙在半昏半醒間似乎看到一雙清雋的眼睛正默默注視著自己，那不染鉛華的明淨，如同漠北草原湛藍的天，美玉般的湖水，風吹草低，牛羊如白雲朵朵，一望無際的原野上有野花的清香，靜靜地流淌在最遙遠的夢中。

那雙眼睛離開了他，他眼前的景象漸漸模糊，劇痛從四面八方傳來，黑暗無邊。

血跡在白玉般的手指間綻放成妖冶的花，靜冷的眉眼淡淡，漠然的脣微抿著，三軍將士遠遠圍在校場四周，連一絲聲息也無。

如此重的傷勢，昔日她不能救，今日，她在想了千遍，試了千遍之後，在費盡思慮、耗空心血之後，在多少個夜裡輾轉難眠之後，這用她珍視之人的生命換來的醫術，陰錯陽差，用在了她恨之入骨的人身上。

這個人的箭，奪去了那個與她笑飲高歌的男子。碧落黃泉，一別參商，酒空敬，弦空響，高山毀，流水殤。

知己紅顏，縱雙影相伴，笑傲蒼天，天若有情，從此寂寥。

然而她是醫者，在一個真正的醫者眼前，永遠也沒有見死不救。

各為其主，生死是非盡不同。

不知過了多久，卿塵輕輕吁了口氣，站起身來對黃文尚道：「小心上藥，送到你那裡去照看，若明天能醒來，性命可保。」

黃文尚忙接過卿塵手中的藥，旁邊早有侍衛端水奉上。卿塵轉身淨手，方才一心在傷者身上倒不怎樣，此時放鬆下來，只覺得眼前血腥的氣息格外刺鼻，胸臆間一陣不適，抬手用清水撲了把臉，微微閉目，修眉緊蹙。

夜天凌原本在看黃文尚用藥，此時無意轉頭，突然發現卿塵面色極蒼白，他微覺詫異，低聲問道：「清兒？」

誰知卿塵似沒聽到他的聲音，匆匆轉身，快步便往校場外走去。

夜天凌心覺不對，隨後跟上，卻見卿塵幾乎是急跑了數步，方出校場，便扶住路旁樹木嘔吐起來。

夜天凌急忙上前將她扶住：「清兒，怎麼了？」

卿塵一吐出來，略覺輕鬆，但胃裡翻江倒海的還是難受，輕聲道：「不礙事……是那血腥味太重了。」

夜天凌劍眉緊鎖，待她好些後，小心地將她橫抱起來，命人急召黃文尚來行營。

卿塵怕這樣子在行營裡被人撞見，道：「我自己走，你不用叫黃文尚，我沒事。」卻被夜天凌一眼瞪回去：「還說沒事？」

卿塵身上無力，掙脫不得，只得認命地靠在他懷裡，低低道了句：「有事沒事，我比黃文尚清楚。」

夜天凌不理她，只丟了句「不准說話」，逕自抱她入了行營。黃文尚已趕在後面跟來，上前請脈。

夜天凌在旁看著，見他診了右手，又請左手，眉際隱添不安，正欲開口詢問，黃文尚躬身笑道：「恭喜殿下，王妃這是喜脈。」

話出口，夜天凌先是一愣，黃文尚本以為他是驚喜，誰知他臉色猛地沉下，回身往卿塵看去。

卿塵半闔著雙目靠在榻上，虛弱地對他一笑。

夜天凌盯了她片刻，問黃文尚：「情況如何？」

黃文尚覷見他面色有異，小心答道：「王妃已有兩個多月的身孕，依下官之見，王妃身子弱，向來便怕勞累傷神，此時更須好好調養才是。」

夜天凌聽完後道：「你下去吧。」

黃文尚退了出去，卿塵見夜天凌反身坐在一旁也不說話，頗覺奇怪，輕聲道：「四哥？」

夜天凌聞言轉頭，脣角像往常不悅那般冷冷抿著，目光掃來竟帶怒意。卿塵意外：「你怎麼了？我真的沒事。」

這話不說還好，夜天凌聽了拂襟而起，不由怒道：「這麼大的事妳竟瞞著我？兩個多月的身子，妳跟著大軍轉戰千里，沒事，若有事呢？妳不顧孩子，也不顧自己？」

他突然發怒，實在教人始料不及，卿塵身子不舒服，心中不免有些煩躁，柳眉一挑，欲要反駁他，卻只說了句：「你……」胸中氣息紊亂，忍不住嗆咳起來。「你出去。」她亦惱了。

夜天凌愣住，入登朝堂，出戰沙場，所遇者恭敬畏懼尚不及，有幾個人敢用這種語氣命令他？原本是火上澆油，他不等發作，卻見卿塵掩唇靠在榻前，臉上蒼白的底色因頻頻咳嗽泛起嫣紅，黛眉緊鎖，眸中一層波光清淺，柔軟空濛，楚楚憐人。

他下意識地便上前扶住她，卿塵因咳嗽得厲害，剛剛平息下去的反胃感覺又湧了上來，難過得不想說話。夜天凌處理朝事手到擒來，帶兵打仗無所畏懼，此時卻真有些手忙腳亂，心裡明明驚怒未平，卻又心疼妻子，一時深悔剛才話說得重了，平日裡那些從容沉穩蕩然無存，只輕輕替卿塵撫著後背，盼她能舒服些。

好一會兒，卿塵似是緩過氣來。夜天凌身上清峻而冷淡的氣息尚帶著微風裡絲絲縷縷的春寒，如同冰水初融，山林清新的味道，讓她覺得那股不適漸漸淡去。他穩持的手臂挽在她背後，似乎借此將溫暖的力量帶給她，讓她放心地靠著。

她閉目窩在他臂彎裡，他抬手取過茶盞：「好些了？」

卿塵密密的睫毛抬了抬，賭氣般側身。夜天凌無奈，卻仍舊冷著臉，問她道：「我說錯了嗎？」

卿塵不答話，夜天凌從來沒見她這般發脾氣，奇怪道：「瞞了我這麼久，妳倒理直氣壯。」

卿塵轉身揚眸，回了一句：「你也沒問過，怎麼說我瞞你？」

夜天凌道：「多少日見不到妳，我問誰？」

卿塵道：「你自己不想見，如何又怪我？」

夜天凌沉默了片刻，緩聲道：「我不見妳，是氣妳不知認錯。」

卿塵淡揚著眉，略有些咄咄逼人：「我又哪裡錯了，你這般惱我？」

夜天凌眼底隱有慍怒，冷下眉目：「現在還說沒錯，妳讓我怎麼不生氣？妳可想過，若那一劍收不住會怎樣？妳用自己的身子去擋我的劍，將心比心，換作劍從妳手中刺往我身上，妳心裡又做何滋味？」

他手底一緊，卿塵被往懷裡拉過幾分，她不料聽到的竟是這番言語，悄眼抬眸，只見他峻肅的神情冷冽，看去平靜卻難掩微寒，是真惱了。她輕咬薄唇，這下麻煩，但心頭竟莫名地繞起一絲柔軟，暖暖的，帶著清甜。

夜天凌見她半晌不出聲，低頭。卿塵倏地垂下眼眸，忍不住，又悄悄自睫毛底下覷他。夜天凌就這樣看著她不說話，穩如泰山般，目光卻不教人輕鬆，她無奈，輕聲道：「那一劍我若是不擋，你就沒想過後果嗎？你真刺了下去，怎麼辦？」

那一劍她若是不擋呢？

夜天凌微微抬頭，目光落在身前空曠處。靜謐的室中傳來幾聲鳥鳴，春光透過微綠的枝頭半灑上竹簾，逐漸明媚，如同陽春三月的大正宮。

那是曾經一起讀書習武的兄弟，曾研棋對弈，吟詩潑墨，一朝風流冠京華；曾輕裘遊獵，逐鹿嘯劍，縱馬引弓意氣高。

也爭，也賭，也不服，然而年年閒玉湖上碧連天，凝翠影，醉桃夭，鬥酒十千恣歡謔，擊築長歌，月影流光。

多少年不見閒玉湖的荷花，如今曲水流觴逐東風，舊地故人，唯餘空盞斷弦。

若那一劍她不擋呢？他真的刺得下去嗎？夜天凌低頭看向自己的手，啞然失笑。他眼中的清寂極淡極輕，默默無語，流落在那絲笑中，如輕羽點水，飄零無痕。那時的心情，只有旗鼓相當的對手才當得起，他也只想到七弟一個人。

一縷青絲自卿塵髮間流瀉，糾纏在他指尖，他輕輕將她的髮絲綰起：「清兒，不必為我做什麼，甚至不必去想那些事，妳只要在我身邊就好。」

卿塵溫柔看著他：「同甘不共苦，那怎麼叫夫妻呢？」

夜天凌微微一笑，搖頭道：「陪著我，相信我，便足夠了。」

他的眼中倒映著她的容顏，她望著他，側頭靠在他胸前，笑說：「你把事情都做了，那我做什麼啊？」

夜天凌輕笑一聲：「妳啊，照顧好本王的兒子。」

卿塵鳳眸輕轉：「誰說是兒子，難道女兒不行？」

夜天凌冰冽的眼底有寵溺的柔和，道：「好，女兒，妳說是女兒便是女兒。」

卿塵失笑，突然撫著胃部皺眉。夜天凌緊張地看著他，眼中滿是詢問。卿塵苦著臉：「我覺得……餓了！」

夜天凌怔了怔，隨即笑著將她從榻上抱了起來，大步往外走去：「千月坊的點心是沒有了，去看看有什麼合妳胃口。」

卿塵驚道：「這樣怎麼行！」

夜天凌大笑，不理她抗議。廊前一陣淺笑嬉鬧，遙遙送入陽光媚麗，暖風微醺，已是春來。

第一〇七章　樹欲靜而風不止

春風暗度玉門關，關外飛沙，關內輕柳，野花遍地閒。如雲的柳絮，紛紛揚揚，似天際的飛雪濛濛，又多了暖風繾綣，撲面而來，繞肩而去，微醺醉人。

此時的天都應是淺草沒馬蹄，飛花逐水流的春景了呢。卿塵閒坐中庭，半倚廊前，抬手間一抹飛絮飄落，輕輕一轉，自在逐風。

身前的烏木矮案上散放著素箋竹筆，通透溫潤的玉鎮紙輕壓著箋紙一方，微風流暢，如女子纖纖玉手掀起紙頁輕翻，偷窺一眼，掩笑而去。

雪戰湊在卿塵身邊窩成一團，無聊地掃著尾巴。雪影不知跑到哪裡去嬉戲，轉瞬溜回來，一跳，不料踩到那翠鳥鳴春的端硯中，小爪子頓成墨色。往前走去，雪箋上落了幾點梅花小印。卿塵揚手點牠腦袋，牠抬爪在卿塵手上按了朵梅花，一轉身便溜了個不見蹤影。

卿塵哭笑不得，便將那箋紙收起來。雪戰本來安穩假寐，無奈雪影總在旁打轉，鬧得牠也不能休息，爬起來伸了個懶腰，突然間豎起耳朵。

卿塵仍闔著眼，入耳若隱若現的馬蹄聲，馬兒輕微地打著響鼻，夾雜寥寥數語的交談，劍甲錚錚，在靴聲間磨蹭碰撞，驚得飛鳥唧喳。她可以想像有人大步流星穿過庭院，飛揚的劍眉，墨黑的眸子，削薄的唇帶著一絲堅毅，正配那輪廓分明的臉龐。

唇邊一縷笑意還不及漾起，他清冷而熟悉的氣息便占滿了四周。卿塵微微睜眼，夜天凌低頭看著她，星眸深亮，薄唇含笑。

她懶懶地起身，夜天凌握了她的手：「外面還涼，不要坐得太久。」他將自己的披風解下，往她身上一罩，挽著她入內去：「今天好嗎？」

卿塵微笑道：「好，沒想到你這麼快回來了。」

可達納城破之後，天朝駐軍此處，以為大營，同時出騎兵穿瀚海，趁勢發兵西突厥。

夜天凌此次親自領兵，在堯雲山大敗西突厥的軍隊，斬敵兩萬有餘，俘虜三萬人，其中包括西突厥右賢王赫爾薩和射護可汗的大王子利勒。西突厥經前年一役敗北之後，國疲兵弱，大片土地被東突厥借機占領，此時面對玄甲鐵騎無異以卵擊石。

可達納城破當日，因有木頞沙拚死斷後，始羅可汗僥倖得以逃脫，流亡西突厥。

當初虞夙為抵抗天朝大軍，暗中拉攏東西突厥暫修友好，歃血為誓，訂下三分天下的盟約。此時虞夙兵敗身亡，盟約便成了一紙空文，射護可汗記起多年宿怨，耿耿於懷，當即發兵追捕始羅，將其生擒活捉。

如今天朝揮軍臨境，玄甲軍餘威未消，再添連勝，西突厥一國上下人心惶惶，朝中眾臣皆以為戰之必敗，不如求和。

射護可汗亦覺走投無路，只得遣使者押送始羅面見凌王，請求息戰。

使者入營遞上降表，夜天凌峻冷睥睨，不屑一顧，若非兩國交戰不斷來使，早已翻臉無情。但始羅可汗卻沒那麼幸運，當庭便被斬首祭旗，稱霸漠北數十年的一代雄主，含恨殞命。

西突厥使者嚇得癱軟在地，夜天凌擲下話來：「給你們五日時間調軍備戰，最好準備充足，別讓本王失望！」

使者撿得性命，屁滾尿流地倉皇回國。射護可汗得知回覆，仰天悲嘆，天亡突厥！

卿塵隨夜天凌入了室內，卻仍覺得身上懶懶無力，便隨意靠坐在榻前。夜天凌自己動手脫去甲冑，仰面躺在她身旁，閒散地半閉雙目，渾身放鬆。

卿塵以手支頤，凝眸看著他，只覺他今日心情似乎格外好，都不像是帶了兵剛回來的人，清俊而愉悅的眉目，看得人暖融融，笑盈盈。秀髮散落身前，她玩心忽起，牽了根髮絲欲癢他。他看似毫不察覺，卻在她湊上前的一剎那大力將她攬至懷中。

「哎呀！」卿塵驚聲失笑，揮拳捶他，夜天凌笑道：「轉什麼壞心思？」

卿塵撇嘴，枕著他的手臂尋了個舒服的姿勢，夜天凌胳膊收緊，拉她靠近自己。卿塵奇道：「今天遇著什麼事了，這麼好心情？」

夜天凌愜意地揚起唇角：「也沒什麼，回來時和萬俟朔風深入堯雲山，沿途逐草馳騁，十分快意。堯雲山往西相連昆侖，山湖連綿，雲霧繚繞，景色奇特。聽說一直西行，冰封千里處有湖水經年不凍，縹緲似仙境一般，被柔然族稱為聖湖。原來母妃未嫁時常在山中遊玩，我帶了堯雲山的山石回來，回天都送給母妃，她說不定會喜歡。」

卿塵道：「你該再去聖湖盛一罐水，有山有水，便都全了。」

夜天凌搖頭：「我沒往聖湖那邊去，等妳身子方便了我們再去。清兒，天高地廣，任我笑傲，那時我要妳和我一起。」

卿塵柔聲道：「好，上窮碧落下黃泉，都隨你就是了。」

夜天凌笑說：「人間美景無盡，足夠妳我縱馬放舟，黃泉就不必了。」

卿塵仰面看著帳頂，一邊笑著，一邊哼唱：「你我相約定百年，誰若九十七歲死，奈何橋上等三年……」低柔的嗓音，婉約的調子，如芳草清新的江南，一枝梨花春帶雨，小橋流水，鶯燕芳菲。

夜天凌聽著，轉頭盯著她笑問：「不是說了上窮碧落下黃泉都隨我，怎麼還讓我等？」

卿塵道：「怎知道是你等我，若我等你呢？」

夜天凌微皺了眉，道：「這話我不愛聽。」

卿塵道：「那你說的我也不依。」

夜天凌故作肅冷，將臉一沉：「冥頑不靈，不可教也！」

卿塵做了個鬼臉：「免談了！」

兩個人四目相投，對視不讓，突然同時大笑起來。卿塵俯在夜天凌身上鬧夠了，兩人止了笑，四周漸漸變得極為安靜。

羅帳如煙，籠著綺色旖旎，卿塵只覺得夜天凌看過來的目光那樣清亮，似滿天星輝映著湖波清冽，他淡淡一笑，那笑中有種波瀾湧動，任是無情也動人。

意外地感覺到他的心跳如此之快，她微微一動，忽然臉上浮起一抹桃色媚雅。

夜天凌啞聲低語：「不是說過了三個月便不礙事了嗎？」

卿塵輕輕點頭：「你輕點兒，別傷著孩子。」

夜天凌小心翼翼地撫上她的小腹，俯身看著她，那專注和深沉幾欲將人化在裡面，切實的熱度在人心底攪起瀲瀲灩灩的暖流，教人無處可逃。

一縷烏髮縈繞卿塵耳畔，雪膚花貌，明媚動人。夜天凌目光在她臉上流連片刻，俯身吻上她柔軟的唇，卻聽外面衛長征的聲音傳來：「殿下！」

夜天凌一怔，無奈地撐起身子，卿塵挑眉看他，不由掩唇而笑。

夜天凌瞪她一眼，清了清聲音：「什麼事？」

衛長征回道：「白夫人她們已到行營。」

「哦，」夜天凌道，「知道了，讓她們過來見王妃。」

衛長征應聲而去，卿塵詫異道：「白夫人？」

夜天凌笑道：「走，看看去。」

兩人步出內室，白夫人、碧瑤帶著幾個年輕些的侍女早已等候在外，紛紛上前問安。

碧瑤見了卿塵，快步上前叫聲郡主，滿面喜色，白夫人等亦笑得合不攏嘴。卿塵對夜天凌道：「你把白夫人她們都接來，竟也不事先告訴我一聲。」

夜天凌笑了笑，道：「是皇祖母得了喜信著急，本打算先送妳回天都，但沿途又不放心。白夫人是宮裡的老人了，照顧起來穩妥，碧瑤又是跟妳慣了的人，有她們在身邊，凡事都方便些。」

白夫人打量卿塵著一件月白雲錦羅衣，外罩一襲水藍色透青雲裳，眉目從容，潛靜含笑，雖三個多月的身子還不太明顯，但細看下人已比先前在天都時豐腴了些許，眼底不期流轉的那絲嬌媚神韻更似杏花煙潤，粉荷垂露，分外動人，她笑問道：「王妃身子可好？太后娘娘百般不放心，特地讓宮裡兩個有經驗的女官一併前來，過會兒便來見王妃。」

卿塵微笑道：「這可真是勞師動眾了。」

碧瑤正命侍女們將帶來的東西送進來，回頭道：「太后和皇上、皇后娘娘宮裡都有恩賞。啊，對了，」她自懷中取出一樣東西交給卿塵，「這是貴妃娘娘讓冥魘送來的。」

卿塵伸手接過，有些好奇。打開牡丹色的輕絹，手心是一個平安符，看去顏色已有些古舊，普普通通的緞面，平織雲紋，打著如意結的絛子，尋常佛寺中都能見到。

白夫人在旁看著，突然道：「這……是不是殿下兒時戴過的那個？」

夜天凌皺了眉，略有些迷茫：「什麼？」

白夫人笑道：「看著像是，不過殿下當初好像是弄丟了，我也說不確切。」

卿塵鳳眸淡揚，揶揄他道：「這麼丟三落四？」

夜天凌輕輕一笑，笑中有些黯然。若不是白夫人提起，他還真不願記起這個平安符。

是十歲那年的生辰，依天家慣例，皇子們生辰向來要在母妃宮中賜宴。然而蓮池宮終年的冷清並未因四皇子的成長而有絲毫改變，身為母親的蓮妃，如瑤池秋水寂冷的冰色，日復一日，年復一年，拒人於千里之外。

於是像往年一樣，賜宴設在延熙宮，因著太后的寵愛，席間熱熱鬧鬧，夜天凌亦頗為開心，直到蓮池宮來人，送上了這道平安符。

朱漆描金的圓盤，暗黑的底子托著這麼一道吉符。內侍上前接過來送到面前，近旁也不知是誰悄悄說了句：「尋常佛寺到處都有，宮外有點頭臉的人家都不去求這樣的吉符，蓮妃娘娘夠不經心了。」

卻更有人接茬：「往年連這也沒有，今年倒奇怪。」

極輕的數句閒話，偏聽在了夜天凌耳中，年少氣盛的他按捺不下心中那股傲氣，宴席剛剛結束便獨自闖去了蓮池宮。

說「闖」，是因為蓮妃的侍女傳了「不見」的話出來，他聽了更添氣惱，逕自大步入內。輕煙薄霧般的垂紗後，他豔絕六宮的母妃半側著身，他看不清她臉上的神情，那今日月無光的容顏遙遠而陌生，仿若隔著萬水千山。

青蓮纏枝的香鼎，迷濛的淡煙，嫋嫋纏繞。

不知為何，那一刻，衝動的怒氣忽而不再，取而代之滿心的蒼涼，他在空曠的大殿中站了片刻，將那平安符放下，頭也不回地離開。

轉身的剎那，蓮妃在幕紗內凝眸相望，那靜漠眼中的情緒他當時未懂，多年來都是心中徘徊的困惑。

那是記憶中唯一一次踏入蓮池宮，當年秋天他隨衍昭皇兄初經疆場，自那以後開始屢屢征戰，便是天都亦去多留少了。

卿塵拿起這個平安符，只覺得入手沉甸甸的，似有些不同。她仔細打量，發現這吉符竟是個小袋子，倒置過來輕輕一頓，竟從裡面掉出了另外一個吉符。

銀線織底，精工細作，不同於一般的工藝，兩個小小的和田玉墜，雕成精緻的雙鎖繫在柔順的絲絛上，似曾經無數次的撫摸而呈現出潤雅的光澤。半寸見方的吉符，正反面都用純金絲線繡了幾個小字，不是漢字，她不懂，抬頭去看夜天凌。

夜天凌伸手接過來，一見之下，心中震動。那是柔然的文字，正面繡了「喜樂安康」，反面正是他的生辰。一針一線，絲絲入扣，帶了歲月的痕跡，深刻而繁複。他一時間心潮翻湧，幾難自持，將平安符握在掌心，微微抬頭躲避了卿塵探詢的目光。

昔日孤傲的少年，怎會猜透母親的心？他甚至沒有耐心去發現那分深藏的祝福。而如今，他願用漠北廣袤的土地和天朝的盛世江山博母親一笑，但願從此慈顏舒展，得享歡欣。

過了許久，夜天凌心中情緒稍稍平復，他垂眸，伸手掠起卿塵散在肩頭的長髮，將平安符替她戴在頸上。

卿塵道：「是給孩子的嗎？」

夜天凌點頭：「嗯。」

「那你怎麼戴在我身上？」

夜天凌緩緩一笑：「是母親給孩子的。」

卿塵聽得糊塗，待要再問，見衛長征自外面進來，像是有事，便暫且放下了話題。

白夫人和碧瑤知道定是有事要談了，一併告退。衛長征上前回道：「殿下，前幾日長定侯上書彈劾邵休兵，而後秦國公抖出軍中大將涉足私鹽買賣的諸多證據，朝中有旨，命革除鍾定方、邵休兵、馮常鈞三人軍銜，即刻押送回京受審。」

「哦？這麼快？」夜天凌眉梢微挑，「那邊怎麼說？」

衛長征道：「湛王殿下沒有任何吩咐，只調派了其他人督運糧草。不過聽回來的人說，鞏思呈之前曾懇求湛王設法保全三人，想是未得應允。」

卿塵反身坐在一旁，脣角淡笑冷冷。鞏思呈聰明一世，糊塗一時，他千錯萬錯，就錯在不該擅作主張。夜天湛溫文風雅，但絕不表示他可以任人擺布，在某些需要的時候，他的絕情狠辣未必遜於夜天凌。邵休兵等三人是決計保不住了，鞏思呈也算略有眼光，想必已看到了今後的路。

夜天凌點了點頭，問衛長征道：「糧草到了多少？」

衛長征道：「第一批已過薊州，大概最遲後日便可抵達。湛王殿下接連召見了諸州巡使，親自督辦，想必不會耽誤五日後發兵突厥。」

夜天凌淡淡道：「很好。」

此時外面遠遠傳來些喧譁聲，夜天凌一抬眸，眉梢微緊。衛長征轉身出去，叫過當值侍衛一問，回來道：「殿下，是侍衛們在和木頰沙較量武藝。說起來木頰沙傷勢已痊癒，該如何處置，還請殿下示下。」

夜天凌沉思了片刻：「帶他來這裡見我。」說罷一停，看了看卿塵，再道，「去行營吧。」

卿塵微微一笑：「人都救了，你還怕我不高興嗎？帶他過來吧。」

夜天凌一揚脣角，對衛長征示意，不過片刻，衛長征帶了木頦沙進來。

木頦沙入內後也不跪拜，也不行禮，昂首站著，與夜天凌對視。夜天凌只不動聲色地抬了抬眸，過了一會兒，木頦沙有點耐不住，皺眉一轉頭，冷不防看到卿塵坐在近旁不遠處。

一雙清靈的眼睛，靜靜地看著他。他猛地一呆，張了張嘴，突然用生硬的漢語道：「多謝王妃那天救我性命！」

卿塵黛眉輕掠，淡然看過去，僅僅笑了一下，未言。

木頦沙恭恭敬敬地行了個禮，便對夜天凌大聲道：「你的武功我服了，你的王妃也救過我的命，但是你想要我歸順天朝，我卻不肯，要殺要剮，你痛快些吧！」

夜天凌俊眉輕揚，似笑非笑：「你這一身功夫，倘若殺了，還真有些可惜。」

木頦沙道：「你想怎樣？」

夜天凌道：「我倒很想知道，你為何不肯歸降天朝？」

木頦沙冷臉道：「你要我替你打仗，去殺突厥人，我自然不肯。」

夜天凌道：「我什麼時候說過要你上陣打仗，這仗你打不打，突厥的結局都是一樣。」

木頦沙道：「不打仗，幹什麼？」

夜天凌道：「我隨身近衛中一直少名副統領，你可有興趣試試？」

木頦沙不由得瞪大了眼睛，愣了半天方問道：「你……你敢用我做近衛副統領？」

夜天凌淡淡道：「為何不敢？」

木頦沙道：「難道你不怕我刺殺你？」

夜天凌道：「我既用你，便不做此想。」

木頦沙尚未答話，衛長征上前一步，匆忙勸道：「殿下……」

夜天凌抬眼掃去，他話便沒說下去。王府近衛向來負責凌王與王妃的安全，責任重大，非極為可信之人不便任用。木頦沙身為敵將，一旦真有行刺之心，後果不堪設想。衛長征焦急地看向卿塵，想請她勸阻夜天凌，卿塵笑了笑，微微搖頭，示意他稍安勿躁。

木頦沙此人是名良將，要用，也只有如此招募。他既惜此人才，她豈會從中阻撓？他要救，她便救；他要冒險，她便陪他冒險就是了。

終於，木頦沙沉默了許久後，道：「我現在知道可汗為什麼敗在你手中了。」

夜天凌傲然一笑，那目光早已將他看得通透：「我給你三天時間考慮，三天之後，你去留自願。」

木頦沙問道：「你不殺我？」

夜天凌道：「我沒有濫殺的習慣。」

木頦沙沉思過後，抬頭道：「我與可汗喝過血酒，生死只忠於可汗一人。我雖然佩服你，但你是可汗的仇人，也是突厥的仇人，你今天不殺我，將來我也不能再找你報仇，但也絕不會投降於你！你現在便是反悔要殺我，我也還是這句話！」

夜天凌朗聲笑道：「好漢子！我夜天凌又豈是言而無信之人？長征，給他馬匹，送他出大營，任何人不得為難。」

衛長征大鬆了口氣，高聲應命。木頦沙退出時走了幾步，突然回身以手撫胸，對夜天凌行了個突厥人極尊貴的重禮，方才離去。

衛長征走到中庭，迎面有侍衛帶著個人匆忙上前：「衛統領，天都八百里急報！」

衛長征見是急報，不敢怠慢，再看信使的服飾竟是來自宮中，彼此招呼一聲，即刻代為通報。

信使入內奉上急報，卿塵見八百里加急用的白書傳報，心中隱隱不安，卻見夜天凌拆開一看，神情遽變，竟猛地站了起來。

很少見他如此失態，卿塵著實吃了一驚，忙問道：「四哥？」

如雪的薄紙自夜天凌手中滑落，她低頭只看到四個字：蓮貴妃薨。

第一〇八章 子欲養而親不待

細雨霏霏鋪天蓋地，風一過，斜引廊前，紛紛揚揚沾了滿襟。

遠望出去，平衢隱隱，杳無人蹤，千里煙波沉沉，輕舟獨橫。夜天灝立在行驛之前，看向風平水靜的渡口，綿綿密密的小雨已飄了幾日，幾株粉玉輕盈的白杏經了雨，點點零落，逐水東流。江邊經歷了多年風雨的木棧之上亦綴了片片落櫻，素白一片，恰如天都全城舉哀的清冷。

夜天灝微微嘆了口氣，自古紅顏多薄命，想那蓮貴妃豔冠天下，風姿絕世，卻如今，花落人亡，紅消香斷。

凌王他們說是今日到天都，卻已過晌午仍不見船駕，想是因為風雨天氣，卿塵又不能勞累，所以便慢了些。

夜天灝儒雅溫文的眉宇間覆上一層陰霾，使他整個人看起來比往昔多了幾分滄桑與穩重，那深深的擔憂在遠望的目光中卻顯得平淡。

是自盡啊！蓮池宮傳出這消息的時候，正逢早朝議政。他沉穩如山的父皇，高高在上、威嚴從容的父皇，幾乎是踉蹌著退朝回宮。

大正宮內掀起軒然大波。眾所周知，前一日在御苑的春宴上，蓮貴妃因態度過於冷漠，惹得殷皇后十分不滿，不但當眾沒給好臉色看，更是冷言斥責了幾句。

蓮貴妃當時漠然如常，誰料隔日清早卻被宮人發現投繯自盡，貼身侍女迎兒亦殉主而去。

冷雨瀟瀟彌漫在整個蓮池宮，深宮幽殿，寒意逼人。蓮雕精緻，美奐絕倫，幕簾深深，人去樓空，幾絲冰弦覆了輕塵，靜靜，幽冷。

天帝勃然怒極，痛斥殷皇后失德，幾欲行廢后之舉。殷皇后又怨又恨，氣惱非常，三十年夫妻，三十年恩寵，雖說是母儀天下享尊榮，到頭來錦繡風光盡是空。鏡中花，水中影，蓮池宮中那個女人才是真正集萬千寵愛於一身，奪了日月的顏色，直教後宮粉黛虛設。

廢后，非同小可的事，舉朝譁然。

殷皇后自天帝龍潛之時便隨侍在側，素來品行無差，豈能因一個本就不該出現在大正宮的女人輕言廢黜？

殷家一派接連上奏規勸，以期平息天帝之怒，而朝中自然不乏別有用心者，意圖扳倒皇后這個殷家最硬的靠山，一時間紛爭激烈。

出乎所有人的意料，此時最應該落井下石的中書令鳳衍卻上了一道保奏皇后的表章。

當年孝貞皇后在世時，尚為貴妃的殷皇后與之明爭暗鬥，鳳家與殷家各為其主，難免互不相讓。本來鳳家因孝貞皇后位居中宮，頗占上風，但自孝貞皇后去世後，殷皇后執掌六宮，一時無人蓋其鋒芒，殷家水漲船高，時常壓制著鳳家。現在有如此良機可以扳倒殷皇后，殷家本最擔心的便是鳳衍借題發揮，誰知他竟上了這麼一道表章。

言詞懇切，情理並茂，如同一個平坦的臺階送到了天帝面前。輔國重臣的話，分量還是非同一般，群臣眾議，順勢而止。

衛宗平事後回思，不由冷汗涔涔，鳳衍啊，他是早看出天帝不過一時遷怒，並非決意廢后，將聖意揣摩在心，通透到了極致，如此千載難逢的機會亦能放手，必是有了更好的決斷。鬥了這麼多年，他此時竟忽有力不從心的感覺！

群臣卻更看得清楚，就如當初一意孤行、娶嫂為妃一樣，從登基至今，蓮貴妃在天帝心裡的分量始終沒變，因此便有不少人想到了凌王與儲位。

但蓮貴妃畢竟不在了，皇后雖然受了委屈，卻想來也合算。母妃薨逝，做皇子的無論身在何處必要回京服喪，漠北戰事已箭在弦上，如此一來，幾十萬兵馬的指揮權便盡數落在了湛王手中。比起那反覆無常的恩寵，這是實實在在的兵權。

斜雨撲面而來，一陣微涼。侍衛輕聲提醒：「殿下，不如到驛館裡面等吧，凌王殿下他們想必還要過些時候才能到。」

夜天灝點了點頭，卻只隨意踱了數步，突然記起身後尚有禮部、皇宗司等一起前來的幾名官員陪著，便對侍衛道：「請幾位大人入內吧，不必都候在這裡。」

然而他不走，自然無人移步，他微微一笑，便負手往裡面先行去了。

驛館內早已備了熱茶細點伺候，夜天灝只端了茶盞沾沾脣便放下了。或許因為畢竟帶著喪事，眾人顯得有些沉悶，但多數心裡都在掂量著即將回京的凌王，偶爾有人低聲交談幾句。

朝野上下對皇族妄加猜測的事夜天灝早已見怪不怪，他只安靜地坐在那裡握著茶盞，平和的眼睛始終望向窗外。

細雨輕揚，眼見是要停了。他無聲地嘆了口氣，不知四弟回來會做何打算。天家這無底的深潭，處處透著噬人的漩渦，他自裡面掙扎出來，是經了徹骨的痛，捨了多少人夢寐以求的東西，便如此也還是常常不得安寧。這條路是難見盡頭的，若沒有冷硬如鐵的心志，那便是一片令人絕望與瘋狂的死域。

「殿下。」侍衛的聲音打斷了夜天灝的沉思，「凌王殿下的船駕已經到了。」

終於到了，夜天灝起身，快步向外走去。

雨勢已收，天空中陰雲濛濛，緩緩隨風而動，江水滔滔，不時拍岸。兩層高的座舟在其他小船中顯得格外醒目，夜天凌正回身親自扶了卿塵下船，輕風颯颯中，一身白衫修挺俊冷。

「四弟！」

夜天凌轉身，攜了妻子上前見過皇兄。夜天灝抬手虛扶一下：「原以為你們上午便該到了，路上可好？」

夜天凌道：「有勞皇兄惦念，一路順利。」

卿塵安靜地立在夜天凌身邊，身上搭著件雲色披風，容顏清瘦，烏鬢斜綰，唯一一件水色玉笄襯在髮間，周身素淡。皇宗司來人已將孝衣備好奉上，白麻斬榱，按例制母喪子歸，尊禮成服，是要先戴了孝儀才能入天都。

捧著孝儀的內侍趨前跪下，恭請凌王與王妃入孝。夜天凌垂眸看了看：「不必了。」聲音漠然。

皇宗司與禮部的官員在旁聽著，同時一愣，雖說凌王與王妃都是一身白衣，但畢竟不是孝服，於情不符，於禮亦不合。

「殿下……這恐怕……」禮部郎中匡為謹慎地提醒了一聲，被夜天凌抬眼看來，心底微凜，頓住，後半句嚥回腹中，便轉眼去看夜天灝。

夜天灝雖心知四弟與蓮貴妃素來隔閡，卻對他這番絕情也著實無言，沉吟一下，對匡為輕輕揮手，命他退下，問夜天凌道：「貴妃娘娘已移靈宣聖宮，四弟是先回府，還是先去宣聖宮？」

夜天凌轉頭看向卿塵，卿塵正自輕浪翻湧的江面上收回目光，與他略帶關切的眼神微微一觸，道：「去宣聖宮。」

夜天凌略作思忖，點頭道：「如此便請皇兄與他們先回吧。」

＊

蒼穹低沉，烏雲細密，金瓦連綿的宣聖宮似是隱在輕霧濛濛的陰霾中，寂靜而肅穆。殿前殿後，原本雪壓春庭的梨花早已過了花期，隨著幾日淅淅瀝瀝的雨，滿園凋謝，零落成泥。

所有的內侍宮娥都被遣退，越發顯得這宮殿庭院寂靜無聲。朱欄撐著飛簷，孤單地伸向灰濛濛的天空，清冷的白玉石階被雨水沖洗得分外白亮，看過去，略微有些刺目。

卿塵與夜天凌一同行至殿前，舉步邁上玉階。夜天凌走得極慢，沉默地看著前方，這神情看在剛剛退出去的內侍眼中只是平靜異常，身不披孝，面無哀色，唯有無盡冷然。

邁上最後一層臺階，夜天凌突然停步不前，卿塵多走了一步，回身看他。只見他抬手扶著白玉欄杆，站在了大殿門外，猝然閉目。他的手握成拳，狠狠砸在冰冷的玉欄之上，一縷鮮紅的血液很快自他的指間蜿蜒而下，在飛雲繚繞的雕欄上勾勒出一道血痕。

「四哥！」卿塵輕呼一聲，握了他的手迫他鬆開，他掌心是一朵晶瑩的蓮花玉墜，淨白的蓮瓣沾染了血色，刺目妖嬈。

卿塵忙自懷中取出絹帕替他包裹傷口，心疼至極，卻又不忍出言責備他。夜天凌一動不動地看著她纖細的手指交錯在絹帕之間，一點刺痛的感覺此時像湧泉噴薄，極快，而又極狠地覆沒了他所有的意識，就連呼吸都覺得困難。

他下意識地握拳，卿塵手指輕輕放入他的掌心，阻止了他的動作。她柔聲道：「四哥，你握著我的手。」

隔著絹帕依然能感到卿塵手心柔和的溫度，夜天凌平復了一下情緒，終於看向她，啞聲道：「清兒，我不進去了，妳幫我……把這個蓮花玉墜給母妃。」

卿塵並不反對，徒增傷悲，何苦相見，她將玉蓮花上的血跡仔細擦拭乾淨：「母妃看了會心疼。」

夜天凌緊抿著脣，緩緩轉身，卿塵便獨自往大殿走去。

蓮貴妃的棺柩用的是寒冰玉棺，整塊的寒冰玉石稀世難得，皇族沒有這樣的先例，連當年孝貞皇后大喪也無此殊榮。但是天帝降旨之後，舉朝上下竟無人反對。

或許真正在每個人的心中，也唯有蓮池宮中無雙的容顏配得上這玉潔冰清，或許人人也都想將這絕代的風姿留存，任歲月無情，滄桑變幻，這沉睡的美麗，永遠都不會老去，永遠都不會凋零。

清透的寒冰之後蓮貴妃靜靜地躺著，明紫色的宮裝朝服襯得她肌膚勝雪，眉目如畫。卿塵放輕了腳步，似乎生怕將她從那片沒有紛爭和痛苦的夢中驚醒，她輕闔的雙目是墨色分明的淺弧，紅脣淡淡依稀帶著微笑，這安然的睡顏美好如斯，安寧如斯。時間在冰封般的玉石背後停止了步伐，悄悄地將那風華絕代留駐永存。

白幔輕舞，深深幾許。

卿塵俯身鄭重地在靈前行了孝禮，輕聲道：「母妃，我和四哥回來了，您別怪四哥不進來看您，他心裡難過的時候是要自己靜一靜才過得去。有件事情您聽了一定會高興，四哥將日郭城從突厥手中奪回來了，他還去了堯雲山，帶了禮物給您。我們在漠北遇到了一個人，他叫萬俟朔風，是柔然族六王子的親生骨肉，也是柔然現在的首領。柔然沒有亡，漠北的大地早晚有一天會在四哥和萬俟朔風的手中變得繁榮富饒，母妃，您放心吧。」她站起來，取出那朵蓮花玉墜，細長的銀鍊碰撞著冰玉，輕微作響：「這是萬俟朔風託我們帶給您的，柔然沒有恨您，萬俟朔風說過，您永遠是柔然最美的女子，是他們的茉蓮公主。」

卿塵走到寒冰玉棺前，靜立了片刻，抬手撫上了那層冰冷的棺蓋，稍一用力，棺蓋便緩緩地滑動打開。輕渺的霧氣繚繞逸出，刺骨的寒意頓時撲面而來，她微微打了個寒顫，將蓮花玉墜輕輕放在蓮貴妃胸前，接著又小心地握著銀鍊替她戴好。誰知蓮貴妃原本交疊的衣領被牽動，露出了修長的脖頸，於是一道縊痕便顯了出來。

極淡的縊痕，卻在這雪膚花貌的安寧中格外觸目驚心，卿塵心中一陣酸楚，不忍再看，忙抬手去整理，卻突然手下一頓，停在了那裡。

那縊痕是白練所致，並不十分明顯，她猶豫了片刻，皺眉沉思，稍後像是做出了什麼決定，重新將蓮貴妃的衣領解開，仔細地看了下去。

縊痕延伸，交於頸後！而在這道略呈郁椒色的縊痕旁邊，尚有一道青白色、幾乎不見血印的痕跡。卿塵猛然震動，這絕不可能是懸梁自盡留下的，分明是有人從後面勒緊了白練，然後偽造成自縊的假象，又設法將人空懸，才會有這樣兩道不同的縊痕。

她幾乎無法相信眼前這個推測，一時間呆立在當場，直到玉棺越發冰冷的寒氣使她覺得有些受不住，她才微微顫著手將蓮貴妃的衣衫整理好。她扶著玉棺強壓下心中震駭，眸中逐漸浮起冷冷寒意。是他殺，這些日子她一直想不通蓮貴妃怎會因殷皇后幾句斥責而尋短見，這一切竟都是有人在謀劃。

是殷家嗎？她心中立刻掠過了這樣的想法，隨即便予以否定。她所認識的夜天湛雖有他的謀略與果決，卻絕不會用這樣的法子奪取軍權。雖然殷家有可能從中作梗，但自從出了雁涼的事情，夜天湛真正發了狠意。冥衣樓暗中得到的消息，夜天湛不知用了什麼法子整飭了殷家。面對他的決然，就連殷皇后都未敢干涉，這次邵休兵等幾員大將被順利懲處便是一個很好的例子。

譽滿京華的湛王仍舊翩翩文雅，但他溫和背後那把銳利的劍已然出鞘，他首先面對的不是咄咄逼人的對手，而是已不堪重用的腐朽士族、高楣門閥。就連夜天凌亦對此暗中讚佩，畢竟，這一棵盤根錯節的大樹，不是所有人都有膽魄和能力如此處理，更何況稍不留神便會反累自身。夜天湛幾乎以完美的手段做到了這一點，目前的殷家、靳家以及衛家正一步步握在他收緊的掌心，逐漸容不得他們有半分掙扎。

如果不是湛王這邊的人，那麼又會是誰？是什麼人竟會用如此狠絕的手段，他們又為什麼會選擇對蓮貴妃下手？

卿塵秀眉微攢，原本奉命留在蓮池宮的冥魘自出事之日就失去了蹤跡，冥衣樓多方尋找，卻至今不見消息。冥衣樓要找的人居然石沉大海，這本就是極不尋常的事，何況這個人是冥魘。

蓮貴妃薨，生生阻攔了夜天凌平靖西北的步伐，更讓夜天凌與殷家、甚至湛王之間再添新恨。這是坐山觀虎鬥的布局，卿塵暗自想著，卻又隱約覺得有什麼地方不對。只是除此之外，她找不出有人要殺蓮貴妃的動機。最重要的是，是什麼人會這樣清楚蓮貴妃對夜天凌意味著什麼？

四周寒意越來越重，卿塵微微咬唇，快步往外走去。一出殿外，便見夜天凌背著身子站在臺階的最高處，天空中烏雲壓得格外低，他孤獨地站在那灰色的蒼穹之下，單衣蕭索，一身清冷。

冷風推著雲層緩緩移動，幾絲殘花捲過，零星仍見點點雨絲。

夜天凌聽到了卿塵的腳步聲，卻沒有回頭，他一動不動地凝望著那毫無色澤的天穹，眼中是一脈深不見底冰封的孤寂。

「四哥。」

風微過，涼意透骨，卿塵聽到夜天凌用一種緩慢而蒼涼的聲音道：「師父、十一弟、母妃，他們都走了，近者去，親者離，孤絕獨以終，這是孤星蔽日，天合無雙呢。」

卿塵心頭似是被一把尖利的匕首抵住，泛起隱痛刺骨。她上前一步，緊緊握住夜天凌的手，用力將他整個人扳過來面對著她：「不是！什麼孤星蔽日，都是胡說的。四哥，你還有我。我不信這天命，只要我還在你身邊，你就不是什麼孤星！」

夜天凌眸中深深淺淺，是難以名狀的哀傷，更有一絲複雜的感情不期然流露出來。他輕輕地將卿塵擁入懷中，下巴抵在她的頭頂，聲音喑啞：「母妃一點都不留戀這個世界，也不在乎我這個兒子，清兒，我只有妳了。」

卿塵只覺得他渾身冰冷，沒有一絲溫度。她微微掙開他的手臂，抬頭看去，他清瘦的面容之上是她從未見過的消沉，那眼中的陰霾如輕雲遮蔽了星空，令天地失去了顏色，更如夾著冰凌的潮水，沿著她的血液散布，將心頭的隱痛一絲絲牽扯。

她幾乎是焦慮地在他眼中尋找往日的神采，他只是低頭看著她，像是要將她看進心裡去，清寂的目光使原本堅冷的輪廓平添了幾分柔和，卻教人不由得害怕。她緊握了他的手，近乎尖銳地一揚眉：「四哥！你錯了！母妃是被人殺害的，她不是自盡！」

夜天凌神情驟然僵住：「妳說什麼？」

「我剛剛看過了，縊痕在頸後相交，這不可能是自盡留下的痕跡。事情本來就蹊蹺，好端端的母妃為什麼要自盡？宮中的冷言冷語她聽了一輩子，難道還在乎皇后幾句斥責？還有迎兒，她平日裡最是開朗，怎會眼見母妃求死不但不勸，反倒殉主而去？有什麼天大的事情她們會都想不開？」

夜天凌沉聲問道：「妳是說，有人潛入宮中殺了母妃，又為掩人耳目，造成自縊的假象？」

卿塵道：「不錯，白夫人到北疆之前，母妃還派冥魘送來了平安符。她怎麼會不在乎你？她日日都盼著你平安回來，更盼著我們的孩子出生。她的心思別人不懂，莫非我們還不懂嗎？」

這一句句的話，在夜天凌心中掀起難以遏制的悲憤，然而他周身是靜冷的，殺意，陰沉沉讓人如墜冰窖的殺意，深冷而凌厲，可以將一切洞穿粉碎，寸甲不留。他雙手緊握成拳，薄唇透出一種蒼白的冷厲：「是什麼人做的？」

卿塵道：「先查當初來蓮池宮的御醫，他若非瀆職，便是受人指使，隱瞞實情。」

「冥魘，她不可能毫不知情。」夜天凌道，「派出冥衣樓所有人手，冥魘生要見人，死要見屍。能在蓮池宮行凶的人，必然對宮裡情況極其熟悉，也肯定有其他的幫手，要找主謀，便從這些爪牙入手。」他眼中深光隱隱，犀利迫人。那一瞬間，卿塵重新看到那個傲視天下的男子，那種滴水不漏的冷靜，將所有事握於指掌的沉定與自信，她無比熟悉。

風吹進眼中微涼，卿塵輕輕閉目，只覺得渾身鬆弛了下來，竟有種失而復得的感覺。她從來不曾這樣清楚，他原來已經如此深刻地化作了自己血肉的一部分，悲歡與共，生死相連，每一絲波動都牽動著彼此，再不可能有一個人獨活。

冷風陣陣，吹得殿前白幔翻飛，化作一片波浪茫茫的深海。舊仇新恨，滿心悲痛，夜天凌面色如霜，一字一句道：「我夜天凌不報此仇，誓不為人！」

第一〇九章　機關算盡太聰明

風過，雲動。

深遠的宮門前，御林禁衛持戈而立，見到剛回天都的凌王幾乎是不約而同地一凜，整肅軍容，同時行禮。

夜天凌眉梢微緊了一下，稍縱即逝，他只抬了抬手，並不急著入宮，反而在宮門前靜立了片刻。現在已是御林軍統領的方卓正巡視至此，快步過來，扶劍往前一拜：「見過殿下！」

四周安靜，整個禁宮此時無人往來，白玉甬道寬闊地顯出肅穆下的莊嚴，巍峨大殿，層疊起伏。

夜天凌垂眸往方卓看去，竟連一句「免禮」也沒說，只是負手身後，凝視於他。那目光中有種壓力，方卓甚不得解，抬頭看去，夜天凌眼波一動，環視周圍：「御林軍很好，沒讓本王失望。」

現在御林軍雖已不再歸凌王掌管，但當初那些在凌王手中的日子卻讓每個侍衛刻骨銘心，終身難忘。方卓道：「殿下的教誨，我們時刻銘記在心。」

夜天凌眼光忽而一銳，脣角微冷，舉步往宮中走去，在他轉身的時候方卓聽到一句話：「那麼也別忘了，御林侍衛一入禁宮，只拜天子！」

雪色的袍角微微掠起，彷彿一道犀利的閃電無聲劃過，方卓霍然驚覺，才知眼前有何不妥，低聲道了句：「末將疏忽！」即刻退開。

便在此時，一陣急促的馬蹄聲遠遠響起，瞬間便接近宮門。已經走出數步的夜天凌聞聲回頭，他眼力極好，穿過幽深的門洞尚隔著段距離便已看見了馬上來人，心中竟難以抑制地猛然震動，但只一瞬，卻又恢復了平靜。

朗目如星，身姿瀟灑，像極了十一啊！但敢在禁宮門前肆意縱馬疾馳，除了飛揚不羈的十二皇子夜天漓卻還能有誰？

黑驥如風，眨眼的功夫已到近前。十二甩鐙下馬，將馬鞭一擲丟給了侍衛，大步向前走去，玄衣玄袍，一身犀利。

夜天凌立在原地未動，十二筆直走到夜天凌面前站住，盯著他問：「十一哥呢？」

夜天凌深黑的瞳孔緊緊一縮，十二再逼問道：「十一哥呢？」

夜天凌臉色有些蒼白，過了片刻，他緩緩道：「三個月前的奏章中已經寫得很清楚，我不想再說第二遍。」

十二雙拳緊握，喉間因激動而輕輕發抖，他在與夜天凌對視了許久之後，啞聲再問：「好，我只想知道，是不是七哥？」

夜天凌目光平靜地看向他，如極深的夜，隱藏著天幕下所有的情緒，或者，根本就不曾有過絲毫情緒：「不是。」

這個回答顯然出乎十二的意料，他愣在夜天凌的注視下，那目光似是在人心上澆了一桶冷水，澆滅熊熊燃燒的火焰，他皺了眉：「那究竟是什麼人害死了十一哥？」

夜天凌語調依舊平緩：「統達喪命亂軍之中，始羅祭了我滅亡突厥的戰旗，史仲侯已經以命抵命，邵休兵等人現在都入了刑部大牢。如果你一定要追究，可以怪我。」

十二眉間蹙痕越收越緊，原本攥著的拳頭卻鬆弛下來，稍後，他語中略含歉意：「四哥，抱歉，我不是來責怪你的。」

夜天凌淡淡道：「我知道。」他轉身往致遠殿的方向走去，十二自後面跟上：「你為何要替七哥開脫？別以為我不知道，這事和他脫不了關係！」

夜天凌緩步走著：「我並沒有興趣替別人開脫。」

十二道：「難道不是因為援軍遲來，才害得你們被困雁涼？」

夜天凌道：「換作是我，在那種情況下也未必能早到一刻，七弟盡力了。」

十二恨聲道：「既然殷家動了手，他如何能置身事外？」

夜天凌道：「一個殷家，有些時候並不是湛王府的全部。」

十二一向放浪率性的眼中透出薄冰般的寒意：「但我絕不會放過殷家。」

夜天凌邁上了大殿最高一層的玉階，忽然停步。薄雲散開，陽光逐漸耀目，他站在微風颯颯的高處，回身看向十二：「十二弟，不要讓蘇家捲進任何事。」

十二看了他一眼，突然笑了：「四哥，自從十一哥和你形影不離那日起，蘇家便已站在了你的背後，難道你不知道？父皇早就默許了這一點，難道你也不知道？」

夜天凌神情漠然，不曾因這話而有絲毫震動：「我知道，但我不需要。」說完之後，他轉身長步離去，孤傲的身影很快消失在漸行漸深的大殿中。

沿著兩排飛龍騰雲的楹柱走去，輕風緩動，層層悄然靜垂的金帷偶爾翻露出繁複精緻的繡紋。跨經一道道雕金嵌玉的高檻，致遠殿中越來越安靜，便顯得那高擎在兩側綴珠九枝座上的長明燈逐漸明亮起來。

孫仕上前躬身行禮，夜天凌微微點頭，邁入宣室，光潔的黑玉地面上照出修長的影子。

「兒臣，參見父皇。」

雲龍金幄之前的廣榻上，天帝閉目半靠：「凌兒，是你回來了？」

夜天凌道：「是，父皇。」

「回來了。」天帝似是喟嘆一聲，問道，「有沒有去蓮池宮見過你母妃？」

孫仕心中一驚，不禁往凌王看去。地面上倒映著乾淨的身影，烏靴、白衣，再往上是一片模糊的神情，如隱在層層水霧背後，看不清，探不透。

卻聽見夜天凌平定的聲音：「回父皇，今日辰時三刻，兒臣護送母妃靈柩遷入東陵，申時禮部的奏報已上呈御覽了。」

毫無波瀾的答話，竟像是君臣奏對。話音一落，殿中突然泛起一陣令人屏息的寂靜，過了許久，才聽到天帝道：「哦……朕竟忘了，蓮兒已經不在了。」

天帝坐起身子，緩緩伸手撥開半垂的雲幄，孫仕急忙上前攙扶。天帝看著夜天凌一身素白的袍子，俊冷的眉眼，半晌，慢慢道：「凌兒，你像極了你的母妃，天生一副冷性子，倔強得很，也該改改了。」他站起來，揮手遣退孫仕，步下龍榻。

夜天凌靜靜道：「兒臣謹遵父皇教誨。」

天帝走到他面前，目光落在他毫無情緒的臉上：「你也像極了朕。」他抬手扶上夜天凌的肩膀，語出感慨。

夜天凌略覺意外，下意識抬起眼簾，心底竟不能抑制地微微震動。他從未想到天帝已如此蒼老，與大半年前竟判若兩人，那一向威嚴有神的眼睛此時彷彿被一種莫名的空茫遮擋了光澤，遲緩而毫無神采，眼角的刻痕深深顯露出歲月的痕跡，撐在他肩頭的手是無力的，幾乎要靠他的力量去支撐才行。

原本即便貴為皇子，亦不能與天帝這樣並肩而立，但夜天凌卻感覺只要失去了這個依恃，天帝便隨時可能倒下，所以他只是將眼眸微垂：「父皇。」

天帝似乎是在審視他，繼續道：「蓮兒終究是不肯原諒朕，不過她把你留給了朕，很好。」

夜天凌脣角牽著無形的鋒銳，像初冬時分湖面上一絲薄冰，微冷。然而他的聲音依然平穩：「兒臣這次讓父皇失望了。」

天帝在孫仕的攙扶下落座：「蜀中安瀾，四藩平定，漠北擴疆三千里，你做得很好。」

夜天凌沉默了片刻：「如此興師動眾卻未竟全功，兒臣慚愧。」

天帝只揮了揮手，阻止了他尚未出口的自責，卻問道：「你去過日郭城嗎？」

夜天凌道：「兒臣去過。」

「嗯。」天帝輕闔上眼眸，緩緩道，「朕記得，日郭城是很美的地方。」

夜天凌道：「是。」

天帝不再說話，似乎陷入了極遙遠的回憶中。

輕紗飛天，是叢林翠影中一抹如雲的煙痕，歌聲如泉，銀鈴叮咚。古城落日，邊角聲連天，戰旗招展中，又見那臨風回眸的一望，雪衣素顏，於黃沙漫漫的天際縹緲。

長案上靜陳著一疊未看的奏本，最上面一本正是不久前禮部上呈的奏章。透過雕花的長窗，斜陽的影子一點點映上地面，塵影浮動，光陰寸寸，在無聲的歲月中回轉，流逝。

「陛下。」不知過了多久，孫仕謹慎地請問，「鳳相和衛相他們都已經來了，今天還見不見？」

天帝睜開眼睛，孫仕再道：「說是有軍報。」

「讓他們進來。」

見到凌王這時候也在，鳳衍和衛宗平多少還是有點意外，殷監正心中自然更是平添斟酌。孫仕接過兵部呈上的戰報，天帝目光在上面停了停，「凌兒。」

孫仕伺候天帝幾十年，聞聲知意，轉身將戰報遞至凌王手中，殷監正眉梢一挑。

夜天凌對眾人表情視若無睹，將戰報展開看過之後，簡單地道：「父皇，西突厥亡。」

是捷報，湛王大軍連戰告捷，大破西突厥王都。突厥一族縱橫漠北數十年，至此死傷萬千，幾乎折損殆盡，少數倖存之人遠走大漠深處，流亡千里，從此一蹶不振。天朝鐵騎飲馬瀚海，馳騁漠北，放眼再無對手。

夜天凌聲音中沒有絲毫波動，他似是早料知了這結果，天帝亦然，只是在場的幾位輔臣跟上了恭頌的場面話。

「唔，」天帝點頭沉思了片刻，「戰事已久，是時候該撤軍了。」

短短數字，卻教眼下心思各異的人猜測紛紜。大軍動向關係著軍權去留，衛宗平與殷監正暗中交換了一個眼神，鳳衍脣邊浮起隱隱冷笑，已搶先道：「近來大軍每月消耗的糧草已令國庫吃緊，陛下仁慈，平息干戈，實乃聖明之舉。」

殷監正接著道：「陛下，糧草軍需不足顧慮，國有所需，臣等豈敢不鞠躬盡瘁，為君分憂！」

衛宗平亦恭聲道：「北疆初定，人心浮動，陛下，此時撤軍是不是為時尚早？」

天帝閉目不看他們，對這些話只是聽著，似乎另外在等待著什麼。眾人話音落了，夜天凌將手中戰報交還孫仕，方徐徐道：「父皇，北疆一定當借此良機整飭西域，否則便是給吐蕃坐大的機會。那赤朗倫贊並非池中之物，必不甘久居人下，若讓他聯合西域諸國，則難保不是第二個突厥。」

此言一出，就連鳳衍都忍不住看向他，衛宗平等更是難掩驚訝。如此收回軍權的良機夜天凌抬手放過，讓他們已想好的大篇措詞落了個空。

劍出鞘，驟然失去對手，一陣輕鬆之後，殷監正不喜反憂，摸不透、看不著的對手，豈不是最可怕？

但無論如何，若能緊緊把持兵權在手，湛王文武風華盡展於天下，便是眾望所歸了。

此時天帝目光落在夜天凌靜肅的神情中，臉上忽而浮出一笑，越發顯得唇角那皺紋更深：「你的意思是兵懾西域？」

「對，兵懾。乘此勝勢，整兵過境，以示軍威，告誡西域諸國不要有異心妄動，否則突厥便是先例。」

「兵懾，過硬了些，駐軍甘州，讓湛王出使吧。」天帝重新閉上眼睛，「你們可有異議？」

「臣附議！」

「臣附議。」

「臣，附議。」

殿中片刻的靜默之後，天帝抬手，孫仕輕輕躬身，眾人跪安後依次退出宣室。

站在致遠殿的臺階上，鳳衍看著凌王修挺的背影在落日的金光中從容遠去，向來寵辱不驚的眼中泛起幾許深思。幾十年朝堂風雨，他太了解天帝了，只是此後，是否也能像了解天帝一樣把握凌王的心思？

*

「讓湛王繼續統領兵權，震懾西域？」簡慢而陰柔的聲音，在汐王府的靜室中微微迴盪，似乎沒有太多的力，卻教人聽了心裡像被塞進一把冰雪，許久之後仍有絲絲涼意，凝聚不散。

胡三娘慵然倚在近旁，紅羅纏腰，長絹曳地，勾勒出曼妙的身段，深深美目如絲如媚，她悄聲打量著。說話的人坐在汐王對面，一身灰衣潔淨講究，身形消瘦，言行之間毫無情緒牽動，似乎不論談到什麼事都是一副平波無瀾的表情，與此相比，那隻扶在案上的手反而更能表現主人心中真實的想法。

淨白細潤的手，保養得極好，此時修長的中指緩緩叩著桌案，食指卻微微彎曲與拇指抵在一起，因用力而使原本柔和的骨節略微凸起，這表示手的主人正在思考一個難題。

過了一會兒，那灰衣人略一抬眸，一雙狹長而妖媚的眼睛閃過，波瀾湧動的明光幾欲刺目，雖是稍縱即逝，卻讓那張原本平淡無奇的臉瞬間神姿迥異，生出誘人的蠱惑。胡三娘呆了片刻，一直替汐王揉著肩頭的手不由自主地停了停，心底竟泛起一股涼意。若這雙眼生在了女人身上，不知能顛倒多少男子，勾攝多少神魂，只是生在這樣一個男子身上，總教人覺得不安，是太妖異了，連她這見慣風月的人都有些受不住呢！

「殿下，」那人再開口說話，分明是謀士的身分，語氣中卻絲毫沒有對主上的恭敬，「你難不成是想和凌王爭這兵權？」

夜天汐正看似漫不經心地把弄著一柄烏鞘短劍：「兵權是什麼分量，莊先生難道不知道？」

莊散柳似乎冷笑了一聲，笑無笑顏，連那絲略帶譏誚的冷聲都教人聽不太清：「我早就提醒過殿下，不要從凌王手中打兵權的主意，別說是你一個，就算所有人加在一起，也抵不過一個凌王。」

「哦？」夜天汐像是對莊散柳這副態度已見怪不怪，倒不十分在意，「此話未免言過其實了吧？」

莊散柳眼簾微垂，一刃妖冶的鋒芒瞬間隱下：「夜天凌三個字，在天朝將士眼中是戰無不勝的神，是他們崇拜追隨的軍魂。什麼聖旨虎符，在凌王面前不過是一紙鑲了金的空文、一塊雕得好看點兒的石頭罷了。知己知彼方能百戰百勝，殿下難道至今對自己的對手還這麼不了解？」

夜天汐皺眉：「難道就這麼看著兵權旁落，無動於衷？」

莊散柳面無表情，一張臉靜如死水，卻無法隱抑眼中幾分嘲弄：「殿下想怎麼動？論軍功，你不及凌王，手中唯有京畿衛尚可一用；論聲望，你不及湛王，對門閥士族毫無影響力；便是單論出身，你還不及濟王，定嬪娘娘在宮中三十年了，若不是去年冊封殷皇后時陛下加恩後宮，到如今也只是個才人。這兵權要奪，也輪不到殿下，除非凌王和湛王兩敗俱傷，否則殿下你沒有任何機會做那個上位者。」

如此直白而不留情面的話，夜天汐霍然抬眸，目光如劍直刺過去。莊散柳仍舊面不改色，只是眼中那分妖異更深，陰森迫人。

夜天汐握著短劍的手掌漸漸收緊，額前一道青筋微微一跳，但只短短剎那，他面色便恢復了平定，「既然如此，你豈不是找錯了人？」

莊散柳冷眼看著夜天汐克制怒意，語氣滿不在乎：「我既找了殿下，便有我的理由。至少殿下你比濟王聰明些，也比湛王手段夠狠。暗中拉攏長門幫與碧血閣這種江湖幫派，借天舞醉坊的案子彈劾湛王；鼓動京畿衛和御林軍發生衝突，對太子落井下石；

勾結突厥，暗害凌王；這次又洩露軍情，以至澈王喪命疆場。不顯山不露水，這些事殿下做得天衣無縫，高明！但是想要對付凌王，我早就說過，上馬征戰，沒人能勝他手中之劍；下馬入朝，一樣也沒人能比他多占幾分上風。殿下不妨記下我這句話，對凌王，除了用非常手段，別無他途。」

聽莊散柳將一樁樁舊事清楚道來，夜天汐瞳孔深處緩緩收緊，一抹殺機隱現其中。只是怒氣越盛他臉上反而越帶出幾分笑容：「非常手段？比如說蓮貴妃？」

「蓮貴妃？」莊散柳陰沉的話語透著寒意，「蓮貴妃最多只是讓凌王的腳步略停一刻罷了，能不能挑起他與湛王相爭尚屬未知。別怪我沒有提醒殿下，那個御醫留著夜長夢多，以凌王的手段，早晚會察覺異樣，凡事先下手為強！」

夜天汐雖恨極莊散柳說話的方式，卻始終在那文質彬彬的面容之上不露分毫。眼前此人傲氣凌人是不錯，但他說的句句都是實話，難聽且刺耳的實話跟著陰毒的主意，至少眼下凌王已折了一條臂膀，再加上喪母之痛……若能扳倒這樣一個強敵，簡直等於掃清了前進的道路。這個莊散柳顯然對凌王有著切齒的痛恨，顧慮非常，也知之甚深。不僅是凌王，朝堂局勢但凡有一點風吹草動，他都瞭若指掌，應變而動，每收奇效。吳州莊家，從未聽說過還有這麼號人物，他深思的眼神不由又落在莊散柳那張刻板無情的臉上，審視探察，卻絲毫不得端倪。那是精細的人皮面具，唯妙唯肖，幾可亂真，雖細看也不是看不出來，但面具這種東西本來就是告訴你，我不想讓你知道我是誰，所以你也不必在這張臉上多費心思了。

莊散柳知道夜天汐在打量他，卻似有恃無恐，並不放在心上，他瞥了一眼胡三娘，傲慢地問道：「殿下身後那個女人應該不是只會捏肩捶腿吧？」

胡三娘與他的目光一觸，只覺得像是有隻冰涼的手逼到近前，說不出的怪異，定了定心神，水蛇腰一扭，往汐王那邊靠得更近些，媚聲道：「莊先生，若不是三娘認出了冥魘那個死丫頭在蓮池宮，你哪裡那麼容易知道凌王母子的關係？」

莊散柳冷哼一聲：「想從蓮池宮查出的事石沉大海，蓮貴妃人卻已經死了，剩下一個活著的，你至今拿她沒辦法。連個毫無反抗之力的女人都對付不了，殿下當初將你從京畿司的大牢裡面弄出來，難道就存了這麼一點期許？」

胡三娘美目微瞪，待要發作，卻被夜天汐一眼掃來，又生生忍住。莊散柳看在眼中，視若無睹：「長門幫雖然毀在湛王手裡，但碧血閣完好無損，我所說的非常手段，殿下想必已經清楚了吧？」

夜天汐眼底精光驟現：「你是說……」

「這世上最令人輕鬆的對手，是死人。」莊散柳丟下這句話，起身道，「殿下既然明白了我的意思，莊某便拭目以待。不過殿下千萬別忘了，無論你用什麼法子，不要動凌王身邊那個女人，她是我的。」

夜天汐看著莊散柳揚長而去，待那個狂妄的身影澈底消失之後，他眼中凶光驟盛，猛然揮手。嗖的一聲厲嘯，他手中的短劍穿過精緻的花窗直擊中庭，在一株碗口粗的樹上沒柄而入，驚得幾多飛鳥倉皇而起，一時間亂聲唧喳。

胡三娘亦嚇了一跳，回過神來忙柔聲道：「這個莊散柳也不知究竟是什麼人，如此不知天高地厚，殿下何必和他動氣？」

夜天汐面色陰沉，狠狠道：「不管他是什麼人，本王總有一天讓他死無葬身之地！」

胡三娘一雙柔若無骨的手纏上他的脖子，吐氣如蘭：「殿下息怒，待到登臨九五的那一日，什麼人還不在殿下指掌之間？到時候殿下讓他三更死，閻羅也不敢放他到五更。」

夜天汐怒氣稍平，反手捏起她小巧的下巴，胡三娘閉目逢迎，主動送上香吻。春光纏綿中，夜天汐卻冷冷睜著眼睛，絲毫沒有表露出沉醉於溫柔的迷亂，目光陰鷙，清醒駭人。

兵權，教他怎能甘心放棄！即便以非常手段剷除凌王，篡奪皇位，如今手握重兵的湛王始終是最可怕的威脅。一旦他破釜沉舟、兵逼天都，士族門閥又豈會袖手坐視？中樞大亂，那將是什麼樣的局面？

然而他卻始終沒有想到，這個目中無人的莊散柳，究竟是為了什麼要攪起這一潭渾水？難道僅僅是為了凌王身邊那個女人嗎？

第一一〇章　明朝更覓朱陵路

萬里無雲的春日，晴空耀目，碧藍如洗。

陽光極好，透過嬌豔含羞的花枝灑開一地碎影明媚，柳色舒展，榆槐成蔭，濃濃翠翠已是一片秀潤。望秋湖上水光淡淡，暖風如醉微波點點，飛花輕舞，落玉湖，飄香榭，輕輕嫋嫋，安閒自在。

微風陣陣吹得珠簾輕搖，沿著天機府後殿走進去，巨大的水磨青石地面平整深遠，安靜無聲，四處仍泛著些許的涼意。

忽然有輕微的腳步聲自殿外傳來，一人邁步拖遝，一人步履落地卻幾不可聞，一前一後，深入大殿而去。

細花透亮的冰盞，清清爽爽漂著幾朵舒展的黃菊，纖柔的手指襯在似能沁出水來的天青細瓷上，雋秀而雅致。

「鳳主，人帶來了。」

卿塵靜靜放下手中茶盞，鳳眸微抬，越過冥則那張和他的聲音同樣古板的臉，看往他身後。

「下官……見過王妃！」

卿塵柔軟的脣邊露出一絲輕緩的微笑：「王御醫，我今天覺得有些不舒服，辛苦你來府中一趟了。」

御醫王值今早剛出伊歌城便被攔個正著，糊裡糊塗進了凌王府，額前隱隱帶著絲冷汗，垂首道：「這本是下官分內之事，但在王妃面前，下官不敢班門弄斧。再說……再說今日下官並不當值，所以什麼都沒有帶，懇請王妃准下官回去拿才好。」

卿塵微微揚了揚頭：「若是為此，便不必了，金石針藥凌王府中一應俱全，你可以隨意取用。此時出了這裡，只怕你去得，回不得。」

王值心虛地抬眼看了看上面，寧靜的殿宇中，一幅長長的素色屏風繪著輕雲出岫的奇山景致。屏風前凌王妃一身湖色衣服如籠著煙水，清雅的眉眼，沉靜的脣角，在那抹清透的目光下他只覺得無處遁形，彷彿心中想什麼都被看得一清二楚，連一句謊話都無心再去搜羅：「王妃……下官……下官……」

卿塵徐徐道：「我要問什麼，想必你自己心裡也清楚，把你知道的說出來，凌王府絕不會為難你。」

王值低聲道：「下官愚鈍，實在不知王妃所言何事。」

卿塵眸光潛靜，聲音也淡淡：「哦，看來需要我提醒一下你了，這樣吧，不如你先見幾個人。」微一示意，冥則轉身出去，不一會兒冥衣樓部屬抬了幾副擔架進來，白布一掀，竟是幾個已死去多時的黑衣人。

王值嚇了一跳，顫聲道：「王妃……這……這是何意？」

卿塵對幾具屍首視而不見，只靜靜看著王值：「這前兩個人是昨晚凌王府的侍衛在你家宅後院截下的，後兩個是死在伊歌城外，半夏亭。」

聽到「半夏亭」三個字，王值渾身一震，匆忙垂下眼睛，身子因懼怕而微微顫動：「下官……什麼都不知道，不知道。」

冥則見他一口咬定毫不知情，冷聲道：「鳳主，將他交給屬下吧，半個時辰之內屬下定讓他一字不漏地說清楚。」

卿塵笑了笑，道：「你們那些法子，王御醫恐怕經受不住，不過試看看也好，試過後能想起些什麼也說不定。」

「是！」

王值戰戰兢兢地被冥則帶到數步之遙的一間暗室，剛一開門，他忽然驚恐地叫了一聲，伸手抵住門邊欲後退。

卿塵端起手邊的茶，似是沒聽到那聲充滿恐懼的驚呼，緩緩啜了一小口。冥則冷哼一聲，手下只加了幾分力度便將王值推入室內，眼見門便要關上，王值失聲驚叫：「王妃！王妃！我說，我全都說！王妃饒命！」

「冥則！」卿塵並不高的聲音淡淡響起，冥則黑著臉將已經手足痠軟的王值拎起來帶回原處。

淡淡一抹微苦的花香四溢，卿塵將茶盞放下，潤雅的水色中，幾朵菊花身不由己，浮浮沉沉，慢慢又恢復了平靜。

冥則一鬆手，王值撲倒在前面，幾欲失聲痛哭：「王妃，不是下官不想說，下官一家老小都在他們手中，下官是不敢說啊！」

卿塵道：「你一家四口人本是被帶去了半夏亭等你，若淩王府的人去晚一步，加上你五個人，現在恐怕已經在路上了。不過這條路卻不是離開天都、重獲自由的路，而是黃泉之路。你的父母妻兒現在都在一個安全的地方，把你知道的事情一五一十地說出來，我不會為難你。」

王值匍匐在地，本以為今日可以與家人脫離險境，誰知前狼後虎，處處都是死路一條，心中慘然不已。卿塵卻像是能看透他的心思，淡聲道：「你放心，我無意拿你的家人脅迫你，想讓你說實話有很多種方法，我並不十分喜歡用這一種。即便今日你不說，我也會派人將他們送出天都好好安置，但是要不要和他們一起走，卻須你自己想清楚。」

事已至此，王值走投無路，只得道：「下官……願意說。」

卿塵垂眸看向他：「貴妃娘娘究竟是怎麼去的？」

王值聲音發澀：「表面看起來是自縊，其實在懸梁之前便已經有人下了毒手。」

卿塵道：「什麼人做的？」

王值急忙道：「這個下官確實不清楚。」

卿塵諒他也不可能知道具體，便再問：「那麼是誰授意你大膽瞞下此事？」

王值道：「是……是定嬪娘娘，我一時貪財……只想貴妃娘娘在宮中向來沒有人注意，不會有什麼事，誰知……誰知……」

卿塵聲音微冷：「你大概忘了一件事，貴妃娘娘是四殿下的母親。」

王值語音發抖，顫顫道：「四殿下……啊！是……是……下官該死，下官該死……」

卿塵一時間不再說話，王值伏在地上，明明是清涼的大殿，他額頭卻汗淋淋一片，一滴接一滴落下，不多會兒身前的地面上便積了深青色一片。

定嬪，卿塵神情靜漠地望著那一盞菊花漂浮，果然是汐王。她纖細的手指在光潔的案面上輕輕劃下一道橫線，沿著這道橫線寫下去，是一個「五」字。最不惹人注目的一個，隱在暗處的，伺機而動的，一匹狼。

若說這大正宮中還有哪個皇子比四皇子更沉默，那便是五皇子夜天汐。聞玉湖上潑墨吟詩沒有他的身影，昆侖苑中縱馬飛獵不見他出現，太極殿前文武匯聚也聽不到他高談闊論。默默無聞的人，雖統領著京畿司，卻著實是天都最吃力不討好的差事。

但他是踏實的，似乎甘心被湛王的風華所遮蓋，也甘心追隨在凌王如日中天的戰功威名之後，甚至有些時候人們都記不起還有這樣一位皇子。

他的母親定嬪，出身卑微，相貌平凡，在三宮六院的妃嬪之中隨時可能被忽視。承平宮常年門庭冷落，一年之中怕也唯有幾次盛大的宴會才有機會見著天帝，深宮歲月，白頭寂寥。

然而野心不會因為這些而被磨滅，相反，如同野草，即便處於貧瘠的石縫，風吹雨淋，當它滋生蔓延的時候，任何事情都擋不住，任何人都無法逃脫。

卿塵抬手輕輕拂過，案上留下的痕跡瞬間被抹殺，她看向王值：「你跟他們走吧，會有人送你們離開天都。我給你一個忠告，從今天起忘了貴妃娘娘，忘了定嬪，最好連王值這兩個字也忘掉，凌王府護不了你們一輩子，你好自為之吧。」

溫婉的聲音似在耳邊，卻又高高在上。「謝……謝王妃開恩！」王值以額觸地，抬起頭來，只見凌王妃早已起身，沉靜的衣袂如雲嵐，從容飄逸，隱隱消失在大殿深處。

＊

又是一年暮春初夏，延熙宮的忍冬藤纏綿招展攀滿迴廊，濃蔭曼影，青翠欲滴。金銀兩色的小花點綴在修長的枝葉間，陽光落了淡淡一層，溫暖中帶著幾分清香可人。

夜天凌從延熙宮出來，或許是映在眼底的光線過於耀眼，他緊鎖著眉，似乎不因陽光煦暖而感到愉悅。皇祖母老了，他看在眼中，來延熙宮的次數越來越頻繁，至少不管多忙每日都會前來問安。然而無論是天子王侯抑或是美女英雄，歲月的腳步皆不會因此而停留，他心底十分清楚。

迎面羅衣窸窣，環佩輕響，夜天凌抬頭看去，是蘇淑妃帶著幾個侍女正往太后寢宮過來。舒緩的步伐，婀娜的身姿，陽光下的蘇淑妃有著一種柔和的美，芙蓉絹裳、秀婉如水，春風不著力，緩緩掠過她溫麗的面容。

「淑妃娘娘。」因為十一的緣故，夜天凌對蘇淑妃並不生疏，此時蘇淑妃到了近前，她脣角輕輕含笑，但那美好的眉目間略帶的一絲憔悴卻那樣清晰地落在夜天凌眼中。

蘇淑妃在見到夜天凌的瞬間，便不由自主地往他身後看去，接著眼中無法掩藏地掠過憂傷與失望，夜天凌竟也下意識地回身。

清風空過，物是人非。

夜天凌脣角微緊：「……娘娘請保重身子。」

蘇淑妃眼中泛起淡淡清光，側首垂眸，定了定心神，稍後，她柔聲道：「這些日子也難為你了。」轉身命侍女們退開，慢慢向前走去。夜天凌遲疑了片刻，並未像以前一樣就此告退。

挺拔的身姿，俊冷的神情，蘇淑妃淡眼看夜天凌默默陪在身邊，他並不說話，似乎是不知道該說什麼，只是緩緩地邁著步子。蘇淑妃停下腳步，立在青枝纏蔓的淺影下，看向夜天凌：「在這深宮裡，貴妃娘娘和我算是親近的，不知此時你可願叫我一聲母妃？」

按宮中的慣例，除了對皇后要用「母后」的敬稱之外，皇子只對親生母親稱母妃，其他妃嬪皆按品級以娘娘相稱。聽了蘇淑妃的話，夜天凌略有片刻沉默，隨即他往後退了一小步，輕輕一撩衣襟，竟對蘇淑妃行了正式叩拜的大禮：「母妃。」

他的聲音清淡而堅定，如他一貫的作風，只要決定了的事，從來沒有敷衍。

蘇淑妃忙抬手挽他起身，心中竟狠狠地一酸，眼中的淚禁不住便落了下來。

夜天凌低聲道：「母妃……是我沒有保護好十一弟，我……」面對一個母親，向來堅硬的心中似乎也有那麼一處會軟化。然而該說什麼呢？能說什麼呢？縱自責千遍，又有何用？多少個夜裡不眠，多少次也想借酒澆愁，只是都無益。志在必得啊！有時候心裡只餘了這四個字，堅冷而狠硬地深刻在眼前，直滲進骨血裡。

片刻的失態，蘇淑妃很快恢復了平靜：「這不怪你，自從澈兒真正領兵，我便知道早晚會有這麼一日，雖然總想攔著他，但我還是放他去了。他若是個女兒，我怎麼也時時將他護在身邊，但他不是，他是天朝的皇子，馬踏山河，逐敵護國，這是男兒的志向。我雖終究是留不住他，但卻替他高興，你們之中，我的澈兒是活得最瀟灑、最快樂的孩子，因為他一直在做著自己喜歡的事。我是他的母親，沒有人比母親更了解孩子，只要他心裡沒有遺憾，我便也放心了。凌兒，你不必自責，若看不透，活著的苦痛遠比死亡更甚。」

夜天凌靜靜聽著蘇淑妃的話，緘默沉思，而後淡聲道：「母妃所言，兒臣受教了。」

蘇淑妃微微一笑，卻又嘆了口氣：「但我卻不放心漓兒，澈兒向來跟你在一起，縱有年少氣盛的時候，骨子裡終究是穩當的。但漓兒自小被我寵得無法無天，皇上也縱容他，著實教人擔心。如今在朝中，你要幫我多看著他。」

夜天凌微緊了緊眉梢。近來十二皇子頻頻奏本參劾，先前羈押在大牢的邵休兵等人被連加重罪。刑部迫於這等壓力，將其由原本判定的奪爵流放直接改判斬監候，秋後處決。緊接著便有與蘇家關係密切的幾位殿中侍御史，聯名彈劾工部年前修繕宣聖宮北苑宮殿時貴買木材，以次充好，私吞造項，而當初負責此事的正是殷監正的長子殷明瑭。

這雖然確有其事，但殷家這些事既敢做，自然做得天衣無縫。殷明瑭有驚無險，只是被弄得灰頭土臉極狼狽，惱羞成怒中亦指使官員上本參劾，暗地裡直指十二皇子在天都飛揚跋扈，行事張狂，有失體統。

這樣幾次下來，朝堂上風起雲湧、火星迸射，一向處事中和的蘇家大有與殷家勢不兩立之意。天帝近來龍體欠安，已多日不曾早朝，見了幾道這樣的摺子大為光火。夜天凌冷眼看十二鬧得厲害，即刻命褚元敬在御史臺設法壓下那些御史，又看似隨意地與鳳衍提起了此事。鳳衍會意，此後十二皇子的奏本只要到了中書省便留中不發，殷家這類的本章當然也過不了這一關。

起初殷家尚不善罷甘休，倒是衛宗平看得明白，暗勸殷監正不要憑空樹出蘇家這樣的強敵。殷監正亦顧慮事情若真鬧大了不好對湛王交代，因此偃旗息鼓，悻悻作罷。

十二被連壓了幾道奏章，知道鳳衍還沒那麼大膽子做這種主張，直接找到凌王府。夜天凌深知他那性子和十一不同，桀驁難馴，最是吃軟不吃硬，索性來個避而不見，只有卿塵笑吟吟地迎了出去。

卿塵將十二請到四學閣，命人備了好酒陪他閒聊。廊前清風徐徐，幽靜的縵紗淺影中，十二對著卿塵款款淡笑，再看看她嬌弱的身子，便是真有滿腔火氣也發不出來了，一時氣悶，只低頭自斟自飲。

想當年初到天都，卿塵與十二並騎同遊，笑鬧玩耍，最是暢快，極少見他如此神情低落的樣子，心裡很不是滋味。悶酒易醉，她怕十二喝多，便故意尋些當時的趣事引他說話。十二倒也應景，她說，他便答，只是那酒仍舊一杯杯地飲，不見停。誰知幾句下來，難免便提到了湛王府，十二斟酒的手一停，卿塵的話語微微一頓。

靜了半晌，卻是十二先開了口：「沒多久七哥就要回天都了，我要在此之前打壓殷家，否則七哥一回來，便沒機會了。」

卿塵沉默了片刻，道：「要在他手中動殷家，確實不易。」

十二飲一杯酒：「七哥人在西域，手在天都，我倒不是怕他包庇殷家，最近他自己對殷家的狠別人不知道，我卻看得清楚。但他無論下多狠的手，後面總給殷家留著退路，那些可能出事的隱患也都抹得乾乾淨淨，他不會動殷家的根本。等到他回天都的時候，殷家這把劍便徹底磨利了，順手了，所以我說，便沒機會了。」

卿塵眼底隱隱掠過詫異，不想十二會說這樣的話。十二似笑非笑，看她一眼：「我知道四哥是怕我鬧得無法無天，惹怒父皇。其實父皇不會把我怎樣，大不了就是一頓訓斥，最多閉門思過。看在十一哥的分上，父皇再惱也不會重責於我。至於四哥自己，不是不需要，他就是那樣的脾氣，這個妳應該比我清楚。妳幫我轉告四哥，便是再硬再挺的肩膀，他一個人能擔得了多少？到了這等地步，這潭渾水沒人躲得開，不必總想法子把我護在外面。眼下便是我想避開，他們又豈會讓蘇家置身事外？最好的防守，是進攻。」

十二在說這話的時候輕輕把玩著手中的酒，滿庭翠色漸漸透出的濃蔭映在他英氣勃勃的側臉上，於那明亮的眼底覆上了深淺不定的光澤。白玉色的杯，琥珀色的酒，清潤，微辣。

當卿塵將這話轉述給夜天凌時，中庭花冷，月在東山。夜天凌看著一天清輝似水，淡淡挑眉，脣角有一抹傲岸的笑，那是夜家每一個男兒骨子裡相同的東西，誰也不例外。

回了凌王府，卿塵午睡未醒，夜天凌不欲擾她，獨自一人沿著望秋湖漫步，低頭想著事情，不覺便走入了竹林深處。微風淡淡，翠影幽然，只教人心思寧靜，神清氣爽。

如此轉過一道小徑，忽然聽到輕盈的腳步聲，緊接著釵環輕響，幽香依稀，便有女子的說話聲傳入耳中：「這便要回牧原堂嗎？多日不見妳來，卻坐一會兒又要走了。」

一個略清脆些的聲音道：「千洳，妳別總是這樣悶在府裡，好歹出去走走，也沒多久不見妳，人竟越發瘦了。」

千洳道：「妳每次來都拉我出去，連歌舞坊都帶我去，那是什麼地方？」

那清脆些的聲音笑說：「歌舞坊不好玩嗎？妳總是這樣。我在牧原堂跟張老神醫學習醫術，男女老少每日不知要見多少人，並不覺有什麼不妥。對了，上次陪妳去挑的那枝簪子怎麼不戴，可是不喜歡？」

「簪子是好看，可是我戴給誰看……」千洳話說了一半，眼前猛地闖入一個清拔的身影，她急急停了步子，似乎想避開，但已然來不及了，夜天凌正往她們這邊看來。

近在咫尺俊冷的面容，那深邃的眼睛太黑太亮，如繁星璀璨的夜，降臨的瞬間便攫取了萬物的光澤，近乎毀滅地籠罩一切。然而那片天空是極遠的，遙不可及的距離讓她連仰望的勇氣都沒有，冷冷的星子清寒，沒有絲毫的溫暖，亙古不變。

她怯怯地站在那裡，一時完全不知如何是好。倒是陪在身邊的寫韻落落大方，含笑福了一福：「殿下！」

千洳這才回神，忙行禮下去，輕聲道：「殿下……」

夜天凌只是看了她一眼，似乎並沒有聽出她聲音中微微的顫動，淡聲道：「起來吧。」寫韻經常回王府他是知道的，前幾日還聽卿塵讚她聰慧，如今在牧原堂已經能單獨看診了。然而他並未在意這些，在此遇到也不過停了一停，便繼續漫步前行。身後千洳再抬頭的時候，只見到一個修挺的背影逐漸消失在幽徑深處，心頭空落落，淒涼萬分。

仍舊是沿著望秋湖，轉回漱玉院，遙遙便聽見三兩點琴聲，夜天凌停了步子，負手細聽，便知是卿塵醒了。

閒雅的清音，漫不經心如珠玉散落，聽來便可想見自那撥弦的指尖往上，半幅雲衣散散流瀉，碧璽晶瑩剔透襯著皓腕似雪，暗起木蘭花紋的領口熨貼地勾勒出玉頸修長，沿著線條柔和的下頦，那淡淡櫻唇必是慵懶含笑的。想到此處，夜天凌嘴角禁不住也噙了絲笑意，只聽那琴聲似有似無地隔著煙波水色傳來，倒教人也興致忽起呢！

卿塵原本小睡初醒，閒坐水榭，遙看湖波盈盈，隨性撩撥琴弦，只為聽那薄冰脆玉般的弦聲。微風裡輕紗遊走，曼妙多姿，卻突然一縷清俊的簫音如自天外飄來，點宮過羽，瀟灑一轉，幾欲帶得人翩翩起舞，那粼粼波光如灑碎金，反射出一片耀目的明亮。

羽睫微抬，卿塵唇邊笑意略深，揚手輕拂，一抹流暢的弦音流水一般飄起，如穿簾、如分水，恰恰和入了那簫聲。

紅塵三生熙熙攘攘，千萬人中轉身，便看到了你，那一刻便似早已等了千年，這千年，為你而過，這一回眸，因你展顏。

輕紗外，湖光上，夜天凌悠然靠在竹廊前，修長的手指撫過紫竹簫，揚眉看來，明眸深亮。

簫音如風，琴聲似水，一個疏朗峻遠，一個淡雅雋永，風骨清傲，水色淡渺，攜著湖風飄蕩起起落落，比翼婉轉於煙波翠影的望秋湖上。

忽然之間夜天凌指下微峭，簫音峻拔高起，仿若一道龍吟清嘯直上雲霄。卿塵淺笑淡淡，手揮冰弦，玲瓏清音燦然飄起，扶搖而上。龍遊雲海，鳳舞九天，相伴相顧，盤旋翱翔，一簫一琴間，浩浩天光萬里，玉宇澄清，那傲然風神，那凌雲心志，開雲破霧，直將九霄遨遊。

風雲激盪，俯瞰九州萬里，江山如畫。

自那虛無縹緲的天際，簫聲輕轉，琴音低迴，碧水花飄，暗香遊走於浮光掠影間，一個是白衣卓然，玉樹臨風，一個是不染鉛華，空谷幽蘭。

兩兩相望，渾然忘卻周遭一切，微風輕撩飛紗，驚鴻般的一瞥。她彷彿自那煙波浩渺的雲山之間款款而來，步步生蓮，邁入這明光燦爛的紅塵。星眸澄淨，世間繁華三千，弱水三千，他只見這一波瀲灩。幽然清泉，繾綣心田，早已化作了深流奔騰，穿過了漫漫人生，長河歲月。

幾番喧囂，幾多浮華，都在這悠然飄逸的簫琴合奏中低眉斂目，悄聲退去。清風逍遙，流水山高，繁蔭翠影的凌王府中行者止步，言者無聲，正在林間採摘鮮花的侍女放下了身前的竹籃，側耳傾聽；正在湖中放船養蓮的侍從停下了手中舟楫，回身佇立。

落英繽紛的小徑深處，千洳孑然獨立，痴痴望向那近乎遙不可及的望秋湖，不覺潸然淚下，一片痴心碎落，淒涼滿襟。

第一一一章　踏遍紫雲猶未旋

《禁中起居註》卷一百二十八，第十章，起自天都凡一百零三日。

二十七年，六月，帝恙，降旨停朝。辛卯，疾病加劇，移駕清和殿，退御醫不宣……

聖武二十七年的初夏，伊歌城一片繁花似錦，寬闊的天街兩側濃蔭匝地，偶爾已能聽到蟬聲點點，時有時無地吟唱在似火的驕陽下，給車水馬龍的上九坊更添了幾分熱鬧。

而朝堂之上，許是因為天帝的病情，著實安靜了一陣子。只是湛王大軍即將班師回朝，為將各項事宜籌備仔細，各處都十分忙碌。

如今伊歌城九九八十一坊上下，所有的酒樓茶肆都盛傳著湛王平藩亂、滅突厥、定西域的種種奇聞。其中最令言者津津樂道、男兒擊節慨嘆、女子暗懷遐思的，莫過於湛王單騎入于闐、隻身退卻吐蕃使者的傳說。

五月初時，天朝大軍兵駐甘州，與早已等候在此的天朝使團會合。湛王除劍戈、去戎裝，以皇子身分率領包括一千護衛在內的使團入使西域諸國。與此同時，吐蕃贊普赤朗倫贊為籠絡西域各國勢力，亦遣使北行。

西域三十六國，以樓蘭、焉耆、車師、于闐、龜茲、疏勒等幾國國力最強，勢力最大。其中樓蘭、龜茲、疏勒等早已歸服天朝統治或與天朝交好，唯有于闐因與吐蕃國境最為臨近，一向態度曖昧。

天朝使團西行至于闐，因吐蕃使者早一步到達，先入為主，于闐國王既素來親善吐蕃，便以護衛人數過眾為由，拒絕天朝使團入境。

湛王聞報，命副使周鐫率眾候於戎盧，僅留十名扈從相隨前往。

于闐護國將軍哈努爾奉命前來迎接，出動大軍萬人，名義上設貴賓之禮，卻設法刁難隨從。誰料湛王遂不帶侍衛，不佩刀劍，隻身與哈努爾並騎入城。玉冠白馬，緩帶輕衫，一塵不驚，談笑自如。萬劍叢中過，如入無人之境，倒教哈努爾暗自心驚，亦不由佩服，不復之前態度囂張。

當晚，于闐王設宴王宮之中，吐蕃使者位列上席。席間那吐蕃使者頻頻挑釁湛王，于闐王故作不見。湛王舉酒笑談，從容周旋，犀利卻偏不溫不火的語氣，高傲卻又緩若春風的神情，言詞風雅，才識淵博，見解獨到，寥寥幾句笑語便教對方處處受制，自打嘴巴。

一場鴻門宴，于闐國在座的王族親貴懾於湛王高貴氣度，無不心有傾服，反而冷落了原本被視作上賓的吐蕃使者。宴後，湛王與于闐王密談至深夜，一直親善吐蕃的于闐王竟於第二日一早便下令將吐蕃使者逐出境內，以隆重的國禮迎接天朝使團入朝。

于闐態度的轉變，令天朝在西域的統治更加不可動搖。湛王究竟用了何等法子達到這樣的目的，不免教人猜測紛紜。但傳聞中最為旖旎神祕的，莫過於于闐王主動提出將二女兒朵霞公主嫁與湛王為妃的事情。

那朵霞公主乃是于闐王的掌上明珠，貌美如花，天姿聰慧，因自恃美麗與才智，不知拒絕過鄰國多少公侯王子的求婚，西域諸國才俊皆未放在眼中。不料此次王宮晚宴之後，她深深折服於湛王之瀟灑風華，甘願委身相嫁。

于闐王雖顧慮兩國關係反覆，不太情願，但公主心意已決，執意請求，亦力勸父王不要把持不定，搖擺於兩國之間，以免各不討好。于闐王最後覺得公主言之有理，於是向天朝提出聯姻，願結秦晉之好。

面對于闐提出的婚事，湛王慨然笑納，命八百里飛騎回報天都，請奏天帝。得到准許後，以明珠千斛、黃金萬兩，各色絲、綢、絹、羅、錦、緞及極為罕見的奢華珍玩為聘禮，迎娶朵霞公主回朝。其中僅一小塊拳頭大的龍涎香便已價值連城，莫說其他奇珍異寶了，一時轟動西域諸國。

此事傳回天都，自然化作各種離奇的版本。湛王回朝的日子一定，伊歌城中凡是能見到城門的酒樓都已被搶訂一空。禮部與皇宗司擬定儀程，雖因天帝龍體未癒有所顧忌，不敢有當年天子親臨神武門犒軍的浩大聲勢，但滿城官民萬眾矚目，盡要一睹湛王與公主的風采，大街小巷沸沸揚揚。

湛王尚未離開于闐，一些自西域歸來的行旅商人便早已將各色傳說帶回天都。湛王如何孤身入于闐，如何應對吐蕃使者，如何與公主兩情相悅，攜美而歸……說得繪聲繪色，如同親歷。

不過當然沒有任何一個人會去想，任你驚才絕豔，天縱英姿，這世上沒有憑空的獲得。神話的背後，輝煌的底處，永遠都是智謀與膽略較量，永遠需要長遠的眼光、過人的勇氣，以及，無所不為的手段。

于闐一行之艱難，湛王進入西域之前便心中有數。天朝大軍名義上駐紮甘州，實際上使團尚在樓蘭國時，已有神禦軍輕騎三萬借道龜茲，在龜茲國嚮導的引領下橫穿沙漠，順利抵達于闐邊境和田河畔，悄然陳兵。

湛王之所以單身赴險，亦是深知于闐國內不乏來自天朝的商人。這些富商巨賈無不與富甲天下的殷氏門閥有著千絲萬縷的連繫。他們在于闐國內與那些王公貴族相交熟絡，已然形成能左右于闐政局的一股勢力，更是湛王此行堅實的財力後盾。

湛王只要召見幾個商人，便能了解于闐王生性多疑、貪財好色，當即以天朝使團的名義向于闐王贈送了一批珠寶金銀，外加數十名如花美女。而酒宴當晚，便有吐蕃使者酒後強行調戲這些女子的消息傳到于闐王耳中，于闐王自然大怒。

此時被侍從請到花園散心、平息怒氣的于闐王，便順理成章地遇到被朵霞公主邀請來鑑賞美玉的湛王。一次賓主盡歡的會面，湛王與于闐王和公主笑談風雅，卻貌似無意地提起此次隨他前來的副使周鑴多次往返西域，已然開闢了一條自玉門關始，經樓蘭、高昌、尉犁、龜茲、姑墨等國直達疏勒，從而西出蔥嶺的商路。天朝因國事紛爭，考慮到商旅安全，大有完全棄用原來古道之意。

西域古道過鄯善、且末、精絕等國，再經于闐而達疏勒，一直是這些國家商貿繁榮的重要依靠。一旦行禁令、絕商旅，天朝的絲綢、茶葉、鐵器、金銀以及一些精美的奢侈品將在于闐國內身價倍增，而于闐所產的玉石、香料、藥材等物品也將乏人問津。于闐即便能與吐蕃交好，吐蕃地處荒蕪，國勢再盛，又豈能與天朝的繁華相比？

于闐王雖不是什麼明君聖主，行事反覆無常，眼下卻也看得清楚，再加上朵霞公主從旁規勸，當即見風轉舵，驅逐吐蕃使者出境，向天朝示以誠意。

與她的父王相比，朵霞公主顯然更具有過人的智慧與眼光，不但設法促成了兩國間的交好，更為自己選定了一個風華無雙的夫君。然而正如天朝的百姓不會想到國與國之間合縱連橫的複雜一樣，朵霞公主也永遠不會了解，眼前這個翩翩如玉、瀟灑倜儻的男子，在對她溫柔含笑之時心中所思所想，卻是多年前在伊歌城京畿司的大牢裡，一個白衣素顏的女子曾說過的話：商旅貿易遠比戰爭更容易控制一個國家……

這句話在他面對萬里大漠飛沙時如此鮮明地浮現在腦海中，夜色下美麗的月牙泉如她清澈明亮的眼睛，而靜陳於泉底深處的沙石卻如他此時的心情，在經過了白天烈日火燒般的曝晒之後，夜晚冰寒的幽涼透骨而來，一切繁華與驕傲皆沒落，冷月隨波，寂寂然，無聲。

*

于闐王遣使者三百人，攜上乘五色美玉、良馬、美酒等豐盛的陪嫁以及朝貢物品隨湛王東行，送朵霞公主入嫁天朝，朝見天帝。但是這番兩國聯姻的盛舉卻讓原本便愁雲慘霧的御醫院雪上加霜，只因天帝病勢沉重，日漸不起，令人苦無良策。其中最讓御醫們頭疼的是天帝自移居清和殿之後便棄醫不就，除了偶爾召見幾位宰輔重臣並命蘇淑妃侍駕外，不見朝臣妃嬪，連皇后都拒於門外。藥無從下，醫無從醫，如何不讓御醫左右為難？

三省六部一臺九司，舉朝上下束手無策，如此拖至六月末，欽天監正卿烏從昭上了一道表章：

> 寅酉年乙亥，土盛枯水，木弱逢金。今太白經天，白虎犯日，太歲位正西，上侵紫宮，易避西方而居北坎位，遠命屬虎年之人，女子尤甚……

這道表章在通政司停了不到半個時辰，直接由內廷女官送入含光宮。

六月癸巳戌時，遵含光宮皇后懿旨，皇宗司、掖庭司清查大正宮中所有妃嬪、女官、侍女，凡遇虎年所生者，已有封號的妃嬪一律送至千憫寺，未經傳召不得私自入宮，未曾侍駕的女官及侍女則放出宮去，各歸家門。

深夜之中，大正宮燈影穿梭，腳步密集，掖庭監司親自帶人盤查各宮，不停有侍女被帶走，一片人心惶惶。皇宗司則早已將幾名不宜留在宮中的妃嬪遣送出去，連夜前往千憫寺，這其中便包括住在皇宮最西面承平宮中的定嬪。

翌日，汐王上表請奏，懇求天帝恩准他將定嬪接入汐王府奉養。與烏從昭的表章不同，這道表章經通政司進入中書省，在鳳相手中壓了三天，留中不發。

再隔了一日，已多日未曾進宮的凌王妃前來給天帝請安。不一會兒，清和殿傳出口諭，命御醫院上呈日前所用藥方御覽，此時已晉為御醫的黃文尚候在外殿，等候宣召。

這一候便是兩個多時辰，眼見日上正中，一日已過去大半，黃文尚方見凌王妃自內殿中緩緩踱步而出，一身黛青色的宮裝端麗雅致，廣袖燕襟，披帛修長，雖已有數月身孕隱約也看得出，卻是別有一番綽約風姿。潤和通透的玉環綬隨著她的腳步輕搖，發出悅耳的聲音，給這著了幾分暑氣的大殿帶來絲絲清涼。

「見過王妃！」

隨著黃文尚問安，卿塵在他面前停下腳步：「皇上先前都用了什麼藥？」

黃文尚回頭示意一下，身後兩個內侍躬身將托著藥方的漆盤呈上。卿塵便站在那裡，一一細看，稍後道：「取筆墨來。」

其中一個內侍應聲退下，很快取來筆墨奉上。卿塵提筆垂眸，在御醫院列出的方子上略加添減，筆下龍飛鳳舞，看得黃文尚暗自心驚。

卿塵寫完之後，對黃文尚道：「從今天起照這個方子奉藥，記住石決明先煎，鉤藤後下。以後每日巳時來清和殿請脈，若脈象弦滑則加龍膽草五錢、菊花三錢、牡丹皮三錢同煎，若弦細便佐以尚藥監所製的金匱腎氣丸。你仔細記下，切莫有誤。」

黃文尚匆忙將她的吩咐記下，拿著藥方心中忐忑不安，一抬頭，見她已經往殿外走去，三步並兩步地追上：「王妃！王妃……」

卿塵止步轉身，面帶詢問。黃文尚躊躇道：「王妃，這方子上有幾味猛藥，下官惶恐，實在不敢妄用。」

卿塵微微一哂道：「你們御醫院是不是也該改改那些中看不中用的太平方子了？」

黃文尚低聲道：「凡疾病當三分治，七分養，若未待臟腑調和便以猛藥醫之，恐生意外。下官丟了性命事小，聖體安危為重！」

話說完後，卻半日不見卿塵回應。黃文尚抬頭看去，見她正靜靜望向雲簷龍壁的清和殿，有種幽深的意味映在她清透的眼底，一漩明銳浮光掠影般消失在那黑亮的瞳仁深處，微瀾溫冷。

只一瞬，卿塵自遠處收回目光，淡聲道：「只怕皇上已等不到你們調和臟腑，安神定氣了。」

黃文尚瞠目結舌呆立在那裡，當場汗透衣背，一句話也說不出來。卿塵見他這副模樣，卻淡淡一笑：「你也是深知醫理的人，我用的藥有錯嗎？」

黃文尚道：「藥對病症，確實沒錯，只是……」

卿塵未等他說完，便道：「既然藥沒錯，我敢讓你用，便自然有把握保你前程性命，難道你不相信我？」

黃文尚急忙道：「下官不敢！」

「那便好，這藥用不用，你自己斟酌吧。」卿塵不再多言，轉身繼續前行。迎面看到殿前內侍快步在前引著鳳衍入清和殿見駕，見卿塵和黃文尚站在殿外，鳳衍停下腳步，那引路的內侍躬了躬身，先往殿內去了。

黃文尚見到鳳衍倒如同見了救星一般，匆匆上前施禮：「鳳相！」

鳳衍見他一臉惶惶不安的神情，皺眉道：「什麼事？」

黃文尚猶豫的空檔，卿塵微笑道：「我在和黃御醫商討給皇上用藥的方子，黃御醫對幾味藥有些疑問，不敢用。」

「哦！」鳳衍看了黃文尚一眼，「既然是王妃列的方子，你便放心用吧。」

這簡單的一句話卻像給黃文尚吃了定心丸，他似乎吁了口氣，道：「下官遵命，那下官先行告退了。」

鳳衍揮了揮手，黃文尚躬身退下。卿塵目光一抬，在黃文尚的背影上停了一停。鳳衍笑容慈藹：「皇上果然肯用妳的藥，可見對妳信任有加啊！」

卿塵卻只若有若無地笑了笑：「我至少得讓皇上看起來比以前有所好轉，否則讓御史臺挑出欽天監的不是，烏從昭也不好交代。」

鳳衍點頭，頓了頓，問道：「皇上究竟……」

略長的尾音，話不必說完，意思已明瞭，卿塵冰雪聰明，豈會不知其意？微微搖頭：「盡人事，聽天命。」

鳳衍會意，也不再多問，卻突然見卿塵臉上帶過極輕的微笑，回頭看去，原來是夜天凌遠遠邁上了白玉石階，顯然是往他們這邊來。

因是入宮，夜天凌今日穿的是玄色的親王常服，墨色底子上飛天雲水紋襯繡五爪袞龍，王儀尊貴，不怒自威，冕冠束髮，玉帶纏腰，在平素的清冷中更添倨傲，令人不敢仰視。他在與卿塵目光相觸的片刻微微揚脣，原本嚴肅迫人的星眸流露出淡淡笑意，一時神采飛揚。

待到了近前，他對鳳衍道了聲：「不料鳳相也在。」便伸手挽住卿塵，低聲道，「怎麼這麼久？」

卿塵道：「陪父皇多說了一會兒話，你怎麼來了？」

夜天凌道：「妳身子不方便，還是早些回府，莫要太過勞累才好。」

卿塵含笑點頭，鳳衍看在眼中，笑道：「殿下如此體貼卿塵，老臣這做父親的看在眼中，著實替她高興。」

夜天凌淡挑脣角，並未接話，卻道：「今日在文瀾殿，鳳相費心了。」

鳳衍呵呵一笑：「玄甲軍的編制蒙聖上欽准，十餘年來不曾有過異議，老臣不過是身處其位，職責所在罷了。」

夜天凌神色淡定，語氣疏朗：「說起軍中編制，方才兵部倒提了一事，天都中京畿衛的人數如今已是兩萬有餘，似乎與制不符。」

鳳衍笑容不減：「看來軍中確有逾制之事，不以規矩，無以成方圓，該整頓的自不應馬虎了事。」

夜天凌淡淡道：「鳳相辛苦。」

鳳衍笑道：「分內之事。」

薰風暖陽下，兩人寥寥閒話，輕描淡寫，教人感覺不到絲毫的火藥味，殊不知就在幾個時辰前，文瀾殿中因此事劍拔弩張，鬧得不可開交。衛宗平與鳳衍在聯席朝議上又針鋒相對地較量了一場，此時正在門下省值房中來回踱步，醞釀彈劾的摺子，而鳳衍卻借問安的名義，直接來了清和殿。

事情源自玄甲軍的增編。

年初漠北之戰雖最後以天朝的勝利告終，但對於玄甲軍來說卻是一場慘勝。百丈原上一萬戰士損失近半，事後夜天凌親自從各處軍中挑選了一批戰士預備增補兵力，此次回天都一路察看，再經過近幾個月的反覆考校，最後確定了三千二百六十九人，報備兵部更換軍籍。

按常例，此事經兵部上報，由中書省發敕令執行即可。誰知中書省核准的敕令轉到門下省，卻被以「逾制」的名義封駁，送回中書省重新擬定。

依天朝軍制，帝都內外兩城駐軍除御林軍兩萬士兵常駐大正宮、東宮與宣聖宮外，另有神禦、神策兩軍駐紮外城。御林軍直屬天子，歷來有受東宮太子統領的慣例，而神禦、神策兩軍則由親王以上的皇子分別統率，並由兵部從旁協助。此三軍凡遇徵調需以天子所授符印為信，實際上皆對天子負責，是皇族用來拱衛帝都、防範叛亂的直屬軍。

這幾處駐軍之外，天都內城另有京畿衛一萬五千，由京畿司調派指揮，負責維護天都內外八十一坊日常安定。各王府中亦設有親兵禁衛，其人數按品級高低各有不同，品級最高的九章親王府可養兵一千五百，以此類推，親王府一千，郡王府八百，公侯府五百。

除了此次回朝即將加封九章親王的湛王外，天朝皇子中唯有凌王於聖武二十六年以平定西蜀之功晉封九章親王，賜九珠王冠，有殿前佩劍、宮中馳馬之特權，並依制凌王府中可設親兵一千五百人。但由於凌王常年領兵在外，玄甲軍自建軍之日起便由他親手調教指揮，這一萬將士名義上隸屬神禦軍，實則與凌王府之禁衛一般無二。

凌王素有城府，深知功高震主之大忌，縱重兵在握，卻向來行事磊落，張弛有度，是以天帝即便清楚他在軍中的威信卻不覺顧慮，多年來但凡有軍務，也放心由他處置。何況玄甲軍軍紀嚴明，從驃騎大將到普通戰士都潔身自愛，不結派，不黨爭，不張揚，不生事，令天帝甚為讚賞，因此玄甲軍的存在實際上是在天帝的默許之下。

然而此時天帝病情反覆，朝堂形勢不明，玄甲軍便格外引起一些人的注意，這才有了文瀾殿朝議的激烈爭論。只是有些事雖然各人心知肚明，真正搬到檯面上卻從來沒有敕令明示玄甲軍乃是凌王的親兵，如今要以「逾制」裁撤便十分沒有道理。

文瀾殿中凌王幾乎是連話都懶得說，冷眼看著別有用心之人義正詞嚴、慷慨激昂，這態度不言而喻。鳳衍那裡卻以中書省的名義接連責問門下省何以無中生有、封駁敕令，咄咄逼人。兵部則不冷不熱地請門下省給個合理的理由，既然有裁撤玄甲軍之意，自然得對將士們有個交代。

兩派各執其理，脣槍舌劍，往來不休，直看得一些中立的大臣憂心忡忡，心驚膽戰。

憂的是天帝纏綿病榻、精神日衰，朝堂之上波雲迭起，改天換日近在眼前。驚的是如此情勢之下，神禦、神策兩軍北伐突厥，西鎮邊陲，如今這看似繁華錦繡、歌舞昇平的伊歌城，竟已是一座無軍鎮守的空城。

第一一二章　杜曲梨花杯上雪

夜天凌與卿塵出宮回府，冥執早等候多時，顯然是有事稟告。

「殿下、鳳主……」站在他兩人面前，冥執話說出口，突然看了看卿塵，欲言又止。

卿塵眉眼淡挑，笑意淺淺：「有他給你們撐腰，凡事就瞞著我吧，以後便是讓我聽我也不聽了。」

冥執笑道：「屬下不敢，但事多勞心，還請鳳主保重身子。」

卿塵上次親自見了王值，恰巧次日有些心慌疲倦，不知為何胎動得厲害。雖這只是氣血虧虛的常症，以前也有過幾次，服藥靜養些時候便就好了，卻著實惹得夜天凌不滿。自此冥衣樓部屬在卿塵面前便報喜不報憂，小事不報，大事簡報，有事盡量不來煩擾她。卿塵今天卻也真覺著累了，懶得過問，便先行回了漱玉院。

冥執待卿塵走了，便道：「殿下，找到冥魘了。」

「哦？」夜天凌抬眸，「人在何處？」

冥執方才臉上那點笑容消失得無影無蹤，神情異常憤恨：「居然在承平宮，我們一直覺得奇怪，只要人還在天都，怎會這般毫無頭緒？誰知他們根本沒有出宮城。」

「承平宮？」夜天凌緩緩踱了幾步，「可有遇到汐王府的人？」

冥執道：「沒見到，密室中六人都是碧血閣的部屬。屬下先行請罪，這六人沒留下活口，只因他們太過狠毒！冥魔身上至少有十餘種毒，傷及五臟六腑，雙手雙腳全部斷筋錯骨，一身功夫盡廢。我們不敢驚動鳳主，若非有牧原堂張老神醫在，冥魔怕是連命都不保。」

夜天凌神情微冷：「人在牧原堂？」

「是。」

「看看去。」

*

與開闊的前堂不同，牧原堂側門拐過了一個街角，烏木門對著並不起眼的小巷，牆頭幾道青藤蔓延，絲絲垂下綠意，看起來倒像是一戶尋常人家的後院。

然而沿著這道門進去，眼前便豁然開朗，成行的碧樹下一個占地頗廣的庭院，藥畦片片，芳草鮮美，陣陣花香藥香撲面而來，直教人覺得入了草嶺山間，悠然愜意。

寫韻正在院中選藥，一身青布衣裙穿在身上乾淨大方，教人見了不由想起那雨後新露，麗質清新，與一年前凌王府中那個輕愁幽怨的侍妾判若兩人。

一個布衣長衫、形容清矍的老者正背著手緩步自內堂走出，一臉沉思。

寫韻放下手中的事情，恭恭敬敬道：「師父。」

張定水停下腳步，目光在滿園青翠的藥苗上停了片刻：「方才我用針的手法，妳看清楚了嗎？」

「看清楚了。」寫韻答。

「從今日起每日兩次，妳來用針。」張定水道，「內服五味清骨散，外用九一丹，好生照料。」

寫韻卻有些躊躇：「師父，我來用針，萬一有所差池……」

張定水目光落在她臉上：「妳入牧原堂已然一年有餘，每日隨我看診練習，為何還如此沒自信？當初凌王妃研習這金針之術只用了半年時間，此後疑難雜症，針到病除，從未見她這般猶豫遲疑。」

寫韻微咬著唇，道：「王妃天人之姿，我不敢和她相比。」

張定水意味深長地道：「妳可知那半年裡，她自己身上挨過多少針？這半年後，她在牧原堂日診數十，又經了多少歷練？天縱奇才，我從未聽過她說這個，她是歷盡鑽研，胸有成竹。」

寫韻輕輕道：「師父教誨得是，我還不夠努力。」

「妳的天賦不比她差，努力也不比她少，究竟差在何處，不妨自己好好想想。」張定水看了看她，舉步向前走去，「我要入山採藥，一個月後才回來，自明日起牧原堂的病人都由妳自己看診。」

寫韻聽了怔住，回過神來一時忐忑，一時興奮，師父的意思是完全放心她嗎？她目露欣喜，輕輕撥弄著手邊的藥草，還差在何處呢？師父也是說她仍舊不及凌王妃啊！她蹙眉，卻又突然一笑，何必想這麼多啊，她是她，凌王妃是凌王妃。

思量間抬起頭來，正見夜天凌和冥執沿著小徑進入院中，那個修挺的身影她似乎非常熟悉，卻也陌生到極致。

有些人注定不是妳的，有些人注定只能用來仰望，她並不敢奢望和這樣的人並肩站著，她只想努力做她自己。

離開凌王府，有這樣廣闊的天地可以盡情飛舞，她開出的藥方，她手中的金針，能讓啼哭的孩子安然入睡，也能讓呻吟的傷者苦楚減輕，也能讓痛苦的病人略展愁眉。她永遠記得凌王妃在她離開時說過的話，男女之間本無高低貴賤，只是在男人的世界中，因為是女人，便更要知道自己該怎麼活……

是自信，她輕輕揚起頭，微笑上前，盈盈福禮，將夜天凌和冥執引入內堂。

並肩而行，她能感覺到夜天凌身上冷水般的氣息，他目不斜視地走在她身邊，每一步都似乎自她心中輕輕踩過。她挺直了身子，盡量邁出從容的腳步。這個男人曾經是她的天，但那是太高太遠的地方，無垠的清冷足以令人窒息。她情願放手，在羽翼盡折之前，回頭尋找真正屬於她的海闊天空。

內堂裡莫不平、謝經、素娘等都在：「殿下！」

夜天凌微微頷首，往一旁紗簾半垂的榻上看去，饒是他定力非常，見到冥魘時心中亦覺震驚。蒼白的臉，蒼白的唇，曾經冷豔的眉眼暗淡無光，英氣勃勃的身姿形如枯木，若不是還有一絲幾不可聞的呼吸，他幾乎不能肯定她還活著。

然而就在他看過去的時候，冥魘微微睜開了眼睛，模糊中她看到那雙清寂的眸子，如星，如夜，如冰。

筋脈俱斷時利箭穿心般的痛楚下，毒發後萬蟲噬骨般的煎熬中，這雙眼睛是唯一支撐著她的渴望。曾千萬次地想，他在險境中，他的敵人隱在暗處虎視眈眈，刀山火海，只要還活著，便能見到他，告訴他，提醒他。

他現在就在面前啊！冥魔艱難地想撐起身子，卻力不從心，聲音微弱：「殿下……」

素娘急忙上前相扶。「別動。」夜天凌沉聲阻止，伸手搭在冥魔關脈之上。一股暖洋洋的真氣緩緩遊走於經脈之間，如深沉廣闊的海，教人溺斃，教人沉淪，深陷其中，萬劫不復。

冥魔貪戀地望著夜天凌的側臉，目不轉睛，脣角含笑。夜天凌臉色卻一分分陰沉下來，末了霍然起身，深眸寒意叢生。

經脈俱損，筋骨碎折，是什麼樣的毒，什麼樣的刑，如此加諸一個女子身上！便是有血海深仇不共戴天，也不至於這般折磨！

寫韻擔心地看了他一眼，輕聲道：「殿下，若日後細心調治，冥魔的身子還是能恢復的。」

夜天凌轉頭看向冥魔，即便身體能康復，一身武功卻是盡毀於此，再也不可能恢復了，這對自幼練武、身處江湖的人來說，豈非生不如死？

此時，冥魔卻在素娘的扶持下輕輕道：「殿下，冥魔失職，沒能保護好貴妃娘娘，請殿下責罰！」

夜天凌將手一抬：「此事不能怪妳，是我太自大了。」

冥魔靠在素娘身上，慢慢道：「碧血閣竟知道冥衣樓和皇族的淵源，他們夜入蓮池宮為的是先帝賜給娘娘的紫晶石，若不是娘娘至死不肯說出串珠的下落，他們也不會容我活到今天。當年那胡三娘根本沒有被處置，就是她帶了十二血煞害死貴妃娘娘的！」

此時夜天凌怒極而靜，反倒面色如常，徐徐轉身道：「莫先生，本王的部屬絕沒有白受委屈的道理，冥魔流的血，碧血閣必要用百倍的血來償還。查其總壇所在，今後本王不想再聽到碧血閣這三個字。」

那一瞬間，冥魔眼中有淚奪眶而出，沿著慘白的面容迅速滑下，夜天凌冷峻的身影在眼前變得一片模糊。

莫不平沉聲道：「屬下已經調派人手追查，天璿宮剛有了回報，他們在綠衣坊濟王前些年購下的一座宅院裡。今晚之後，屬下保證江湖上不會再有碧血閣。」

「膽子不小，竟敢隱匿在上九坊。」夜天凌冷冷道，「玄甲軍會調撥人手從旁協助，你們不必顧忌汐王、濟王兩府。」

「屬下遵命！」

夜天凌微微轉身，目光在冥魔身上停留了片刻，似乎想說什麼，卻終究不曾再言，舉步離開。

冥魔撐著全身的力氣看著他的背影消失在門外，渾身一鬆，軟軟倒了下去。素娘匆忙扶她，卻見她仰面靜靜看著如煙如塵的紗帳，一絲微薄的笑輕輕漾開在蒼白的唇角……

第一一三章　前程兩袖黃金淚

秀潤的黃花梨木翹頭小案，醉紅的荔枝，伴著幾個剝開的碧色蓮蓬，水靈靈、清湛湛地盛在小巧的琉璃盤子中，看上去似乎還帶著清露的滋潤湖水氣息，新鮮可人。花草繁茂的夏日，越是一日將盡越覺暑氣逼人，陽光炎炎，過了迴廊半灑入水榭，細細點點與光可鑑人的湘妃竹木交織成片，四周水氣氤氳，才淡淡泛出些清涼。

卿塵輕闔著眼靠在榻前假寐，雪影窮極無聊，有一爪沒一爪地撈著她垂在身旁的衣帶，見她始終不理睬，轉頭跳到小案上東踩踩西踩踩，一個回身打翻了琉璃盤。匡噹一聲輕響，荔枝滾了滿地，小小蓮蓬四落，嚇得雪影跳起來迅速竄走。

卿塵被響聲驚醒，懶懶地睜眼一看，笑著以手撐額嘆了口氣。正奇怪外面侍女怎麼沒動靜，碧瑤已放輕腳步走了進來，一見卿塵醒了，再看這滿地的果子，回身便找雪影：「又是你亂鬧，前幾天剛掉到湖裡嗆了個夠，還不知收斂！」

雪影自知闖禍，上竄下跳地繞著碧瑤躲，瞅著卿塵似笑非笑、不是很有維護的意思，轉頭就往迴廊上跑。卿塵和碧瑤只聽到一聲哀鳴，企圖逃匿的小獸被人拎著帶回現場。夜天凌微皺著眉掃了眼地面，雪影可憐兮兮地吊在半空。

這真是欺軟怕硬，卿塵失笑，看熱鬧的雪戰對雪影投去了同情的一瞥，揚尾巴，往卿塵懷中蹭了蹭，免遭池魚之殃。誰知還沒趴穩，一隻手伸來，身子騰空而起，不等掙扎便被丟到了碧瑤懷中。夜天凌拂襟在案前坐下，清冷冷的目光一帶，兩隻小獸往後縮了縮，立時乖巧地被碧瑤帶走了。

卿塵撐起身子笑道：「半天不見你，出府去了嗎？」

夜天凌點頭道：「嗯，剛回來。」

卿塵細看他神色：「出什麼事了？」

夜天凌抬眸，清朗一笑：「沒事。」

卿塵淡淡笑了笑，便也不再追問。

外面細碎的腳步聲由遠及近入了水榭，隨著淡淡清香，一個小侍女托著兩個薄瓷小盞進來，低眉俯身放在案前：「殿下、王妃請用。」

「這是什麼？」夜天凌見盞中碧色盈盈，淡香襲人，隨口問了句。

那小侍女抱著漆盤剛要退出，忽然聽到他發問，竟嚇了一跳，怯怯地不知該怎麼回答。凌王府中的侍女一向對夜天凌有些害怕，卿塵見她年紀尚小，溫言笑問：「是荷葉露嗎？」

那小侍女急忙點頭，細聲回答：「回王妃，是蓮子荷葉露，白夫人……讓奴婢送來的。」

卿塵道：「知道了，妳去做事吧。」

小侍女一直不敢抬眼看夜天凌：「是，奴婢告退。」說罷放輕腳步匆匆退了出去。

卿塵調侃道：「整日在府中不苟言笑的，誰見了你都害怕。」

夜天凌抬手取過瓷盞，悠閒地攪動著：「那怎麼不見妳害怕？」

卿塵以手支頤，斜靠在錦墊之上，閉目養神：「天道之數，一物降一物，若都怕你還了得？」

卻聽夜天凌輕笑一聲，倒沒反駁，竟是默認了那一物降一物的話。卿塵烏墨般的眼線輕挑，笑意流瀉，忽然清香撲鼻，睜開眼睛一看，夜天凌將他手裡攪開的荷葉露遞到了她面前：「怎麼不嘗嘗？」

卿塵懶懶搖頭，夜天凌見她這幾天總吃得極少，不免擔心道：「便是沒胃口也多少吃一點，兩個人反倒比一個人吃得少，這怎麼行？」

但見那荷葉露玉凍一般盛在白瓷盞中，幾粒去了心的蓮子綴在上面賞心悅目，卿塵於是伸手接過來：「這個看著倒清爽。」

夜天凌便隨手拿了她那一碗，攪幾下，嘗了嘗：「味道不錯。」

卿塵慢慢吃了小半碗便放下了，聽湖上遠遠傳來細語笑鬧，卻是侍女們划了小舟在採蓮。輕舟破水，花葉碧連天，看得人心頭癢癢的，她回頭軟聲道：「四哥……」

夜天凌笑著站起來，揚聲吩咐：「晏奚，著人備船遊湖！」

外面伺候著的晏奚俐落應聲，馬上去辦。夜天凌扶了卿塵起身：「不能太久。」

卿塵笑應道：「就一會兒。」剛站起來，忽然間心口驟生劇痛，緊接著天旋地轉，腥甜之氣衝上喉間，不覺猛地噴出一口鮮血。

夜天凌大驚失色，匆忙撐住她搖搖欲墜的身子：「清兒！」

卿塵只覺得心頭似有千萬把尖刀在攪，胸中血氣翻湧，壓也壓不下，忍不住又是一口鮮血嘔出。低頭看去，只見手腕上一道血色紅線隱隱出現，蜿蜒而上。紅塵劫！她勉力抓住夜天凌的手，想要提醒他荷葉露中有毒，卻只是不斷咳血，身子軟軟的一絲力氣也無，眼前逐漸模糊，似乎陽光太烈，欲將一切燒灼成灰。

她竭盡最後一絲清醒望向他，耳邊傳來他驚怒交加的聲音。他應該沒事，他的懷抱還是溫暖而堅實，可以放心地依靠，慘紅一片的血色淹沒過來，越來越濃，驟然化作黑暗。

*

紅塵劫，源出西域，連環奇毒。絕神志，斷脈息，逆血全身，關脈三寸處隱有紅線如鐲，鐲繞九指，無解。

張定水枯瘦的指下，一道觸目驚心的紅線正在逐漸加深，緩緩地又沿著卿塵蒼白的肌膚繞上一圈。

比起內外慌成一團的眾人，夜天凌神色還算鎮定，張定水剛一抬頭，他立刻問道：「怎樣？」

張定水緩緩收回手：「可解。」

本應如釋重負的時候，夜天凌依舊劍眉緊鎖，而張定水的神情也沒有多出輕鬆的痕跡：「毒可解，但卻要殿下捨得王妃腹中的胎兒……」

夜天凌眼中驀然一震，截下他後面的話語：「我只要她平安！」

張定水點頭道：「依方才所言，下毒之人實則針對的是殿下，若這毒真的入了殿下體內，便是我也無能為力了。現在紅塵劫的本毒可用血魂珠化解，血魂珠有歸血通脈的功效，但本身亦是劇毒。紅塵劫之所以名列天下奇毒，便是因其毒中纏毒，解毒亦是種毒，生生不息，永無休止，說是有解，可謂無解。但眼下王妃體內有一個受體，我可以金針引導，借血脈運行之機將血魂珠逼入胎兒中，胎兒脫離母體，則毒隨之而去。」

紅鐲妖嬈，纏著卿塵皓腕似雪，卻如毒蛇噬心，夜天凌強壓下動蕩的情緒：「哪裡能找到血魂珠？」

張定水道：「血魂珠雖不多見，牧原堂卻也不缺。只是有一事我必得讓殿下清楚，王妃腹中胎兒已有七個多月，精氣已聚，形體已成，且極有可能是個男嬰。若此時產出母體，我有把握保其平安，殿下是否要再行斟酌？」

夜天凌薄唇一抿，「不必！」

張定水微微喟嘆：「殿下既然心意已決，我也不再多說，定保王妃無恙便是。」

＊

極深的海底，四周很寧靜，沒有一絲光線，沒有一絲聲響，沉沉的死寂一片。

卿塵恢復第一絲意識的時候，是尖銳的刺痛。彷彿有一種力量將冰封的海水緩緩推動，一個接一個的漩渦捲來，夾雜著冰凌的液體逐漸在血脈中奔流，那痛無處不在，鋪天蓋地地糾纏上來。她忍不住輕聲呻吟，立刻聽到一個聲音在耳邊響起：「清兒，清兒！」

清兒……誰在叫她？是父親嗎？和小時候賴床不起時一樣，父親是沒有時間和她認真的，賴一下便過去了。她昏昏沉沉地想著，只想再次沉入海底，便可以躲避那如影隨形的痛楚。

然而那個聲音始終執著地催促，她掙扎了一下，有什麼吸引著她，卻又有種壓力反撲過來，兩相抗衡中那聲音鍥而不捨地、霸道地將她往水面上拉，終於身子越升越快，有浮動的光亮逐漸接近，彷彿猛地破開滅頂的壓力，眼前光亮大盛，一雙深亮而焦灼的眼睛帶著幾分狂喜和驚痛，她看清了他：「四哥……」

夜天凌一直緊握著卿塵的手，眼見那一圈圈奪命的紅線正在緩緩褪去，指尖不禁微微顫抖。「我在！」他輕聲道。

卿塵看到他毫髮無傷地在身邊，露出一個虛弱的微笑，吃力地道：「幸好……你沒有喝那碗荷葉露……」

夜天凌心中已分不清是痛還是恨，千言萬語堵在喉間一句話也說不出來，如槍劍叢生，扎得骨肉鮮血淋漓，他只能緊緊將她的手握著，似乎想借此分擔她的痛苦。

卿塵神志逐漸有些清醒，恍惚感覺到金針入穴，在渾身的疼痛下不甚清晰。

張定水行針的手極穩，氣定神閒，專注而果斷。

天突……華善……膻中……巨闕……建里……神闕……氣海……卿塵恍然一震，立刻醒悟到張定水用針的意圖，驚痛萬分，竭力想撐起身子：「不要……不……」

夜天凌眼中滿是苦楚，壓住她想要護住腹部的手，啞聲道：「清兒，妳別動。」

卿塵無力掙扎，只能哀哀看著他：「四哥……這……這是你的骨肉……你不能……」她的目光是他從未見過的乞求、無助，眼中淚水奪眶而出點點滑落，如滾油澆心，令人五內俱焚。

夜天凌牙關狠咬，卿塵的話撕心裂肺，逼得他不敢再看著那雙滿是哀求的眼睛。他冷冷抿脣轉頭，那一分剛硬果決如鐵，他絕不後悔這個選擇，他可以不要一切，包括他的骨血，只要她無恙。如果可以，他願意用自己的性命去換取，哪怕讓她少痛一絲也好。

張定水終於抬頭，暗嘆一聲，重新取出兩枚金針，手起針落，刺入卿塵耳旁要穴。卿塵神志瞬間模糊，重新陷入昏睡。

兩個時辰後，宮內得凌王府急報，凌王妃意外早產，一個近七個月大的男嬰剛剛出生便已夭折。

夜幕深落，夜天凌步履疲憊地走出王府寢殿，細月一弦，斜掛青天。

眼前燈火通明，次第而上，照亮已完全壓抑在夜色中寢殿的輪廓。廣闊的前庭中，一面是黑衣黑巾的冥衣樓部屬，一面是玄甲玄袍的玄甲軍士兵，見到他出來，上千戰士同時單膝跪下。黝黑的夜裡，只聞齊刷刷衣襟振拂的響聲，雪亮的劍，奪目的殺氣。

夜天凌緩緩仰頭看向那刀鋒般的冷月，擲下話語如冰：「踏平綠衣坊，擋者，殺無赦！」

＊

凌王妃中毒之後，當初送荷葉露入水榭的小侍女立刻便被查出。那女孩起初哀哀喊冤，但冥衣樓的手段連鐵板都能撬開，何況一個弱不禁風的小姑娘。不過片刻，小侍女便供出投毒的主使者：凌王侍妾，千洳夫人。

白夫人恨極，命王府中的掌儀女官將千洳自思園帶出審問，千洳卻著實驚駭欲絕，怎麼也不承認買通小侍女是要投毒謀害凌王與王妃。

最後在掌儀女官的嚴詞逼問下，千洳才說出荷葉露中所放的不過是可令人意亂情迷的藥物。

千洳留戀王府卻無望得凌王寵幸，終日鬱鬱寡歡，前幾日被寫韻邀出府去散心，回來路上轉去寺廟上香時無意中遇到一個叫三娘的女子，自稱是城中某位官宦家的小妾。

兩人似乎一見如故，三娘說起在家中被正妻欺凌，眼淚漣漣。千洳想起自己的處境，不由將滿腹哀愁也說給她聽。三娘眼淚來得快，去得也快，轉眼便出主意給她，只說眼下王妃有孕在身，也不是沒有法子讓凌王來思園。

千洳即便知道凌王永遠不可能垂愛於她，卻只緊緊抓著心中一絲殘念，拿著三娘給的藥，唯想一夜之後若能幸而得子，她就知足了。

她只執著於編織著這番幻想，卻不知這微薄的念頭已成了他人手中惡毒的刀，刀鋒上淬著蛇蠍般的毒穿心透骨，就此將她推入毀滅的深淵。

白夫人以往憐惜千洳，一直對她多有關照，但如今縱憐其不幸，更恨其不爭，言語中再不留情面：「妳以為用這種見不得人的法子便能亂了殿下心志？依殿下的性子，他若是不想做的事，便是天塌下來也沒用！縱然殿下真撐不住，王妃一手醫術起死回生，難道還奈何不了這種下作的藥？妳也未免太小看殿下和王妃了！做出如此糊塗之事，就憑這個妳如何配得上殿下？眼下我也護不得妳了！妳若還有臉見殿下，自己去求他饒妳性命吧！」

千洳如遭五雷轟頂，兩個掌儀女官一放手，她身子便軟軟癱倒在地上。

白夫人的話近乎殘忍地覆滅了她所有幻想中的美好，光明普照在天涯的盡頭，她在縱身而去時感到了急速墜落的快感，灰飛煙滅的一刻才知道，原來縱使飛蛾撲火，自己卻連那雙翅膀都不曾擁有。

＊

汐王府門前向來只有兩盞半明半暗的懸燈，與相隔不過兩條街、當年明輝煊煌的溟王府相比，未免顯得有些寒磣。但如今溟王府華燈盡落、人去樓空，汐王府還是這兩盞懸燈，在過亮的月色下看去可有可無。

王府最深處的偏殿，異於常日地上了燈火，原本明亮的屋室卻偏偏因兩個人的臉色而陰晴不定。一絲微不可察的緊張氣氛悄然蔓延，燭焰偶爾一跳，晃得人心中一抖。

暗銀的緊身武士服，細長的眼眸，如斂了萬千燈火的妖媚，莊散柳的聲音卻陰沉得像能捏出水來：「非但淩王安然無恙，反而打草驚蛇，成事不足敗事有餘！我早就提醒過不要動那個女人，你當我是說笑嗎？」

夜天汐心中正光火，近來手中諸事差錯，四處不順。先是手下數名朝臣連遭彈劾罷黜，接著定嬪被逐出宮，鳳家與殷家朝堂相爭，又莫名其妙一把火燒到京畿司。今日中書省加急敕令，命軍中各處整飭編制，京畿衛首當其衝，被勒令裁汰士兵近三千人。本來最為得力的碧血閣剛剛損兵折將、丟了冥魘，眼下又出這等事，如何教他不惱火？因此冷哼一聲，說出的話便也格外不入耳：「什麼了不得的事？無非是一個女人，別說人還沒死，便是死了又如何？值得這麼大驚小怪！」

莊散柳眸中寒光驟現，語出陰冷：「無非一個女人？她若是死了，你今晚就得給她陪葬！你以為你是誰？這個女人的命比你值錢！」

囂張至極的態度，直氣得夜天汐臉色鐵青，勃然大怒：「你當自己是什麼人，敢對本王如此說話！本王對你一再忍讓，莫要敬酒不吃吃罰酒！」

莊散柳今日像是存心給他氣受的，陰陽怪氣地道：「原來殿下很清楚憑自己的實力除了隱忍別無出路？那還是繼續忍下去的好，免得前功盡棄，後悔莫及！」

夜天汐眼底清楚地閃現一線殺機，忍無可忍，狠狠道：「本王今日倒要看看你又有多少本事！」話音未落，拍案而起，出手如電，便往莊散柳面上揭去。

莊散柳身子飄飄往後一折，避開臉上面具，橫掌擊出，掌風凌厲。兩人半空中單掌相交，雙雙一震，夜天汐手中精光暴閃，劍已入手，殺氣陡盛，莊散柳足尖飛挑，面前几案應聲撞向夜天汐。

便是這電光石火的一剎，莊散柳已飛身而退。夜天汐既起殺心豈會就此罷手，劍勢連綿直逼上前，攝魂奪魄。莊散柳飄退三步反守為攻，空手對敵絲毫不落下風，眼中一抹冷笑浮動，如刀如刃。

銀影黃衫此起彼伏，兩人身形閃出殿外，迅速纏鬥在一起。

響動聲立刻驚動了外面胡三娘等人，王府侍衛團團圍上，一時難以插手。胡三娘厲聲嬌叱，短刀出手，襲向莊散柳後背。

卻聽月下錚然一聲水龍清吟，胡三娘眼前一花，駭然發現眼前莊散柳身形鬼魅般閃過，自己的短刀竟迎面刺向夜天汐胸口。她大驚之下猛然棄刀抽身，驚出一身冷汗，定睛一看，夜天汐一動不動立在庭中，一把水光流溢的軟劍輕輕架在他頸後，沿著那劍，一雙邪魅的眸子，異芒陰暗，一身銀色的長衫，風中微動。

劍影瀲灩著月色，不知出自何時，不知來自何處，似乎只要輕輕一絲微風，那月色便要隨著波光散去。持劍的人似笑非笑的眼波微微一轉，卻讓周圍橫劍持刀的侍衛們不約而同地向後退了一步。

胡三娘顫聲喝道：「莊散柳！你……你別亂來！」

一聲冷笑吹得月光微動，夜天汐只覺得那細薄的劍鋒輕顫，沿著他的肌膚緩緩前移。劍上寒氣刺得人汗毛倒豎，頸後卻有溫熱的氣息貼近，一股若有若無的薰香味道讓他忽然感覺異常熟悉。

「殿下，我知道你早就想要我死了，不過現在殺了我對你沒有任何好處，還不如省下力氣想想該怎麼應付凌王。等收拾了他，我再陪殿下好好玩玩也不遲。」

傲慢而陰柔的聲音低如私語，依舊教人恨得牙癢癢，夜天汐卻也著實不一般，方才那番震怒已不見蹤影，此時全然無視利刃壓頸，鎮定轉身，緩緩笑說：「莊先生好身手，本王領教了。」轉頭對侍衛喝道：「還不退下！本王與莊先生切磋劍法用得著你們插手？」

侍衛們四下往後退開，人人驚疑不定。莊散柳眼尾滿不在乎地掃過那些明晃晃、尚未入鞘的刀劍，揚手一振，那柄軟劍嗖地彈起，靈蛇般纏回腰間，化作一條精緻的腰帶。

夜天汐心中忽然閃過一個影子，驀地驚住。

莊散柳隨手撣了撣衣襟：「今晚到此為止，莊某告辭了。殿下可要小心些，免得改日我再想找人切磋劍術，卻沒了對手。」

未等夜天汐有所反應，他身形飄然一晃，已躍上王府高牆，銀衣魅影瞬間消失在月色下。

一陣風過，空氣中隱約還殘留著那股薰香的氣息，龍涎香！夜天汐悚然記起這個味道。這種難得的香料當朝只有含光宮常用，日前殷皇后曾以此賞賜湛王迎娶于闐公主，除此之外，天朝皇族中唯一曾被准許使用此香的，便是孝貞皇后生前最為寵愛的小兒子，九皇子，夜天溟。

夜天汐身上倏然掠過一陣涼意，不寒而慄，胡三娘試探著叫了聲：「殿下？」他猛地回頭吩咐：「立刻去查溟王府當年的案子！莊散柳……本王要知道他究竟是誰！」

胡三娘不明所以地應下，方要細問緣由，一個碧血閣的部屬渾身是血地衝入王府，跌跌撞撞撲至夜天汐腳下：「冥衣樓夜襲綠衣坊！玄甲軍……玄甲軍……」話未說完，人已倒地氣絕。

夜天汐一腳踢開拽住他袍角的屍身，抬頭看時，綠衣坊那邊早已火光沖天，映紅了伊歌城風輕雲淡的夜空。

一道高起的屋脊上，莊散柳腳步略停，回頭望向不遠處火光燒天，細眸下一抹妖嬈血色深淺明暗，化作陰沉的冷笑。

當他得知凌王妃早產的真正原因時，便清楚凌王必不會讓碧血閣活過今晚。而他卻對汐王絕口不提，更毫無道理地與其糾纏了半天，讓他根本無暇及時應對凌王的行動。沒了碧血閣，汐王還有什麼能耐來取人性命？何況他現下能否在凌王手下贏得活路尚屬未知。

這場火燒得好，連濟王一併捲入了其中。當初他暗中設法幫汐王拉攏濟王做幫手，便從沒想讓濟王從這潭渾水中乾淨地出去。

一箭三雕！那雙眼中映著的火光魅異盛亮，雖然事情並沒有完全按他所預計的軌道發展，但並不妨礙他達到目的，這番龍爭虎鬥的亂局正中下懷。現在他唯一需要知道的是，當天都這漫天巨浪逐漸沸騰到頂點的時候，他想要的那個人將會身在何處？

第一一四章　何處逢春不惆悵

《天朝史．帝都》，卷八十。

聖武二十七年七月丁卯夜，廣嶽門私燭坊爆燃，火勢迅猛，禍連左右，京畿司守兵瀆職，撲救不及。

凌王聞報，調三千玄甲軍遷移民眾，引水救火。寅半，大火熄滅，私燭坊化為灰燼。戊辰，牧原堂盡數收容災民，資建房屋，民安。大理寺查，濟王縱家奴私開爆竹坊，以致此禍。帝怒，削濟王俸祿兩千戶，命其閉門思過。

史筆如刀，然而再利的刀鋒也刻不盡所有真相，在光明與黑暗之間，那一刃模糊的灰色沉澱著歲月光陰最真實的痕跡，永遠在迷離中戴著隱約的面紗。

綠衣坊那一夜，是胡三娘最後一次見到屬於火的華麗。

她站在灼熱的青石地上看著火舌貪婪舔舐著碧血閣包括十二血煞在內所有的靈魂，狂舞的明焰飛竄上紅樓碧閣，直沖霄漢。

那個自烈焰中緩緩走出的身影如同來自地獄的冥王，劍鋒下魑魅魍魎哀號慘叫，雪衣白刃斬盡殘敗哭歌，火影紛飛下冷冽如澌。

寂滅眾生的雙眼，冰封了灼灼烈火、沖天熱浪，彷彿和世界隔了一匹白練，底下血汙蟲蛇都與他無關，天地悲號，他站在極盡的高處，冷眼相看。

「胡三娘。」

這是她第一次聽到他說話，他的聲音如他的劍，冰雪千里。

火光動蕩下她看不清他的臉色，唯有那種居高臨下的威嚴壓得人透不過氣來。她知道穿過了煙火夜色他正看向她，那無形的目光似乎將她的身子洞穿，讓人在這樣的注視中灰飛煙滅。

她著實禁不住如此壓迫，軟軟撲跪在夜天凌面前，嬌聲微顫：「殿下……饒命！」媚媚地低頭，幾縷青絲蕩漾，「汐王他們的事奴家都知道，請殿下饒奴家一命，奴家什麼都願說！」

楚楚豔骨，萬種風情，勾魂奪魄的眼中似有淚光泫然欲泣，幾要將眾生顛倒。可一抬眼，無聲的寒氣透心而來，那雙眼睛中冰雪的痕跡不曾消融半分，只聽到冷硬的一個字：「說。」

凌王一字千金，這已是應了不殺她？胡三娘心中一喜，盡量保持著媚人的風姿，怯怯道：「奴家原本也是良家女子，那年在天都被湛王逼得走投無路，只好投靠汐王，汐王他……他原來是一心想圖謀大事！」

她為討好夜天凌，立刻將汐王暗地裡的事統統抖了出來。汐王早與碧血閣沆瀣一氣，籠絡衛騫，利用天舞醉坊斂取不義之財。事發之後，他故意給衛騫督運糧草的要職，讓他到北疆去送死，並想借此陷湛王於死地。

當初出征漠北，他洩露凌王的行蹤給東突厥，聯絡始羅可汗派人暗殺，同時構陷凌王身邊得力大將遲戍。一次不成，便又利用史仲侯，逼他用凌王的命來換母親的命。

定嬪住在承平宮，無意中發現有密道通往宮外。碧血閣從密道裡的一些蛛絲馬跡查到了冥衣樓，後來又查到蓮貴妃手裡有穆帝賜下的紫晶串珠。於是他們派人潛入蓮池宮，威逼蓮貴妃未遂，便動手將她殺害。

「這幾年來他一直想借突厥人的手除掉殿下，誰知殿下竟真滅了突厥王族，他便動起了用毒的主意，那毒……」胡三娘急急抬頭往四周看去，抬手指著肖自初橫在不遠處的屍身，「是他配的！奴家還勸過他們不要這麼歹毒，反而被他們斥責打罵！」

夜天凌自始至終沒有說一個字，胡三娘想不出還能說什麼，小心翼翼往前看去，只一觸那目光便駭得垂下眼睛：「還有……還有……最近好些主意都是莊散柳給汐王出的，他也不知是什麼人，厲害得很，連濟王都有把柄抓在他手裡，濟王現在凡事都幫著他們。這莊散柳好像很恨殿下，還一心覬覦王妃。對了，汐王今晚讓我們去查溟王府，好像和他有關。」

她能說的都說了，只是不見夜天凌有所滿意，心裡著實忐忑慌亂，輕愁含怨地抬頭：「奴家以後情願服侍殿下，殿下要奴家做什麼都行！」她故意抬手攏了攏零亂的衣衫，看似羞怯地垂下頭去，青絲散垂，細腰一擰，領口處那凝脂般的肌膚卻越發露了出來，映在火光下豔色跳動，柔光似水，只顯得妖冶動人。

忽然頸間一涼，夜天凌手中清光冷冽的劍已抵在她咽喉，她失聲驚呼：「殿下！殿下答應了饒過奴家的！」

夜天凌劍尖微微用力，抬起她的臉：「沒錯，本王是答應了不殺妳，如此千嬌百媚，殺了未免可惜。」

胡三娘美目之中淚光隱隱，似顰似愁，嬌聲道：「殿下！」

夜天凌面無表情地收劍入鞘，淡淡對旁邊道：「毀了這張臉，剜目斷舌，送到下九坊。」說罷轉身往外走去，再也沒有多看胡三娘一眼。

胡三娘呆在當場，忽然反應過來，大叫一聲，幾近瘋狂地往前撲去：「夜天凌！你……你還是不是人！你……」後面的咒罵斷在一聲淒厲的慘呼中，夜天凌的身影已然消失在煙火瀰漫的黑夜。

*

玄甲金戈，綠衣坊內外一律戒嚴。除了碧血閣前來增援的人被刻意放行，自廣嶽門火起後便再沒有任何多餘的人能進入綠衣坊，包括先後趕來的京畿衛和濟王府的侍衛。

夜天凌緩緩縱馬出現在封鎖綠衣坊的玄甲軍前時，濟王正大發脾氣，一眾玄甲軍戰士卻目視前方置若罔聞，全然不買這位王爺的帳。

一見到夜天凌，濟王立刻將滿腔的怒火發到他身上：「四弟！你這是什麼意思？這府園好歹也在我濟王府的名下，出了這麼大的事，憑什麼把我們攔在外面？就算我管不著這事，連京畿司都不能進去，你玄甲軍想幹什麼？」

夜天凌只用眼角往他身上一帶，語調冷然：「三皇兄知道這是大事便好，有和我理論的時間，不如好好管管家奴，若是再多幾家這樣的私燭坊，小心下一把火燒到濟王府，恐怕誰也救不了你。」

濟王根本就不知這座閒宅裡是碧血閣的人犯了夜天凌的大忌，聽到這般剛冷無情的話，氣得渾身發抖：「你……你說什麼！」濟王府靠私營爆竹坊牟取暴利也不是一年兩年了，原本事情隱密得很，誰知去年不巧讓京畿司查到了蛛絲馬跡。天都中除少府司外嚴禁私造爆竹，這是不小的罪名，幸而汐王是個聰明人，替他瞞了下來不說，還表現得對此事很有興趣，漸漸兩府之間便往來頻繁。今夜這私燭坊突然出事，對濟王來說可真是火燒眉毛，天帝正在病中，這案子牽連出來定不會輕饒，如何不讓他跳腳？關鍵是時值夏日，私燭坊根本是半歇業狀態，怎麼會突然事發？

夜天凌沒理睬濟王鐵青的臉色，冷哼一聲：「至於京畿衛，防範懈怠，怠忽職守，明日等著聽參吧！」他從頭到尾都沒有正眼看身前諸人，對站在濟王身後不遠處的汐王更是視而不見，說完此話，策馬揚塵而去，玄甲鐵騎緊隨其後，人馬飛馳，很快消失在黝黑的長街盡頭。

「夜天凌！」濟王指著玄甲軍留下的一片狂肆飛塵幾欲暴跳如雷，肩頭忽然被一隻手壓住，汐王半張臉隱在隨風晃動的火光下，明暗陰沉，「三哥，他是要和我們來硬的了，這時候故意弄出此事，擺明是連你也不放過，先下手為強，後下手吃虧啊！」

濟王愣了愣：「故意弄出此事？」

汐王道：「三哥難道沒見這遷出的百姓都毫髮無損嗎？玄甲軍分明是起火前便到了綠衣坊，早有準備。」

濟王被那隻手壓得站穩身子，心頭的火卻一跳一跳地沖上頭頂，怒道：「仗著父皇現在寵他嗎？來硬的又怎樣！難道我還怕了他？」

「三哥說得是。」汐王站在他身後，眼底寒意瘆人，脣角卻不易察覺地牽出了一絲陰冷的笑。

＊

凌王府今晚的燈火並不比往常明亮許多，卻幾乎是人人無眠。

處理好一切事情已近凌晨，夜天凌屏退左右，獨自往寢殿走去。一天煙火塵埃落定，月淡西庭，夜風微涼。

碧瑤正從外面拿了什麼東西回來，雙目略微紅腫，顯然是哭過，見了他輕聲叫道：「殿下。」

夜天凌轉身問道：「她怎樣了？」

「郡主已經醒了。」

聽了此話，夜天凌微鎖的眉頭卻未見舒展，只道：「妳們都下去吧。」

碧瑤像是還有話要說：「殿下……」

夜天凌抬手阻止了她，碧瑤無奈，往寢殿的方向看了看，輕輕退了下去。

當夜天凌步入寢殿的庭院時，突然停下了腳步。寢殿之前跪著個人，身形單薄，搖搖欲墜，顯然已經跪了很久，聽到腳步聲，轉身看到他，哀聲叫道：「殿下……」

夜天凌臉色瞬間便冷了下來，置之不理，逕自往前走去，千洳膝行兩步趕在他面前：「殿下！殿下！」

夜天凌眼中冷芒微閃：「妳在這裡幹什麼？」

千洳重重叩了幾個頭，釵鈿零亂：「千洳自知罪孽深重，百死莫贖，只求再見殿下一面。」

夜天凌看了她一會兒，突然冷笑：「妳是嫌毒不夠分量，來看看本王死了沒有？」

千洳臉色煞白，搖頭哭道：「不是……不是！我從來沒有想過要害殿下！我不知道那是毒啊！如果知道，我寧可自己喝了也不會給殿下的！」

夜天凌眼底冰寒：「那本王真要多謝妳了。」

千洳滿臉是淚，伸手想拉他的衣襟：「大錯已成，千洳唯有以死贖罪，千洳不敢求殿下原諒，只要能死在殿下手中，死而無悔。」

夜天凌猛地一拂襟袍，目露厭惡：「殺妳髒了本王的劍。」

千洳在他無情的話語中抬起頭來，痴痴看著他，神情慘惻。冷風撲面，涔涔涼意如針似芒，一點點將她的心挑得粉碎，挑起那心底深處久藏著的哀怨孤苦，他剛冷的輪廓淡在迷離的水霧中，「是啊，我糊塗了，殿下是連殺我都不屑呢！從太后娘娘將我賜給你的那天起，你從來沒有正眼看過我。你每次來思園，都是為了應付太后派來的女官，天不亮便走。人去樓空，我就天天一個人守著那麼大的園子，守著凌王府給我的錦衣玉食。我從來也不敢奢求和王妃爭你的寵愛，只不過是求你看我一眼，哪怕偶爾對我笑一笑，萬分的愛裡能給我一分，我就知足了。我是不是真的一無是處，這麼惹人厭煩？」她越說越是絕望，分不清究竟是愛還是恨，只是死死看著眼前這個男人。

夜天凌站在離她一步之遙的地方，靜靜地聽著她的哭喊。忽而青光一閃，他腰間佩劍出鞘，千洳的聲音隨著那抹清冷的光微微一浮，停住，她仰起頭來對著他的劍鋒，慘然而笑。

然而出乎她的意料，那襲人的劍氣並沒有加諸在她身上，只看到長劍在黑暗中劃出凌厲的亮光。

「殿下！」

噹的一聲，那劍滴著血擲在她面前。夜天凌小臂之上一道長痕深現，頓時鮮血橫流，他的聲音漠然平穩：「妳要的我給不了妳。我若欠了妳，也已經用我的骨肉、我的血還妳了，從此兩清，我以後不想再見到妳。」

血沿著他的指尖越滴越快，迅速在青石地上積成一汪血泉，風捲殘葉，他的衣角在千迦眼前飄搖，轉身一揚，決然而去。

一行血跡，兩身清冷。

千迦難以置信地看著夜天凌消失在她的視線中，過了許久，她緩緩低頭看向眼前血染的長劍，臉上突然浮現出一絲淒涼的笑容。

她仔細理了理自己的鬢角，將那散亂的釵鈿端正，慢慢伸手拾起那柄劍，青鋒耀目，劍上殘留著他的血，他的溫度。

抬頭，夜幕青天，月影遙遠而冷淡，便如她的一生，從來都沒有清晰過。

轉過青石道，夜天凌一步步邁上寢殿的臺階。他走得極慢，甚至在邁上最後一個臺階時完全停下了腳步，佇立片刻，緩緩地在那殿階上坐了下來。

一切都安靜了，他此時卻有些不敢進入寢殿，碧血閣奪命的刀劍也好，濟王的怒吼指責也好，汐王的陰謀詭計也好，都不曾讓他有這般感覺，無所適從。

手搭在膝頭，臂上的血不停地滴下，一波一波的疼痛已經開始由肌膚滲透到骨髓，他卻絲毫沒有處理傷口的想法。方才那一瞬間，似乎只有自己的血才能粉碎這樣的荒謬，他幾乎是痛恨自己，如果是他欠了誰的情，為什麼要用清兒的痛去還？

他抬手遮住眼睛，黑暗中卻如此鮮明地浮現出一雙清澈的眸子。她那樣看著他，她在求他保護他們的孩子，可他依舊做出了那個殘忍的決定。

那雙眼眸黑白分明，因剮骨割肉的痛楚而更加清晰，利如薄刃，竟讓他不知該如何面對。

二十年傲嘯縱橫，躊躇滋味，今宵始知。

他不由得緊緊握拳，傷口流血時帶來那種尖銳的痛，倒教人心裡痛快些。這時他突然聽到寢殿深處傳來幾不可聞的啜泣聲，壓在額頭的手微微一鬆，他睜開眼睛細聽，霍然回身，站起來快步往寢殿走去。

宮燈畫影，層層帷幕深深。他趕到榻前，看到卿塵正孤單地蜷在錦衾深處。她的手緊緊抓著被角，身子卻微微顫抖，那壓抑的哭泣聲埋在極深處，幾乎聽不清楚，卻讓他頓時心如刀絞。

「清兒……」

卿塵聽到聲音迅速地將淚抹去，但看到夜天凌，她竟然向後躲去，避開了他。

夜天凌僵在那裡，清冷的眼中似乎有什麼東西崩塌裂陷，直墜深淵，聲音滿是焦急：「清兒，妳聽我說。」

卿塵隱忍下去的淚水猛地又衝出眼眶，她神情有些迷亂，只是一雙眼睛灼灼迫視著他，啞聲質問：「你為什麼不要他，他難道不是你的孩子嗎？他已經七個月大了啊！他能活下來的，你為什麼不要他？」

「我……」夜天凌伸出的手定在半空，他一句話也說不出來，只是心疼地看著卿塵憔悴的模樣，面帶焦灼。可是面前那眼中的責問太銳太利，他生平第一次覺得無法和一個人的眼神對視，終於閉目轉頭。

淚沿著零亂的絲錦，灑了一身，失去了質問的目標，卿塵似被抽空了所有力氣，目光游移恍惚，無力地垂下。她漫無目的地轉頭，卻猝然看到夜天凌垂在身旁的手臂滿是鮮血，已然浸透了衣袖，滴滴落在榻前。

剎那間腦中一片空白，她駭然吃驚，顫聲叫道：「四哥！」

夜天凌聽到她的叫聲，回頭看到她起身向他伸出手，他幾乎是立刻便抓住她帶到了懷裡。卿塵掙扎道：「你的手怎麼了？」

夜天凌對她的問話充耳不聞，只是緊緊地抱著她，一瞬也不肯放鬆。卿塵此時身子虛弱，自然拗不過他，觸手處感覺到他血的溫熱，原本心裡的悲傷不由全化作了慌亂，她不敢亂動，只好向外喊道：「來人！」

聽到零亂的腳步聲，夜天凌才被迫放開了卿塵。張定水沒有離開凌王府，第一時間被請到了跟前。

侍女們已捧著清水、藥布等東西跪在榻前，卿塵看著夜天凌滿手的血驚痛萬分：「怎麼會這樣？你，你幹什麼去了？」她勉力撐著身子要看他的傷口，張定水上前道：

「王妃，我來吧。」

夜天凌雖任卿塵離開了他的懷抱，卻依然用另外一隻手緊緊攥著她。傷口較淺的地方血跡已經有些乾結，張定水將衣衫剪開，輕輕一動，他沒防備，不禁微抽了一口冷氣。

卿塵眼見傷口極深，竟是新添的劍痕，一時心亂如麻，輕聲問道：「很疼嗎？」

夜天凌轉頭看她，她臉上依稀仍見斑駁淚痕，黛眉輕顰，愁顏未泯，但眼底卻全是他熟悉的關切與柔軟。他搖頭表示沒事，凝視著她，居然緩緩而笑，那是從心裡透出來、如釋重負的笑，那樣真實，那樣愉悅，彷彿千里陽光灑照在雪峰之巔。

卿塵在此時已經知道了她剛才所詢問的答案。他的一點傷，已能讓她揪心忐忑，不需要再多的原因，他所做的一切只因他們已是彼此心頭最柔軟的部分，人可以捨得了骨血，卻如何剜得出自己的心？

＊

服了幾日張定水開出來的藥，紅塵劫的餘毒盡清，但卿塵卻因此元氣大傷，時常覺得暈眩乏力，一日裡倒有大半日靠在榻上闔目靜養。

讓碧瑤和白夫人她們十分不解的是，以往卿塵若是略有不適，夜天凌無論多忙總會抽空相陪，如今出了這樣的事，他卻時常不在府中，現在更是一連幾天都未曾回府。

卿塵對此並不多問，只有一次衛長征回來說殿下今晚耽擱在鳳府後，她輕輕闔上手中的書卷，看著天際浮雲縹緲、久久不語，隨後召來吳未吩咐約束府中諸人，近日一律不准隨意出府。而王府中除了之前的玄甲侍衛外，亦多添了許多冥衣樓的部屬。

第三天入夜時分，夜天凌回府了。

卿塵靠在榻上，看他就那麼站在那裡喝了碧瑤端進來的一碗靈芝羹。他揮手遣退侍女，自己動手去了外衣，仰身躺在她身邊。

卿塵枕在他的肩頭抬眸，他正低頭細細地將她打量，那眼中清淡淡的一層光亮，暖意融融，卻隱不下微紅的血絲。

「四哥。」過了一會兒，她輕輕叫他。夜天凌應了聲，聲音有些含糊，將她再往懷中摟緊幾分，稍後低聲道：「我睡一下，過會兒陪妳說話。」

卿塵便抬手放下雲帳，榻前一片靜謐的安然，回頭時他竟已經沉睡過去。

她在他臂彎裡安靜地躺了一會兒，卻睡不著，躺得久了隱隱覺得心口有些悶痛，便輕輕起身坐著。往日只要她一動夜天凌便會醒，今天他卻睡得格外沉。卿塵將手邊的薄衾給他搭在身上，黑暗中看到他的眉眼，在睡夢中平靜而真實。

明月穿窗，月光似水，幽幽鋪瀉一地，覆上眉間眼底。在他身邊的一刻，前塵已逝，來日方長，過去的甯文清、將來的鳳卿塵都只是遠遠的幻影。

卿塵微微仰頭，目光透過雕花窗櫺迎向那明淨的月色，心中什麼都不想，只願這樣陪著他，在日月交替、光陰流淌的歲月中，停駐在只屬於他們的此刻，如此靜謐，如此安寧。

夜天凌睡了不過小半個時辰，朦朧中抬手，忽然覺得卿塵不在身邊，立時驚醒過來：「清兒！」

卿塵聞聲轉頭，夜天凌見她手按著胸口，很快起身問道：「是不是心口又疼了？」

卿塵笑著搖了搖頭，夜天凌眼中那絲緊張才淡了去。他下意識地抬手壓了壓額頭，突然有雙柔軟的手覆上他的眉心，迎面是卿塵淡淡的笑。他將她的手拉下來握著，卿塵隔著月光看了他一會兒，輕聲問道：「都好了嗎？」

夜天凌注視她，反問道：「妳信不信我？」

卿塵道：「信。」

夜天凌唇間揚起一個峻峭的弧度：「那便好，這些事都讓我去做。」

卿塵目光和月色交織在一起，清透中略帶著明銳：「四哥，即便不能如你手中之劍一般鋒利，我也不願變成你的弱點。你愛我憐我，將我護在那些風浪之外，可他們又怎會容我安寧？更何況有些人，原本便是衝著我來的。」

夜天凌眼底異樣平靜，一層懾人的光芒漾出在幽暗之中：「他們已經不可能有機會了，我不會再讓妳受到任何傷害，絕對不會。」

卿塵靜了半晌，莞爾笑道：「那好，我明日去度佛寺找敬戒大師喝茶，順便小住幾日，討個清閒。」

夜天凌略作沉吟，點頭道：「好，我派人送妳去，那裡清靜，也安全。」

卿塵道：「讓冥衣樓跟著我吧。」

夜天凌低頭端詳她，她只笑得一派清淡，見他若有所思，問道：「怎麼，你不信我能與敬戒大師品茶論法？」

夜天凌唇角往下彎了彎，吐出一個字：「信。」

第一一五章　山登絕頂我為峰

聖武二十七年七月丁丑，對在大正宮中度過大半生的孫仕來說，是個永生難忘的日子。若干年後，每當他翻開《天朝史》看到關於那一夜的寥寥幾行記錄，都會想起那驚心動魄的一夜。

夜深人靜，露水微涼，月輝在通往宮闕的天街之上灑下神祕重紗。伊歌城中萬千人家街道縱橫，如同一盤巨大的棋局，鋪展在天地之間。

一陣陣馬蹄聲踏在上九坊的青石路上，落如急雨，憑空給這深宵月華蒙上一層肅殺之氣，遙遙遠去，先後消失在宮城深處。

承平宮本就是皇宮中較為偏僻的一座宮殿，自從定嬪被逐出宮，更是人跡罕至，青苔露重，草蟲輕鳴。然而相對於重兵把守的各處宮門來說，它離天帝此時居住的清和殿也不過隔著幾座宮院和一個占地較廣的御苑而已。

承平宮中密集的腳步聲並沒有為這座沉寂的宮殿帶來光明，夜天汐站在一片黑暗中，望向四角庭院上方那片暗青色的天空。

曾幾何時，幼小的他也曾站在這庭院中抬頭，身後燈下是母親孤單寂寞的身影。

一抹輕雲遮月，在他臉上覆上了漸暗的陰影。

「五弟！」濟王在前面催促了一聲，他舉步往前走去，身旁盡是全副武裝的京畿司侍衛。從這裡踏入大正宮，離金碧輝煌的太極殿便只有一步之遙，他似乎已經看到了路的盡頭。

夜天汐嘴角浮起別有意味的隱笑，隨著他抬手揮落，叛亂的刀光劃破了整個宮闕的寧靜。

在汐王和濟王的策劃之下，近日來被各方勢力頻頻打壓的京畿衛借著承平宮中的密道發起兵變，一路未遇多少阻攔，直闖清和殿。

清和殿中，孫仕剛剛服侍天帝就寢，深夜聞訊，不免被震在當場。

飛奔前來報信的內侍跪在地上抖成一團，寢殿之中頓生慌亂。孫仕從震驚中恢復過來，厲聲喝止眾人，匆匆趕去稟報天帝，卻見黃龍寢帳內天帝已然起身，揮手拂開雲帷。

「孫仕，外面為何喧鬧？」

孫仕趨前跪倒：「陛下！濟王和汐王帶兵攻入宮城，要求面見陛下！」

天帝一愣，霍地直身坐起：「所為何事？」

孫仕道：「外面報說，京畿衛抵制兵員裁撤，欲請陛下收回成命。濟王怕是因封爵被削，心存不滿。」

天帝心下頓生驚怒，以手擊榻：「混帳！」

此時外面隔著夜色傳來一聲巨響，似有無數重物齊聲落地，震得大殿地面微顫。一個內侍跌跌撞撞地跑進來奏道：「啟稟陛下！凌王率玄甲軍入宮護駕，玄甲巨盾已將叛軍擋在了殿前！還請陛下示下！」

孫仕先鬆了口氣，卻見天帝眼中閃過一絲詫異，臉上神色由驚怒逐漸轉為異樣的凝重。孫仕畢竟也是跟了天帝幾十年的人，久歷風浪，立刻想到玄甲巨盾乃是軍隊對陣常用之物，巨大堅固，沉重異常，宮中並不常備。想到此處心底沒來由地一涼，忽聽天帝沉聲道：「御林軍何在？命方卓即刻調集五部禁軍殿前待命！」

話剛說完，已聽殿外有人道：「御林軍統領方卓、副統領秦展叩請聖安！」

須臾之後，內殿傳出天帝沉穩的聲音：「朕安。」

自前太子被廢後，御林軍在凌王手中整治了四個月，此後廢黜了由東宮統調的慣例，直接對天子負責。不久凌王大婚，主動讓出神禦軍兵權，緊接著溟王事發，神策軍亦不再由任何一名皇子統調。至此，帝都三軍已完全在天帝親自掌控之中，這就如在當時因儲位空虛而逐漸升溫的朝堂上當頭澆下一場冷雨，令眾人清楚地意識到，如今依舊唯有一人能左右整個天朝，那便是大正宮的主人，天帝。

歷經整飭之後的御林軍大改其觀，幾可與出自戰場的正規軍相較。因此雖神禦、神策兩軍遠征在外，帝都內有御林軍，中有京畿衛，外有玄甲軍，依然是固若金湯。而此三方平均實力相若，亦處於一種平衡中，任何一方也不可能單獨與其他兩方抗衡。

方卓在殿外請罪道：「末將失職，未能及時防範，致使叛軍驚動聖駕，罪該萬死！」

天帝並無降罪之意，命令道：「玄甲軍平叛你們不必插手，自此刻起沒有朕的口諭，任何人不得擅入清和殿。」

「末將遵旨！」

大正宮中風吹燈影，四處慌亂，刀光之下，宮人奔走躲避，叛軍殺至清和殿前，被玄甲軍迎頭截下。

隨著鐵牆般玄甲巨盾的出現，四下宮門轟然闔閉。

清和殿前火光如晝，密密麻麻的玄甲鐵衛居高臨下地張起勁弩，瓊玉高階之上盡是手持長戈的御林軍，排排布列，肅殺陣勢逼人生寒。

叛軍陣腳大亂，被斷在宮門外的少數立遭鎮壓，困於殿前廣場中的大部分頓成甕中之鱉。

刀劍交擊，甲戈碰撞，高牆外喊殺聲掀起高潮，很快陷入平定。

殿前負隅頑抗的叛軍被玄甲鐵盾慢慢逼至一處，只見大殿龍階玉壁之前，御林軍如金鳳展翅般裂開一條通道，一人玄衣勁甲出現在殿階盡處。

圓月當空，月色金輝籠罩在他卓然峻峭的身形之上，彷彿整個天地間，只餘他一人獨立。

他遙遙站在那至高處，只往掙扎的叛軍看了一眼，轉身輕輕抬手。

手落之處，明火驟熄，黑暗中，箭如雨下。

大殿深宮，千萬燈火盛亮，將四周騰雲駕霧的九龍雕柱映得流光溢彩，金帷雲紋，綺麗生輝。

一層層織錦飛花，一道道金楹華貴，夜天凌步履從容地沿著這條曾走過無數遍的路獨自邁入燈光輝煌的清和殿，孫仕見到他的時候，只覺得頭腦一片空白，幾乎連渾身血液也停止流動。

上萬禁軍鎮守清和殿，凌王不得天帝傳召如入無人之境，這其中意味已不言而喻。琉璃玉燈映上凌王清冷的面容，那雙深海般的眼睛成為孫仕至死難忘的印象。二十七年前他曾見過這樣一雙眼睛，那是一個站在紫禁之巔的男人，傲岸自信、睥睨天下的神采。

「孫仕，讓他進來。」天帝的聲音如往常一樣穩定而威嚴，孫仕聞聲，移身退往一旁。

夜天凌邁過最後一道高檻，安靜的大殿，龍榻居中，金幄如雲。

「兒臣叩見父皇。」一抹玄色衣襟微揚，在這片凝滯的安靜中帶起一道漣漪。

天帝自寬闊的龍榻走下：「說吧。」

夜天凌道：「京畿衛叛亂已平，天都十四門由玄甲軍暫時接管，並有鳳相親自前往鎮守，請父皇放心。」

天帝垂眸看了他一會兒：「你的哥哥和弟弟呢？」

夜天凌道：「濟王、汐王起兵逼宮，蓄意謀反，一者受傷被擒，現囚禁在皇宗司，一者已死於亂軍之中。」

天帝語氣漸生凌厲：「好啊！你真是下得了手！」

夜天凌緩緩抬頭，俊面無波：「兒臣查知，今年三月，汐王派人暗中潛入蓮池宮，內應定嬪，勒殺蓮貴妃，事後買通御醫造成自縊假象，欺瞞天聽。想必父皇查知此事，亦不會讓他活到明日。至於定嬪，今晚兒臣命人將她從千惘寺帶入宮中，她親眼目睹汐王謀逆事敗，已經自盡謝罪。」

他話說到一半，天帝臉上已然色變，待他全部說完，天帝臉色慘白，踉蹌後退了一步，伸手扶住旁邊的高案才穩住身子。

夜天凌面無表情地跪在殿中，眼波靜冷。

過了好一會兒，天帝臉上的驚痛震怒皆落盡，突然盯著他徐徐笑道：「平身吧，你已加封九章親王，又替朕平叛安亂，屢立奇功，朕都想不出該如何封賞你了。不如你自己說還想要什麼，朕看看能不能給。」

夜天凌長身而起，抬眸與天帝對視了片刻。

殿中的九蓮燈漏水聲隱約，時辰流逝，雲珠轉動，越發顯出四周的靜。他薄唇輕挑，淡聲道：「稟父皇，兒臣，想要這大正宮。」

短短數字，如一層涼冰擴散，剎那封凍了整座大殿，似連金光明爍的燈火也被凝結在半空，四周靜得能聽見心跳。

孫仕指尖冰涼，心中如墜深淵，卻見天帝廣袖一揮，叮地將什麼東西擲到離他不遠處：「孫仕！給他！」

孫仕穩住心神，俯身捧起那一對金銅鑄成的鑰匙，往御案後走去。當他的手觸到溫潤的黃花梨木櫃時，心底突然恢復平靜。彷彿回到二十七年前那個夜晚，從光明走向黑暗，從黑暗走向光明，當在臨界的一點踏出腳步，那種令人身心顫慄的快感如電流般擊中全身，而後，湧起一片無邊無際的寂靜。

他穩穩地將鑰匙插入鎖洞，鎖鑰碰撞發出輕微的聲響。他自櫃中取出一個翡翠盤龍的扁長玉盒，又用另一把鑰匙打開上面的金鎖，小心翼翼地捧出一卷金章封印的詔書，呈到夜天凌面前。

夜天凌抬手接過，指下微微用力，封印應手碎裂。他抬手一抖，金帛開展，龍紋朱墨，赫然是一道早已擬好的傳位詔書：

朕聞生死者物之大歸，修短者人之常分，聖人達理，古無所逃。朕以寡德，祗承天命，勵精理道，勤勞邦國，夙夜惟寅，罔敢自逸。焦勞成疾，彌國不瘳，言念親賢，可付國事。四皇子凌天鐘睿哲，神授莫奇，仁孝厚德，深肖朕躬。朕之知子，無愧天下，必能嗣膺大業。中外庶僚，亦悉心輔翼，將相協力，共佐乃君……

夜天凌面上始終毫無情緒，詔書在他指間緩緩收起：「多謝父皇。」他冷冷道，「『深肖朕躬』，兒臣想必沒有讓父皇失望。」

天帝看著眼前冷然酷似自己年輕時的面容，慢慢道：「不錯，你確實是朕的兒子中最像朕的一個。」話音落地，他身子搖搖欲墜，臉色青白如死，突然猛地一晃，便往後倒去。

孫仕疾步搶上前去將他扶住，大叫道：「陛下！」

天帝張了張嘴，卻什麼也再說不出，只睜眼瞪視著上方精雕細琢的朱梁畫棟，嘴角居然一分分強牽出僵硬的笑容。

不知來自何處的風穿入大殿，揚起帷幕深深。

沒有人知道他看到了什麼，沒有人知道在這一刻，他究竟以怎樣的心情審視著這座宏偉雄壯的大正宮，在這座他耗盡一生心血的宮殿中，他是否得到了真正想要的一切……

御醫奉召趕來，清和殿中亂成一片。

首輔重臣中，鳳衍自然比衛宗平早到一步。御醫跪在地上顫聲道：「陛下之病症，乃是上氣不足，脈絡空虛，因虛而致淤熱，積累已久。今夜忽逢觸動，引發風陽，此時邪侵五臟，故肌膚不仁，口舌難言，更有神志不清之兆，臣等無能，僅可挽救一二，實在難以恢復如常……」

夜天凌凝視著已然力盡神危的天帝，那蒼老與脆弱在他無情無緒的眼中化作一片漠然寂冷。

片刻之後，清和殿中傳出天帝退位詔書，著凌王即皇帝位，入主大正宮。天帝稱太上皇，移居福明宮休養。

中書令鳳衍及內侍省監孫仕一同對外宣旨，孫仕念完聖旨撲地痛哭。衛宗平等一干重臣尚在震驚中未曾回神，御林軍統領方卓前跨一步，揚衣撫劍，叩拜凌王。

鳳衍及大學士蘇意、楊讓等人也正襟叩首，擁立新帝。

衛宗平渾身劇震，難以置信地看著眼前一幕，這意味著上萬禁軍早已落入凌王掌控，除了鳳家之外，向來中立的蘇氏門閥也公然表明立場，支持凌王。

殿外束甲林立、兵戈整齊的御林禁衛隨著方卓等的動作同時俯拜，次第而下的殿階前，金甲遍地，層層漸遠，如一片洶湧金潮轉瞬覆蓋了整個清和殿，近萬名將士山呼萬歲，響徹雲霄。

御林禁軍入大正宮，只拜天子。

衛宗平等眼見此景，大勢所趨，此時難以抗爭，無奈之下只得俯首稱臣。

夜天凌獨自站在龍階盡頭，舉目遠望。

月華漸遠，即將破曉，東方天邊驟然大亮，一顆天星當空躍起，那不可一世的光芒萬丈奪目，凌照九天。

天幕之上眾星失色，月影蒼白，紛紛在這絕冷的光芒下黯然，唯有一顆奇異的亮星，靜靜存在於天際，它和那孤星離得那樣近，卻絲毫不曾被它的凌厲光芒掩蓋。

星鎮紫微，萬宇天清。

*

黎明將至，大正宮中叛亂初平，含光宮悄然潛入了幾個黑衣人。

即便半夜被異變驚醒，在所有消息盡被封鎖之時心急如焚，殷皇后依舊保持著高貴莊重的儀容。宮裝典麗，繁複有序，雲鬢鳳釵一絲不亂，映著明麗的燈火華美懾人。

含光宮不知何時已被禁軍封鎖，包括皇后在內的所有人等皆無法邁出一步，外人更是不得擅入其中。

然而殷皇后看到出現在寢宮內的幾個黑衣人卻未有絲毫驚駭，只因這些人原本便是殷家重金豢養的死士，此時正是用到他們的一刻。

為首的黑衣人跪在殷皇后面前低聲道：「凌王挾持陛下篡奪皇位，大正宮已落入他們掌控。湛王殿下大軍現在齊州境內，即刻便將趕到天都，娘娘不宜留在此處，請速隨我等出宮！」

殷皇后自鳳椅上站起來：「陛下現在何處？」

「陛下重病昏迷，不知人事。鳳衍等借機矯旨頒下傳位詔書，將陛下移居福明宮，御林禁軍層層把守，任何人等不得入見。」

殷皇后嘴脣微顫，她抬頭往福明宮的方向遙遙看去，佇立許久，卻一個字也沒說，決然轉身。

幾個黑衣人迅速與含光宮偏門處陷入昏迷的御林禁衛交換了服飾，護送殷皇后鑾駕往太華門而去。一路上遇到巡邏，見都是御林禁衛，雖不知就裡，卻也無人貿然阻攔。

殷皇后掌管後宮多年，早在宮中安插下不少親信，此時太華門已有人接應，萬無一失。

豈料未至太華門，忽然前面橐橐靴聲震地，兩隊禁衛迅速攔住去路，將殷皇后鑾駕擋住。殷皇后心中泛起不祥的預感，玉手一揚，掀起珠簾喝道：「何人大膽，竟敢阻攔本宮去路！」

卻見禁衛之前，同樣一乘鎏金寶頂垂絳色羅帷的肩輿停了下來，珠簾微啟，旁邊侍女伸手攙了裡面女子步出。

牡丹宮裝，雲帶婉約，輕輕一移蓮步，溫水般柔靜的人。蘇淑妃緩緩往前走了幾步，柔聲問道：「夜深風涼，請問皇后娘娘要去何處？」

殷皇后冷下面容：「本宮之事什麼時候輪得到妳來過問？」

蘇淑妃微微一笑：「太華門已然重兵把守，娘娘若要出宮，怕是有些不便，還請回宮歇息吧。」

殷皇后又驚又怒，不想平日溫婉柔順的蘇淑妃會有此能耐控制了後宮，猛地自鑾輿中站了起來：「我倒沒想到妳有這番手段，說什麼不爭，原來往常那些溫柔清高都是裝出來的！」

蘇淑妃不慌不忙抬頭看向殷皇后，宮燈麗影下她秀麗的面容隱約如畫，寧靜而淡雅，不著一絲微瀾。

早在多年前孝貞皇后執掌後宮之時，天帝身邊嬪妃無數，恩寵無常，唯有兩個女人在孝貞皇后的打壓之下始終榮寵不衰，一個是後來的殷皇后，另一個，便是蘇淑妃。

若無三分心機手腕，一個女子如何能在這宮廷中始終立足不敗？皇族深宮本就是權位支配下女人的戰場，暗處的血，深處的刀，一分分將單純與軟弱連骨帶肉地剔除，看得見的永遠都是一片千嬌百媚、爭奇鬥豔；熬不過的花落人亡，幾人知曉，幾人憐惜？

蘇淑妃並沒有因殷皇后的怒斥而氣惱，只是淡淡道：「我可以不為自己爭，但我的澈兒不能白白犧牲。」

殷皇后道：「若是為了澈王，殷、蘇兩家好歹也有姻親之名，妳竟助他人謀逆奪位，如何對得起陛下？」

蘇淑妃柔眸輕抬，脣角浮出絲冷笑：「若不是那聯姻，澈兒豈會一心求戰？若不是殷家，澈兒又豈會喪命戰場？娘娘又哪裡是為了陛下？陛下心意早定，親筆擬旨傳位凌王，是我親眼所見，何來謀逆奪位之說？」

她難得言詞鋒銳，幾句話下來，殷皇后竟被問得無言以對，半晌後怒道：「凌王乃是柔然那個狐媚子所生，陛下怎會將大位傳給他？妳休要矇騙本宮！」

蘇淑妃仔細看著殷皇后高貴的臉龐，多少年來她一直是這個樣子，豔光奪目，傲氣逼人，無論何時也不屈尊半分。也正是如此，她才成了天帝所需要的那個女人。

當年天帝為了打壓外戚鳳氏，平衡勢力，一方面封衛家女兒為太子妃，一方面專寵那時的殷妃，任她在後宮與先皇后針鋒相對，幾有同輝之勢。

三十年河東，三十年河西，此時的殷家，何嘗又不是當年的鳳家？

蘇淑妃想至此處，倒是感慨萬千，對殷皇后道：「我何必矇騙妳？其實妳我都明白，這幾十年來，我們同樣愛上了一個並不愛自己的男人，只是我唯願到死也順著他的心意，而妳想從他那兒要的東西，太多了。」她說完此話，不欲再做停留，吩咐禁衛：「送娘娘回宮。」轉身走向鸞輿。

聽著別人說出真相，往往比自己知道的更加可怕。冰涼的珠簾，握在殷皇后的手中情不自禁地顫抖，玉聲碎響，刺手生疼。

此時的她，竟莫名想起多少年前的一個夜晚，那個英姿勃發的男子綰起她秀髮的一刻，珠簾玉戶如桂宮，牡丹香醉，人比花嬌，情深若海。

如今人已暮年，爭鬥一生，究竟所求何事？她站在這繁華宮影的深處，一天月落星稀，韶華已遠，餘生茫茫。

——第叁卷完．待續

原創愛 YL246
醉玲瓏　叁

作　　者：十四夜
編　　輯：余純菁
美　　編：林政嘉
排　　版：趙小芳
企　　劃：張家敏

發 行 人：朱凱蕾
出 版 者：希代多媒體書版股份有限公司
Global Group Holdings,Ltd.
地　　址：台北市內湖區洲子街88號3樓
網　　址：gobooks.com.tw
電　　話：（02）27992788
E-mail：readers@gobooks.com.tw（讀者服務部）
pr@gobooks.com.tw（公關諮詢部）
電　　傳：出版部（02）27990909　行銷部（02）27993088
郵政劃撥：50007527
戶　　名：希代多媒體書版股份有限公司
發　　行：希代多媒體書版股份有限公司/Printed in Taiwan
初版日期：2017年6月

國家圖書館出版品預行編目資料

醉玲瓏 叁/ 十四夜著.-- 初版. -- 臺北市 :
希代多媒體, 2017.06
冊 ; 公分. -- (原創愛 ; YL246)

ISBN 978-986-361-408-1 (第3冊：平裝)

857.7　　106004585